昆仑海

海飞 著

作家出版社

目　录
CONTENTS

第壹波　　日落紫阳街　　　/ 001

第贰波　　雾锁桃渚营　　　/ 051

第叁波　　琉球国长夜　　　/ 098

第肆波　　台州府明月　　　/ 210

后　记　　　　　　　　　　/ 250

第壹波

日落紫阳街

1

杭州。春分。昆仑一个人一匹马，冲出位于城东的候潮门时，瞬间在驿道上奔跑成一道闪亮的光。

万历三十五年的春光在昆仑的视野里，像海浪一样连绵铺展，昆仑抱紧马脖子，他看见春风肆无忌惮地迎面撞来，味道香甜，来自青草以及花粉；也望见牧童放飞的风筝，似乎给天空送去一件鲜艳的衣裳。可是在一个能听得见不远处水声的路口，马背上的昆仑却猛地勒紧马缰，差点就跑错了方向。他拍了拍阿宝的脑袋，说你是不是也看花眼了？不许开小差，现在往右拐，咱们一起去台州。

阿宝是昆仑胯下的那匹骏马。它之前的主人是皇上。

如果让时间回到半个时辰之前，昆仑还在浙江巡抚甘士价的府上陷入一片手忙脚乱。那时候他正趴身在鸡窝里，掏出一枚刚刚产下来的热烘烘的鸡蛋，然后又在那只不明所以的母鸡的一路追随下，风风火火奔去甘士价的八仙桌旁。在宽阔又光滑的红木桌面上，昆仑有个宏大的理想，想让余温尚存的鸡蛋奇迹般站直，犹如一只稳扎稳打的酒盏。按照杭州人的说法，春分日里要是能竖起一枚新鲜的鸡蛋，这辈子想不风光都难。昆仑来回试了很多次，让巡抚甘士价瞪着那双六十二岁的眼睛，始终提心吊胆；也让地上等待已久的母鸡，扭酸了歪来歪去的脖子。

礼部郎中郑国仲像从地底冒出来的似的，突然出现在巡抚府。他是当今国舅爷，上个月刚从京城赶来杭州。郑国仲抓起再次倒下来的鸡蛋，在八仙桌上啪的一声敲碎，将流淌的蛋清及蛋黄一丝不漏倒进了嘴里。然后他歪过头，似笑非笑对昆仑说你去一趟台州，帮我取回一封信。

昆仑抽了抽鼻子，在郑国仲嘴里冒出的蛋腥味里，闻到了谎言的气息。所以他安静地笑了笑，说国舅爷让我亲自出马，难道只是为了一封轻飘飘的信？

那你认为是什么？

可能是来自海防前沿的情报。

郑国仲就不再吭声，将蛋壳在手里浑然不觉着捏碎。过了一阵他说，去台州你有另外一个任务，就是暗中押送一名死刑犯。将他押解回杭州，下个月在武林门问斩。

至于为什么是暗中押送，郑国仲没有解释。他只是望向院子里零碎的阳光，像是望见遥远的台州城，城外那片波光粼粼的海，广袤且深邃。很久以后他闪了闪眉头，继而又转眼一笑，对继续提心吊胆的甘士价说，只不过是一些倭寇而已，甘巡抚也用不着担心。

昆仑听完这句，耳边顿时响起粗粝的海风。他几乎已经看见海浪翻滚，也看见翻滚的海浪将倭寇的小船冲上台州海域的沙滩，然后赤脚的倭寇一路前行，到达戚继光将军早年在台州城所修建的那段海边长城的脚下。在那场虚幻的海风中，昆仑后来又听见郑国仲说，春分日里是要吃春菜的，杭州的春菜是不是要跟鱼片一起滚汤？

郑国仲接着还说，吃完了春菜，昆仑你就可以出发了。

2

经过三个多时辰的长途奔波，从杭州出发的昆仑，在这天傍晚准时到达了台州城的紫阳街。在他后来向朝廷呈报的《万历三十五年出征台州谍情秘录》里，在那密密麻麻的文字当中，他提到这天傍晚时分当自己出现在预定的接头地点时，发现甲十八号密铺已经是一片大火焚烧过后的废墟。那时候黄昏刚刚降临，而跟随落寞的黄昏一起到来的，还有一场蓄谋已久的春雨。

春雨寒凉，昆仑坐在黄昏的马背上发呆。他听见胯下的阿宝打出一个幼小的喷嚏，声音类似于即将绽放的花蕊，突然被劈头盖脸的雨点所打碎。此时他目光彷徨，望向丽春豆腐坊的断墙残壁，以及雨水中无声飘荡的焦烟，感觉紫阳街的这场大火，实在烧得有些居心不良，甚至是心狠手辣。昆仑从马背上跳下，抹去残留在脸上的雨水，等到整个人清醒过来一半，才隐约听见一阵若有若无的琴声。他感觉琴声缥缈，好像是弹琴人的往事不忍回首，也或者是凝望一段潮湿的记忆。

位于紫阳街甲十八号的丽春豆腐坊，是朝廷设在台州城的地下密情枢纽，其刺探收集的倭寇敌情，主要针对窝藏在浙东及浙南沿海的各类奸细与叛贼。浙江拥有长达千里的海岸线，沿海六座府城，总共设置防倭要塞十个卫以及三十个所，驻扎兵力不少于五万。然而就连统领这些卫所的左军都督府,以及常在紫阳街上打马经过的台州知府刘梦松,并不知晓关于紫阳街上丽春豆腐坊的真实内幕。

离开杭州之前,昆仑已经从郑国仲的嘴里得知,豆腐坊密铺是由京城锦衣卫直接设立,而其掌握到的所有密情,在经过郑国仲之手后只送往一处,那就是万历皇上朱翊钧的豹房。

在《万历三十五年出征台州谍情秘录》里,昆仑后来还提到,这天被雨淋过的紫阳街异常阴冷,大火洗劫后的丽春豆腐坊倒塌在雨水中轻微地喘息。黄昏将昆仑包裹,海风从东边天宁寺方向吹来,凌厉而萧瑟,笔直钻进他单薄的衣裳。在那场令人颤抖的倒春寒中,昆仑在火场里弯弯曲曲转了一圈,依次发现了三具烧焦的尸体。郑国仲之前告诉他,豆腐坊密铺里的三名伙计,全都是朝廷蛰伏在台州的暗桩,而其中昆仑要接头的那人,代号"玉竹"。现在昆仑望着那些浸泡在雨水中的尸体,总共三张焦煳的面孔,让他实在无法判断谁是"玉竹"。至于他要带回去杭州交给郑国仲的海防情报,则更加显得没有着落。

昆仑站在雨中,凝望琴声传来的方向。透过缠绕的雨雾,他看见一个目光明亮的白衣男子,也或者是少年。少年的双手在湿润的古琴上缓缓经过,如同在傍晚的水面上飘过。而那细碎的琴声,则传达出一片久远的寂寞。他要过一阵子才知道,这个青涩的犹如被雨淋湿的竹子一样的少年,叫作笑鱼。他还知道,笑鱼是在两个月前来到台州府,到紫阳街的无人馆里学琴。教他古琴的人名叫丁山,据说是个沉默寡言的女子。

但是昆仑并不知道,此刻当他沉浸在笑鱼的琴声中时,已经被一个名叫陈五六的人盯上了。

3

陈五六当然姓陈，有着一丛坚硬而且朝气蓬勃的胡子。在店铺林立的台州城紫阳街上，他已经延续了很多年的人五人六。

陈五六此刻整个人油光发亮，窗外的倒春寒拿他一点办法也没有。在紫阳街南街口的聚兴楼二楼包房，陈五六全身发烫，感觉炎热的夏天就在急匆匆专门为他赶来的路上。因为刚刚吃完一场丰盛的海鲜，而铁皮火炉中的炭火又燃烧得很旺，所以陈五六汗流浃背，恨不得扒去身上所有繁琐的衣裳。他还想跳进附近那条宽阔的灵江，试着抓回一条肥美的鱼，当场用来红烧，或者是撒上几粒盐烧烤。

跟往常一样，吃过海鲜以后，陈五六就要给自己泡上一壶天台山华顶云雾。壶里的水将要烧开，陈五六望向火炉中熊熊燃烧的炭火，仿佛看见昨晚丽春豆腐坊那场尽情肆虐的大火。他冷笑了一声，不禁为自己引火焚烧的壮举而自豪。这时候有个名叫拿酒来的伙计气喘吁吁地奔来。拿酒来有一双歪斜的眼睛，一年四季都很倔强，始终朝着地板的方向歪斜。现在他擦了一把因为奔跑而泄漏出来的口水，在给陈五六递去一片紫阳街刚刚出炉的天王顺海苔饼时，按捺不住心中的急躁，向陈五六禀报说：甲十八号出现一位年轻的后生，他娘的刚刚骑马赶到。陈五六不吭声，拿酒来就补充道：那人皮肤有点黑，不白。可能太阳晒得比较多。但是我们台州城的雨，刚才已经毫不客气地把他淋透。

陈五六咬下一口心爱的海苔饼，闻见烤熟的芝麻的芳香。他将滚烫的海苔饼迅速翻转，说能不能不要绕弯，直接跟我说重点？拿酒来就十分用力，想让自己歪斜的视线从地板上抬起来。

他来到陈五六右手边，朝他那片完美无缺的耳朵说，那家伙牵了一匹上好的马，马蹄钉了昂贵的铁掌，它比台州城所有的马高出了半个头。陈五六甩了甩耳朵，说高你个头，你快要把我急死了，我让你说重点。拿酒来就再次使劲回想，最后终于灵光乍现。他说哥我想起来了，那家伙在向笑鱼打听……

打听什么？

打听丽春豆腐坊那场着急忙慌的大火。

陈五六听完就不再急躁。他不声不响提起茶壶，倒出其中烧开来的华顶云雾茶茶汤，又在里头加了一瓢冷水。接着他不慌不忙卷起袖子，将油腻又腥味的双手安静地伸进青花瓷的汤盆中。水温正合陈五六的心意，此时他慢吞吞地洗手，其间又抬眼望向桌角那些长短不一的鱼骨，以及刚刚吃剩下来的海螺与贝壳。最后陈五六摸了一把左边的脸，并没有摸到一片本来就应该有的耳朵。所以他的声音斩钉截铁：朝廷的狗，弄死他！

4

雨点停住，紫阳街上的灯笼渐次点燃，像是在昆仑的眼里托起一条蜿蜒的河，河水有着血红的颜色。关于豆腐坊的大火，刚才他跟笑鱼打听过了，问他火是从什么时候开始燃烧。笑鱼说夜里丑时。

烧了多久？

两个时辰后熄灭。

昆仑又问火是从哪个方向开始烧，为什么没有人救火？

笑鱼的眼神覆盖着一层昏暗的暮色。他说我什么也没看见，刚才告诉你的一切，全都是因为亲耳听见。

拿酒来带着一帮弟兄冲向丽春豆腐坊时，明晃晃的刀子切开那排灯笼血红的光晕，瞬间让整个紫阳街显得充满杀气。路上拿酒来碰见一群调皮的番鸭，番鸭正在啄食一条想要夺路而逃的蚯蚓。拿酒来认为好鸭不挡道，所以心中特别地恼火。他吼了一声让开，身姿矫健地越过番鸭的头顶时，如同跃过宽阔的战壕。然而当拿酒来气势汹汹着奔向豆腐坊时，却没想到昆仑已经在豆腐坊行将倒塌的窗口，在那堵颓败的泥墙上，发现了许多处烧焦的血迹。昆仑凝视绵延的血迹，看它一路延伸，最后到达一处散落着黄泥的废墟。他蹲下身子，在废墟上先后捡起几枚铁质的箭头。

昆仑将锋利的箭头在袖子上擦亮，就看见每个箭头的中央，分别烙印着一个细小的"左"字，左边的左。昆仑问笑鱼，问他台州城有哪些人姓左。笑鱼目光安静，说至少在紫阳街，他还没听说哪户人家是姓左。

昆仑想总会有眉目的，反正他需要找到箭头的主人。现在他已经确定，豆腐坊是毁于一场人为的纵火。之前他观察了豆腐坊的前后两道门，发现两扇烧焦门板的外侧，漆面上都有几道深刻的划痕凹槽，凹槽中残留着零星又新鲜的杉木碎屑。这样的一幕几乎让昆仑清晰地勾勒出昨晚大火的惨烈：当火灾发生时，豆腐坊里的"玉竹"和另外两名暗桩战友想要推门逃生，然而门板却被靠在外头的杉木棍给牢牢地顶住。加上现在的几枚铁质箭头，他又完全可以想象，当门被堵住时，"玉竹"他们奔向了窗口，想要翻窗逃离。然而窗外同样有人把守，那些人当即射进一排暗箭，射中"玉竹"，血液喷溅在窗边的泥墙上。于是"玉竹"倒下，被蔓延的大火所吞噬。由此，掉落在黄泥堆中的箭头也有了答案，那是几支射偏的冷箭，由于大火足足焚烧了两个时辰，木质的箭杆已经被烧成灰烬，只留下几枚铁质的箭头。

很明显，作为锦衣卫北斗门在台州城设置的密情枢纽，丽春豆腐坊已经暴露。隐藏在台州的倭寇势力，是借助一场大火，将它在深夜里剿除。昆仑望向街面上一整排摇曳的灯笼，感觉它氤氲的红色遥远又深邃，容易让人想起四个字：杀机四伏。

5

拿酒来带了六个弟兄，总共携带着七把刀子。他噔噔噔噔奔到豆腐坊门外时，对笑鱼没完没了的琴声感到厌恶。此时他看见昆仑蹲在废墟的中央，继续捡起一枚黝黑的箭头。接着昆仑非常仔细着将箭头擦亮，摆在手中端详，那样子好像是在擦亮一件精美的瓷器，还要设法研究出瓷器的花纹和产地。拿酒来等不及了。他猛地吹出一声口哨，却因为漏风，声音显得有些像是冒牌的哨声。他怒气冲冲挥了挥手，所有的手下便向昆仑恶狠狠地围拢过去。

昆仑望向逼近过来的刀光，紧锁的眉头渐渐散开。他又盯着拿酒来手上晃来晃去的刀子，笑眯眯着不紧不慢地说：喂，你是不是姓左？

拿酒来骂了一句左你个乌龟头。他实在有点摸不着头脑，奇怪怎么会有人死到临头了，竟然还在意他是姓什么。他卷起袖子狞笑了一下，气势汹汹着抬腿，踢向脚边一堵碍手碍脚的矮墙。脆弱的矮墙应声倒下，拿酒来就要挥刀奔向昆仑时，却看见他突然就从地上飞起，像是凶猛的老鹰那样飞起。

此时拿酒来眼睛都看花了，他以为那只老鹰要扑向自己，却发现老鹰在空中走的是另外一条路线。他闪了闪歪斜的视线，看见昆仑竟然笔直飞向了弹琴的笑鱼。与此同时，他也听见笑鱼身后的那堵墙壁迷迷糊糊呻吟了一声，好像是十分疲倦。接着呻吟声变成了撕裂般的哀嚎，于是整堵墙壁就变得很不争气，顷刻之间便轰然倒塌。尘土飞扬，脚下的豆腐坊在剧烈地摇晃。拿酒来还没搞清楚到底是怎么回事，却见到抱着笑鱼的昆仑已经在暮色中飞出，将纷扬的尘土甩在了身后，飞到远处后又稳稳地落下。

拿酒来像筛子一样发抖。他知道正是由于自己踢倒了那截矮墙，所以笑鱼身后的墙壁，才会因为失去支撑而像沙雕一样倒塌。刚才令他眼花缭乱的一幕同时也让他震惊，说明眼前的昆仑绝对不是一个容易对付的家伙。但是拿酒来不想退缩，因为紫阳街是他大哥陈五六的地盘。拿酒来豪迈地指着昆仑道：你以为你飞得那么快我就怕你了吗？还不快过来送死！然而拿酒来话音未落，就看见昆仑的手腕轻轻一抖，送出三道黑色的光线，犹如黑色的闪电。此时他只是听见风中一阵呼啸，便发现身边的三名手下已经在同一时间里倒下。倒下的时候，那些人的喉管已经无一例外地被一支黑色的铁箭头穿透。

昆仑走向拿酒来，问他是谁派你来的，说出来我可以饶你一命。拿酒来却脚底抹油，扔下刀子后瞬间奔跑得像一只出笼的兔子。

昆仑并不想追赶。他捡起地上的长刀，发现刀背上同样刻有一个左字。这时候笑鱼的声音像清晨里的琴声一样响起。笑鱼说救命之恩无以为报，但这位大哥我可以告诉你，刚才那些人是陈五六的手下。

陈五六是谁？

陈五六在紫阳街上人五人六，我听说他爷爷叫陈大成，曾经是戚家军的前锋左哨。

昆仑扔下那把长刀时终于笑了。他说好一个前锋左哨，那么陈大成的这个宝贝孙子，脖子上的脑袋铁定保不住了。

在昆仑的《万历三十五年出征台州谍情秘录》里，关于这天傍晚接下去的时光，他还记录了另外两件事情。首先是夜幕降临时，来自无人馆的琴童过来接笑鱼回去，那时候昆仑才发现，原来笑鱼的眼睛有病，他是紫阳街上众所周知的瞎子。昆仑看见笑鱼缓慢地伸出一只手，搭上名叫寸草的琴童单薄的肩膀。然后笑鱼转头，对他浅浅地一笑，说我在无人馆学琴。我师父叫丁山。她是个好人。师父说学琴能够安神静气，养肝明目。笑鱼还说紫阳街上的所有人都喜欢师父的琴声，可惜师父从来不出门。说完笑鱼跟随着琴童，一步步行走在幽深的紫阳街，如同走进一场幽深的梦境。他一身洁白的衣裳，飘逸而且轻柔，仿佛站立在游船的甲板，漂浮在微波荡漾的河流。路上笑鱼跟琴童寸草说，自己的琴没了，那把他十分珍爱的古琴，被埋在了倒塌的墙脚下。寸草说师父很担心你，她刚才弹琴的时候突然断了一根弦。笑鱼凝思了一阵，说，天有不测风云，人有旦夕祸福，就像谁也无法预料豆腐坊昨晚的那场大火。

昆仑在谍情秘录中记录的第二件事情，是关于他引以为豪的骏马阿宝。当笑鱼的背影在紫阳街上消失，昆仑看见阿宝站在一处寂寞的墙角。阿宝喷了喷鼻子，又反复嗅闻着地上一丛碧绿的叶片，它似乎还没有想好，是否要对那丛不像青草又像青草的叶片下口。昆仑过去抚摸阿宝修长的脖子，蹲下以后对着叶片端详。他摘下其中一片叶子闻了闻，接着就拍了拍阿宝的脑袋，说还好你没有贪嘴，不然就犯下了一个天大的错误。

在台州城陌生的夜色中，阿宝转头，目光有着彷徨与疑惑。它后来听见昆仑说，你可能已经忘了，这是玉竹。我记得三年前的那个秋天，皇上把你送给我的时候，京城西郊的那片松树林里，也长着许多这样的玉竹。

阿宝打出这一晚的第二个喷嚏，表示它也同时记起了三年前的秋天。它将脑袋搭上昆仑的肩头，望向暮色沉沉的台州城，以及那排流光溢彩的灯笼时，仿佛见到了三年前遥远的京城。那时候它驮着曾经的主人，穿行在灯火通明又歌舞喧嚣的夜市。街道两旁的行人就那样一茬接一茬地跪下，跪在它英姿勃发的马蹄边，跪好以后又声情并茂地高喊：皇上万岁！

6

阿宝的回忆继续深入，深入到三年前的九月初四，京城西郊一片不为人所知的松林冈。那天的天空蓝得发慌，在浓郁的松木芳香中，阿宝总是觉得鼻子很痒。

而在昆仑的记忆里，万历三十二年夏秋交替的时节里，每天从早到晚，眼里一直充斥着刀光剑影，耳边也回荡着昂扬的厮杀。只不过那样的厮杀虽然令人汗流浃背，却跟血腥无关，因为那是一场延续了好几个月的封闭式集训。而集训的秘密开展，则意味着属于京城锦衣卫麾下的一支特殊组织——"小北斗"的成立。"小北斗"的旗下，清一色都是十来岁的少年。

时间到了九月初四，那片后来被命名为"北斗冈"的松林外围，突然戒备森严，里里外外增添了三道防护圈。负责现场防守的人员，全都是飞鱼服在身，手提绣春刀，清一色的锦衣卫。松涛阵阵，阳光在铺满黄沙的操练场上豪迈地走过，昆仑带着手下的几个弟兄出现在平常用来休憩的院子时，看见一个其貌不扬的中年人正坐在一把非常普通的靠椅上，双目微闭。此时林中鸟声四起，偶尔还夹杂着零星的蝉声。昆仑略有局促地看了一眼召唤他入场的郑国仲，听见他说，你没猜错，那是如假包换的皇上。

秋天一下子变得无比辽阔，此时就连将院子团团围住的那片笔直站立的松树，也突然显示出宫廷般的庄严与肃穆。昆仑按了按青春期的喉结，将一声咳嗽勉为其难地压了回去。他感觉皇帝好像就快要枕着蝉声入睡，却忽然听见一阵闯过来的风声，穿插进茂密的松林，继而又抵达细密的松针，如同在一排萧瑟的刀尖上经过。如此安静。

阳光缓缓移动，斑驳地停靠在昆仑的脸上。这时候他看见皇帝的眼睛睁开，如同掀开一件明黄的龙袍。皇帝说你叫昆仑？今年十七？

昆仑愣了一下，说，再过三天就是十七。

那我就当你是十七。皇帝说完这句，似乎并不急着往下讲。他站起以后扭了扭脖子，又捶了捶腰，可能是刚才闭目养神时，那把陌生的靠椅让他觉得不够舒服。接着他仔细看着整齐排列在面前的七个少年，目光从每一张无所适从的脸上掠过，似乎觉得这几个毛头小伙还算是英姿飒爽，配得上即将要分发给他们的绣春刀。想到这里皇帝突然就笑了，话却讲得慢条斯理。他说今天是个特殊的日子，你们要一辈子记在心里。说完皇帝将一双眼睛眯起,如同正午时分,躺在皇宫里的一只满腹心事的猫。他盯着昆仑道:今天为什么特殊?你来说。

今天是"小北斗"成立的日子。昆仑回答。

皇帝却摇了摇头,散淡的目光流露出一丝沮丧,继而又龙颜舒展,打了半个哈欠道:你只说对了一半。记住了,今天是朕四十一岁生辰的日子。说完皇帝哈哈大笑,说普天同庆,朕已经安然无恙地度过了四十一年,朕还想再活许多个四十一年。

风继续吹着,把整个秋天吹成一片灿烂的金黄,也似乎吹成梦乡一样的宁静。昆仑听见自己十七岁的呼吸,来自跳动的胸腔中,浑厚有劲,却也十分隐秘。他很想说一句祝皇上寿比南山不老松,可是当余光中出现那片静默的松林时,又觉得这样的话语多少显得有点轻佻。这时候皇帝又目不转睛着再次盯向他,目光中有着无比的喜悦。皇帝说昆仑这个名字好,朕喜欢,因为那是一座仙山。皇帝还说,选你来当这支队伍的掌门,朕觉得心里踏实,因为感觉背后有绵延的仙山,祥云缭绕。

昆仑穿着锃亮的靴子,身上的飞鱼服已经湿透。他听见皇帝说,其实什么普天同庆,还有什么国泰民安,那都是嘴巴上讲讲的。朕心里很清楚,天下早就处处暗藏凶险,所以才会想到成立一支"小北斗"。说完皇帝把眉头皱紧,感叹这么一个大好的日子,自己把宫里的寿宴扔在一旁,却要来这片荒郊野外。他说可是朕认为值得,朕就是想过来跟你们说一句,你们加入锦衣卫不是享福,而是吃苦。什么叫吃苦?就是为大明王朝刀尖舔血,为朕赴汤蹈火。我啰里啰唆就说这些,接下去你们都听礼部郎中郑大人的。各位小北斗,祝你们好运!

那天在北斗冈,郑大人郑国仲起先什么也没说。他只是从昆仑开始,将一枚枚精心打造的乌金吊坠,郑重地挂在每一名小北斗队员的脖子上。吊坠是勺子形的,昆仑低头,看见它从左到右,一路点缀着七颗明亮的星星,明显是象征着天上的北斗。这时候郑国仲将第一把绣春刀扔向了昆仑,随即就大喊一声:刀人合一,北斗永辉。从现在开始,你们就是皇上手里刺出去的一把把刀子。那么所有的刀子,你们现在都听好了,告诉皇帝,你们一个个都是谁。

昆仑扑通一声跪下,第一个回答:在下昆仑!今年十七!顺天府吉祥院长大,自幼……

自幼什么?皇帝侧头问道。

自幼是个孤儿!昆仑说完这句,便看见一队勤奋的蚂蚁,正在皇帝的靴子上热烈地奔跑。

孤儿有什么关系?皇帝说,你眼前的整个大明王朝,以后就是你的亲生父亲。一个个的,都给我往下说。

昆仑听见一起集训了三个月的弟兄们瞬间跪成一片,声音一浪接续一浪:

在下韭菜!今年十六!来自江苏武进!

在下横店!今年十六!来自金华东阳!

在下胡葱!今年十六!江苏武进!

在下风雷!今年十五!来自绍兴府诸暨!

在下寻枪,今年十五!广东肇庆!

在下千八!同样十五!浙江江山!

黄沙飞扬,小北斗的叫喊声在操练场上回荡。这时候皇帝不声不响地抬头,看见一片慈祥的云朵正仪态端庄地停下,而松林中却有许多只潜藏的鸟,在那场少年们的叫喊声中冲天飞起。皇帝望向鸟群慌乱的翅膀,说这些鸟胆子好大,刚才一直在偷听。朕想知道,你们当中是谁射箭射得最快?此时昆仑还未来得及应答,便看见韭菜和胡葱已经同时跨出一步,并且甩出了挂在后背上的弓。

鸟群在头顶四散。皇帝说你们想射哪只?但他话音未落,便听见嗖的一声,两支羽箭已经同时飞向了空中。

被射落的是鸟群中唯一的一只白头鸭。白头鸭掉落在地上,两只腿脚撑了撑,随即从伤口蜿蜒出一团热烈的血。皇帝轻飘飘地瞄了一眼,看见白头鸭在抽搐,脖子上的箭羽在颤抖。他说是谁射中的?昆仑说,禀告皇上,是他们两个同时射中的。

皇帝顿时一阵迷糊。他皱了皱眉头,就看见队伍中的横店冲出,迅速过去捡起那只白头鸭。横店将白头鸭的尸体展开,现场的众人于是瞬间看清,插在鸟脖子上的,原来是两支贴在一起的箭。

这时候郑国仲狠狠地瞪了一眼横店。郑国仲说,是谁让你出列的?回去!说完他凑到皇帝耳根前私语了几句,皇帝于是迷惑着望向胡葱,看见胡葱摘下额顶的黑纱幞头,接着又甩了甩脑袋,露出齐肩的乌黑长发。

皇帝释然,笑着说果然是个女娃子。胡葱上前一步,说禀告皇上,站我身后的韭菜,是我大哥。我们是来自江苏武进的一对双胞胎,只是看上去长得不怎么像。因为我比他好看。

皇帝扑哧一声笑了,说调皮。这时候他听见昆仑说,其实皇上不用就此惊讶,如今射箭只是雕虫小技,在小北斗里不值一提。

那你给我来点新鲜的。皇帝说。

昆仑于是即刻从地上唰的一声飞起,飞向操练场边时,在火器架上凌空抽出一根火铳，随手扔向了胡葱。胡葱也瞬间跃起，接过火铳后在空中转身，啪的一声射出一枚铁弹，当场击中了提在横店手中的白头鸭。白头鸭被射出去很远，横店站在原地，捏了捏手指说，好烫。

这时候郑国仲咳嗽了一声，责怪昆仑刚才这一招有点冒险，万一横店稍一躲闪，中弹的就是横店的手指。昆仑笑了，说国舅爷不必担心，在这个操练场里，横店要是会躲闪，他就不是小北斗的成员了。

为什么？皇帝问。

昆仑回答：既然都是少年锦衣卫的兄弟，就要对各自有信心。

皇帝于是笑了，说虽然你在狡辩，但听起来好像也没什么漏洞。又说记住了，你们以后都不允许有漏洞。

7

黄昏在不知不觉中降临，那天皇帝执意骑马，在锦衣卫的层层护送下离开，队伍走到半途又突然停住。远远地，皇帝从马背上跳下，对昆仑招了招手。昆仑一路奔跑过去，正要扑通一声跪下，皇帝却托住他臂膀，说不用太过拘谨。皇帝将手上的马缰交到昆仑手里，说朕决定，将这匹心爱的骏马送给你。

昆仑诧异着抬头，眼里交织忐忑与惊慌，很久以后才蹦出一句：昆仑不敢。

夕阳挂在北斗冈的头顶，皇帝来回抚摸着骏马，让它雪亮的鬃毛在微风起伏中显得闪闪发光。他说得语重心长：不用想太多，朕只是希望，大明王朝的孤儿，在此后的一生里不再显得孤单。

昆仑的目光瞬间涌上一片潮红，他看见天边那轮夕阳一直不愿意坠落，如同一枚浑圆的金币，静悄悄地挂在天上。那天他目送着皇上的离去，看他一步步徒步走下山冈，委顿的身影忽高忽低，像是一个上山采药，又要在天黑之前急着赶回去的邻居。他抓着尚留存有皇上手温的缰绳，看见暮色犹如浓雾一般笼罩。暮色笼罩中，此时他身后的阿宝在他耳边悲怆地嘶鸣了一声，声音很快被迎面吹来的阵阵松涛所吸收。这样的一幕，已经足以让十七岁的昆仑升起无限愁绪。

8

万历三十五年的春分，昆仑在台州府紫阳街上找到收尸婆，让她将丽春豆腐坊的三具尸首送去附近的巾山掩埋。夜色流淌，阿宝凝望堆在推车中远去的尸首，目光凝滞，眼神一片寒凉。昆仑抚摸它脖子，说我跟你一样伤心。接下去我们要去寻找凶手。他叫陈五六。

此时的陈五六依旧待在聚兴楼的二楼包房。他站在窗口，将一本卷了又卷的线装《雅人集》凑到眼前。密集的烛光豪放而且奢侈，他口中念念有词：争渡，争渡，惊起一滩鸥……

陈五六突然遇到了难处，因为《雅人集》上接下去的那个鹭字，他不确定到底该怎么读。他一直喜欢背诗，因为背诗让他显得儒雅，气质芳华类似于无人馆里弹琴的丁山。但他现在有点生气，想不通古代的诗人为何要在争渡争渡的后面，用上一个如此生僻的字眼。所以他转头，面向拿酒来轻飘飘地笑了笑，接着就说出一句：我怎么这么幸运，养了你们这么一群废物！

刚才从豆腐坊成功逃亡，拿酒来回到聚兴楼后胆战心惊奔去陈五六的右手边，对着他右边的耳朵，将发生在丽春豆腐坊的一幕汇报得十分详细，其中包括倒塌下来的墙壁，以及差点就要送命的笑鱼。陈五六一句一句听着，听到最后，差点把这一晚吃下去的海鲜给吐出。他问拿酒来，到底要我提醒你多少次？我虽然只有一片耳朵，但是哪怕你站我左手边，我还是每个字都能听得清楚。他还将滚烫的茶汤泼向拿酒来那张迷惑的脸，在从拿酒来的鼻子旁捡去一片湿润的茶叶的时候说，要是笑鱼有个三长两短，我就会把你剁碎，剁碎以后扔去灵江里喂鱼。

现在陈五六心里很乱。他望向眼底的紫阳街，心想朝廷有什么了不起，还派人过来追查丽春豆腐坊的大火。也不打听打听，我陈五六是谁。然后他让思绪回到从前，回到四十六年前的嘉靖四十年四月，传说中的那场花街之战，尸横遍野。而硝烟弥漫的战场，其实就离台州城不远。那年台州参将戚继光获悉倭寇自桃渚镇登岸，遂命陈大成和丁邦彦两位将军率部赶至花街迎战。轰轰烈烈的战役惊天动地，明军将倭寇团团包围，现场厮杀得血流成河。作为前锋左哨，据说陈大成挥舞一把刀子横冲直撞，深入敌阵当场取下了倭寇首领的头颅。陈五六从小就听父亲讲述那段荣光备至的历史，为他们陈家的荣耀与辉煌而无比自豪。他也跟许多人吹嘘，吹嘘时竖起大拇指，为他十分勇猛又功勋卓越的爷爷陈大成。但他后来才发现，原来自己唾沫横飞讲出的源源不断的故事，一直存在着一处容易让人忽略的差错。那就是他爷爷陈大成其实是戚继光将军的前锋右哨，并非左哨，而真正的前锋左哨是丁邦彦。但是陈五六决定将错就错，因为丁邦彦的孙女丁山跟他很要好。陈五六还穿开裆裤的时候，就跟丁山两人一天到晚奔跑在紫阳街，奔跑得气喘吁吁汗如雨下。有天陈五六抓住丁山的左手，送给她一束胭脂花的时候说，丁山妹妹你听我说，你就让我爷爷是前锋左哨，而你爷爷是右哨。反正咱们两家人不分你我，也分不出谁左谁右。

　　陈五六想起这些，不免在自豪的同时又心里恼火。他想如果不是因为爷爷陈大成，如今的紫阳街怎么可能这般繁华，说不定早就灰飞烟灭。又怎么能轮到那些朝廷的狗，过来台州城里人五人六？

　　想到这里，站在二楼窗口的陈五六便朝紫阳街吐出一口痰。他看见那口愤怒的浓痰迎风飞舞，也听见街道北边的迎仙坊方向，那排闪亮的红灯笼的尽头，忽然在不经意间响起一阵敲锣打鼓。陈五六放眼望去，望见一条通体发亮的长龙，正在紫阳街那条潮湿的石板路上摇头摆尾，好像是喝醉了一场酒。花龙是由一节一节纸糊的灯笼构成，这让陈五六意识到，原来自己的记性竟然有这么差，差点就忘记了这是春分日的夜晚。陈五六记起，每年的春分日，台州城都有一个不甘寂寞的夜晚，因为紫阳街会迎来海边渔民热闹纷呈的花龙滚舞。此时花龙的龙头正上蹿下跳，似乎巴不得把自己的脖子给摔断。而聚兴楼对面的那片空地，因为雨过天晴，那方早在上元节就搭成的戏台上，好像有一场名为《花关索》的剧目正在等待着上演。

9

　　昆仑牵着阿宝，跟随热闹的花龙，穿行在流光溢彩的紫阳街。

酒楼里飘溢出酒菜的芳香，也传来台州人豪情满怀的行酒猜拳，加上公子小姐的风声浪语，已经让疲倦的阿宝觉得这一路上眼睛很酸。这时候昆仑看见花龙正游向远处的聚兴楼，接着又扭扭摆摆，奔向对面的露天戏台。花龙让看戏的人不再关心台上的关索，他们即刻让出一条宽阔的通道。花龙靠近戏台，从南到北转圈。因为发光的身子左右摇摆，又时不时高低起伏，所以台州人的喝彩声就经久不断。

陈五六就是在这时候大摇大摆着登上戏台。他将台上演关索的拉扯到身边，送给他一块元宝的时候跟他商量，说今天的戏我们两个一起演。我演关老爷，就是丢下你不管，又让你千里寻找的那个爹。你觉得如何？

台下嬉笑声一片，陈五六又从兜里掏出一大把碎银，皱起眉头无限烦恼。陈五六说春分日总要分点什么，这些银子睡在我兜里我嫌它太沉。我想把它给扔了，大家会同意吗？

叫喊声此起彼伏，人群欢呼着陈公子气派，陈公子威武。昆仑于是觉得，这个姓陈的男人既然这么风光又这么豪爽，那他肯定就是陈五六。他盯着陈五六托着碎银的那只手，心想等下要是把它给剁下来，刀口是该切在手腕上，还是直接切在肩膀上？总之陈五六似乎跟自己兜里的银子有仇，而他现在又跟陈五六有仇。

灯盏就是在此时来到昆仑的身边，她是回头无岸当铺的老板娘，当铺在紫阳街上开了很多年。灯盏端着一盏酒，偶尔会用鲜红的嘴唇抿上一小口，酒盏边留下许多枚湿润的唇印。陈五六的碎银像雨点一样洒下时，灯盏盯着掉落在昆仑脚边的银子，觉得像过路的飞鸟撒下来的一堆鸟屎。她问昆仑你捡不捡？昆仑看了她一眼，笑着说我这辈子最不缺的就是银子。

灯盏笑得跟往常一样妖艳。她眨了眨睫毛很长的眼，在自己弥漫开来的香粉味中说，你一直盯着陈五六，你的眼光告诉我，你想取下他的人头。昆仑说敢问怎么称呼？灯盏说叫我灯盏，就是一盏油灯的灯盏。紫阳街上的所有人，都觉得我非常有女人味。昆仑盯着灯盏裸露的脖子，以及脖子以下欲盖弥彰的胸脯，说你会不会穿得太少，你喝的是什么酒？灯盏的一张脸即刻变得潮红，她把胸前那块狭窄的肚兜小心翼翼着往上提了提，又将几根手指伸进酒盏里，抓出一把酒后瞬间就弹向昆仑的脸。灯盏说女人喝的酒就叫女儿红，陈五六不是你对手。你要是想取下陈五六的人头，我可以帮你，我在隔壁的回头无岸当铺里等你。

说完灯盏就像一阵歪歪扭扭的风一样飘走，只剩下撩人的芳香还停留在原地，好像她整个人从来就没有出现过。昆仑抹了一把脸，发现那人弹向自己的酒液已经蒸发，剩余一股酥痒的温热和酒的气息。这时候他望向戏台，才发觉陈五六已经不见了，台上只有继续挥舞着马鞭，一路奔向西川的关索。

10

没过多久，昆仑就再次见到了陈五六的背影。在一条曲折的巷子里，陈五六独自一人赶路，像个蹩脚的戏子。昆仑之所以能够如此迅速地找到这个男人，是因为他是昆仑，是备受皇上器重的锦衣卫小北斗的掌门人。

昆仑准备下手，他没有多余的时间。对这个自称是戚家军前锋左哨嫡亲孙子的家伙，他不允许自己有耐心。但是后来由于一个女郎中的出现，昆仑的计划又被暂时搁浅。这个郎中名叫杨一针，是紫阳街上名为"针针见血医馆"的馆主。医馆在丽春豆腐坊隔壁，两者隔开的距离只有溪流那么宽。所以说在昆仑后来的回忆里，他发现万历三十五年春分日傍晚，当他到达台州城紫阳街的时候，一再碰到各种各样形形色色的面孔。这些人都跟走马灯一样不断出现在昆仑的眼里，其中包括一身白衣过来台州学琴，又被昆仑在危墙下飞身救起的笑鱼；包括喜欢吃海鲜又心狠手辣的陈五六，他缺少了左边的耳朵；也包括腰肢柔软摄人心魄的女人灯盏；以及踩着像风火轮一般的滑板出现在紫阳街的杨一针。

那天当昆仑正要飞身过去拎起陈五六的脖子，南边蜡巷口方向忽然传来一道车轮的滚动声。已经离地的昆仑于是又悄无声息着落下。他循声望去，见到一个红彤彤的人影，仿佛一颗飞速流转的火球，十分凶猛地朝他冲了过来。

那天杨一针一身火红的衣裳，又背着一个青篾编织的竹篓。她脚下踩了一个奇特的滑板车，总共有四个轮子，支撑起一块长条形的平板。车轮滚滚，杨一针就那样带着一阵热烈的风，瞬间冲到昆仑的身边，又迅速在他眼里走远。她看上去威风凛凛，像是《西游记》里踩着风火轮的哪吒，走远后又回头瞪了昆仑一眼，说你是不是想找死？

声音跟着四个车轮飘远，昆仑看见迎仙坊往北的紫阳街，很快就被杨一针火红的背影拉成一条狭长又鲜红的河。此时陈五六已经再次不见了踪影，所以昆仑忍不住在心里笑了一笑，觉得这真是一条奇幻的紫阳街。然后他干脆决定改变方向，暂时过去追赶一下杨一针的背影。后来他跟听他讲故事的阿宝解释，说我决定去追赶杨一针,事实证明是有道理的。

这天杨一针的滑板车继续往前,过了白塔桥,过了紫阳宫,又越过被烧毁的丽春豆腐坊,车轮最终是在甲二十号的门前停住。那时候一身火红的杨一针突然飘浮,像是一团跳动的火。她从滑板车上猛地跳下,只是单脚一挑,滑出去的板车就凌空飞起,最终被她给稳稳地接住。

在甲二十号门口,杨一针将滑板车夹在腰间,抖了抖背上的竹篓,抬腿进门时又忽然转身。远远地,她对追赶过来的昆仑突然就甩出去一把闪亮的银针。细密的银针扎透夜色,飞向昆仑时携带着尖利的呼啸。杨一针看见昆仑十分轻巧地避开,就说你到底是在追人还是在追魂?不过我觉得你更像是在找人。

昆仑盯着杨一针背上的竹篓,塞满了各式各样的草药,有着山野里的露水气息。昆仑说,原来你喜欢夜里采草药,那么我要找的人就是你。

11

昆仑的判断是对的,杨一针就是他想要接头的代号"玉竹"的暗桩,"玉竹"并没有葬身于昨晚的那场大火。

两人对上接头的暗语,杨一针问,怎么知道我还活着?昆仑说一切都是你在指引,我见到栽种在豆腐坊的玉竹。玉竹不可能长在豆腐坊的墙角,经过一场大火,也更不可能那样郁郁葱葱,就连根部的泥土也是那么新鲜。

"那能说明什么?"

"说明玉竹是在大火过后有人移植过去的,提醒我接头人还活着。"

"那为什么确定我就是玉竹?"

"因为你在竹篓边,特意绑了一丛玉竹。"

风吹进医馆的窗口,这时候杨一针在房里点燃第二根蜡烛。为了确保密铺的安全,当初杨一针在紧邻豆腐坊的甲二十号开了一家医馆,以给自己的身份多一重掩护。昨晚烧死在豆腐坊的三人,除了两名暗桩搭档,另外一名则是过来借宿的路人。

陈五六就是幕后的凶手,昆仑说,我会让他生不如死。杨一针说你太急躁,你刚才不应该对他动手。因为这人的背后还有更加隐秘的势力,需要我们一起调查。

夜已经很深,门外布满积水的石板路上,传来噼里啪啦的脚步声,像是某个醉酒的夜归人。这时候杨一针急忙点燃一团火苗,又抓起一个火罐。火苗沿着火罐口的壁沿燃烧,杨一针突然扒下昆仑的衣裳,即刻将炙热的火罐啪的一声盖上他肩膀。火罐烫得昆仑皱了一下眉头,他看见虚掩的门当场被推开,此时扶着门框站在他眼里的,竟然是陈五六。

陈五六酒气熏天,看见杨一针正在准备第二只火罐,手里抓着一团燃烧的火苗。火苗在药味扑鼻的医馆里晃荡,陈五六觉得,那很像一团幼小又隐秘的心思。这时候他听见杨一针问他,陈公子是想扎针灸还是想拔火罐?今晚最后一单生意,我可以给你打八折。

陈五六打出一个芳香四溢的酒嗝,闻到聚兴楼里椒盐富贵虾的气息,正从他喉管里热情洋溢地冒出。他说针针姑娘不用跟我谈打折,传出去容易让人笑话。你知道我陈五六有的是银子,银子那么多容易让人烦恼,就像夏天紫阳街里层出不穷的蚊子。

杨一针不声不响，将第二只火罐扣上昆仑的肩膀。陈五六听见吱的一声，感觉是火罐盖住了夏天里惊飞起的一只蝉。随即他听见杨一针破口大骂，说本姑娘已经提醒你很多遍，叫我杨一针，不要叫我针针。就像你叫陈公子，本姑娘不会叫你陈蚊子。

陈五六很快就愉快地笑了。事实上他来医馆，既不想扎针灸，也不想拔火罐。他盯着背对着杨一针的昆仑，看见这人肩膀上的肌肉绵延起伏，跟宽阔的后背非常扎实地连成一片。这让他想起刚才聚兴楼为他煮熟的一只无比硕大的石蟹，主要是那只石蟹血红又坚硬的外壳。此时杨一针又抓起一把银针，想要一根一根扎进昆仑的肌肉。陈五六于是很担心，担心那些脆弱的银针一不小心就会扎断了。

银针扎上昆仑的肩膀，一根接着一根。陈五六看见杨一针不停地捏揉银针的屁股，捏得十分细致。他的一只手伸进怀里来回摸索，想要找出那本他所喜爱的《雅人集》，却发现诗集不知什么时候被他很粗心地搞丢了，可能就掉落在刚才赶往医馆的路上。后来他放弃寻找诗集的念头，说针针姑娘我想跟你打听个事，《雅人集》里有一首诗，叫争渡争渡，惊起一滩鸥……，鸥后面的那个字，你知不知道该怎么念？这时候陈五六却听见昆仑在第一时间里开口。昆仑笑得比较和蔼，告诉他那个字念鹭，石板路的路。陈五六于是一下子变得心情很差。他非常气愤地望向昆仑，看他肩膀上扎满银针，很像一只令人讨厌的亮闪闪的刺猬。陈五六说你真多嘴，我刚才问的又不是你。我知道你是朝廷的狗，也知道狗会吃屎，难道狗还懂得念诗？

昆仑继续微笑，好像自己是个聋子，陈五六的话他一句也没有听见。昆仑说陈公子我没有骗你，那个字真的是念鹭，就是走上不归路的路。

陈五六被激怒。他叫嚣了一声你给我闭嘴,别以为老子就怕了你。实话告诉你,丽春豆腐坊就是老子给烧的,我看你能把我怎么样。

杨一针十分安静,她看见在陈五六的叫喊声里,两根蜡烛的火苗在不经意间开始颤抖。此时她捏了一下昆仑的肩膀,又从他肩膀上抽出一根银针。杨一针诧异地说,陈五六你这是怎么了,怎么说来说去会说到丽春豆腐坊的大火?但是杨一针话刚说完,就有一队提刀的官兵,突然像潮水一样涌进了她的医馆。带队的人叫张善桥,来自台州府驻守军,是一位声望颇高的把总。张善桥一个跨步走到三个人中间,疲倦地揉了揉眼,说本官在找人,本官今天心情很不好。

杨一针站在那里丝毫没动,说这里都是人,不知道张把总要找的是哪个。张善桥就捻了捻稀疏的胡须,眼睛眯成一条线,说本官要找的肯定不是像你这样的女人,所以你抓紧时间给我让开,免得我没收了你那些七七八八的银针,以及故弄玄虚的火罐。

四五个兵勇手持明晃晃燃烧着的火把,瞬间冲进医馆的里间,经过稀里哗啦一通搜索,最终又摇头晃脑出现在张善桥的眼前。昆仑说张把总到底在找什么人,可不可以稍微透露一下,也好让我们帮你一把。张善桥总算放开已经被他捏得很干燥的胡须,说你以为本官是那么随便开口的人?难道监狱里逃脱一个死囚犯,我也有必要亲口告诉你?

昆仑怔了一下,说,莫非是骆问里?

张善桥张开的嘴巴就一直没有合上,看上去好像是在经历一场轻微的牙疼。此时他举起手中的刀鞘,呛啷一声就将锋利的刀子拔出。然后在火把的照耀下，他非常专心地走到昆仑身边，无比惊讶地盯着他。张善桥想，在他负责的台州城地界，怎么突然就冒出这样一张陌生的面孔，可是说出的话语竟然又跟算命一样准确。所以他情意绵绵地盯着昆仑，似乎盯着紫阳街某户人家昨晚刚刚丢失的一只仪态万方的鸡。

我有点等不及了，张善桥说，快点告诉本官好不好，你，到底是谁？

12

昆仑丢下如临大敌的张善桥，一个箭步冲出医馆，又飞身上屋顶，瞬间在紫阳街的夜色中消失。路上他听见远处的狗叫，也看见整条沉睡的街道所有店铺都店门紧闭，就连窗口仅剩的一些灯火，也如同商量好似的在一盏一盏熄灭。这让昆仑觉得，此时深邃的紫阳街，正深深地陷入一个巨大的谜团中。

早在离开杭州之前，昆仑就听郑国仲提起，需要他押回杭州武林门问斩的死囚犯叫骆问里。骆问里不简单，他除了犯下一桩不可饶恕的凶杀案，还可能已经被险恶的倭寇收买。郑国仲认为，倭寇可能会在路上拦截押运的囚车，试图劫走骆问里。就此，郑国仲让昆仑远距离跟随台州府派出的官兵队伍，路上执行暗中押送。但是郑国仲又说一旦发生不测，昆仑也不用靠前，只需一路跟踪找出那帮倭寇的老巢，等候朝廷派人过去全盘剿灭。

然而昆仑没有想到的是，此行他尚未开始押解，狡猾的骆问里却已经提前越狱逃脱。现在张善桥心事重重，将追赶的队伍兵分两路，在许多个路口茫无目的地搜索。但是昆仑十分清楚，张善桥不可能截杀到骆问里。昆仑望向那些摇晃的火把，看着官兵渐渐走远，感觉在浓浓的夜雾中，火光似乎出现了奇怪的重影。这时候他听见脚下的一扇店门吱的一声打开，然后在氤氲的水汽中，就有一些手提长刀的矮个子男人如同隐秘的鱼群一样涌出。那些男人清一色的紧身黑衣，脸上戴着青面獠牙的面具。昆仑告诉自己不用急，估计骆问里就要出来了。也或者，骆问里就是这帮黑衣人的其中之一。然而昆仑也觉得奇怪，怎么自己的视线会变得越来越模糊？所以他晃了晃脑袋，心想是不是有点头晕？

此时杨一针还留在"针针见血"医馆，一直赖在她身边不走的是陈五六。陈五六说张善桥有什么了不起，只是一个小小的把总，这样的官职要是跟我嫡亲的爷爷陈大成相比，那他能算个屁。杨一针说你爷爷现在还好吧？他什么时候能揭开坟墓从地底下爬出来？陈五六就觉得很无趣，说针针姑娘咱们不聊这些，你再帮我一个忙，告诉我"砌下落梅如雪乱"的下一句。他说这首诗他上午还是背得滚瓜烂熟的，可惜现在又忘了。杨一针说"拂了一身还满"，麻烦你出去。陈五六就眼前一亮，急忙说对的对的，就是"拂了一身还满"，《雅人集》上也的确是这么写的。他还说你刚才在那家伙身上插满银针时，我还冷不丁想起过这一句。

杨一针的手里，抓着一把刚才从昆仑身上抽出来的银针。现在她只是淡淡地看了一眼，心中却即刻抽紧。不会有错，杨一针一直相信自己的眼力。她把银针不露痕迹地收起，却在心里告诉自己，昆仑已经中毒。因为此刻那些银针的针尖，正在烛光的照耀下渐渐发黑，犹如熏染上了烛火吐露出来的烟尘。

杨一针想，昆仑可能是遭遇了暗算。

13

昆仑从屋顶跃下，落在了那群戴着青面獠牙面具的黑衣人中间。他说谁是骆问里，最好站着别动，是死是活今天都必须留下。但是昆仑说完这句就感觉身子发飘，脚底也似乎全然没有了力量。他知道自己已经中毒，至于中毒的原因，就是晚上在花关索的戏台下，妖艳的灯盏朝他弹射过来的那些酒液的水珠，那时候他就感觉脸上发麻。果然，现在昆仑眯紧眼睛一看，发现眼前那扇打开的店门，门前所挂的招牌，正是"回头无岸当铺"。

昆仑迷迷糊糊，看见当铺的招牌渐渐变成两块，接着又变成了四块。然后招牌四周出现一些五颜六色的光圈，红的紫的，黄的绿的，一直在飞舞，一直在转圈。但是当那些黑衣人的刀子从四面八方砍来时，昆仑依旧准确地腾空而起，并且在掐断一人的脖子时，毫不费力地夺下了那人的刀子。刀子在昆仑的手上挥舞，他是在砍杀的间隙看见，此时回头无岸当铺里忽然间又闯出一个身影，犹如冲出一只凶猛的老鼠。那只硕大的老鼠奔到紫阳街，似乎脚底抹油，顷刻间就拼命往南飞奔。昆仑闻到监狱里经久发霉的气息，也看见那人杂乱的头发如同干枯的稻草。那人踩着一双赤脚，所以在潮湿的紫阳街上拼命奔跑时，石板路上就回荡起啪哒啪哒的声响。昆仑喊了一声骆问里你给我站住，但他看见那家伙迅速拐了一个弯，腰身似乎像蛇一样十分柔软，很快就不见了踪影。

昆仑觉得头晕眼花，手上的刀子也越来越沉。他想冲出包围圈即刻去追赶骆问里，却听见耳边响起一阵风声，接着肩膀上就是一阵热辣辣的疼痛。此时他十分清楚，自己已经中刀。

杨一针后来知道，这天中刀的昆仑几乎已经追赶上了一路狂奔的骆问里，一直追到了丁山的无人馆门口。这时候精疲力竭的昆仑被拦截他的黑衣人围住，眼前是此起彼伏的刀光。昆仑举着刀子扶住墙角站稳，好像看见黑衣人的中间出现了拿酒来的身影。拿酒来擦了擦嘴，说哪怕你是一只老虎，我现在也能把你剁碎，天亮之前就埋进巾山的泥土，让你在明年的春天发芽。然而这时候无人馆的门打开，里头飘出一个女人的轻飘飘的声音，说住手！

拿酒来愣了一下，转头过去时通过一双歪斜的眼睛发现，让他住手的人正是笑鱼的师父丁山。此时月光刚刚在雨后的天空出现，拿酒来看见丁山的一抹侧影，正在月光下慢条斯理弹拨她心爱的古琴。拿酒来想，为什么他每次见到丁山，总是跟皎洁的月光有关？拿酒来说嫂子你别生气，我不应该在你门前动武。

丁山按抚着琴弦，又拢了一下耳边的长发。昆仑是在模模糊糊中看见，丁山就像一段安静的文字，也或者是沉稳的音符，却有着流水一般的气息。丁山说拿酒来你可以走了，别让我再看见你。拿酒来站在那里犹犹豫豫，停留在自己的刀光中陷入一阵迷惑。丁山说你到底滚不滚？拿酒来就被那样的声音吓了一跳。他战战兢兢着后退两步，示意那帮黑衣人离开时，对丁山说那嫂子我走了，嫂子你不好生气的。

14

杨一针吹灭针针见血医馆里的蜡烛，正要出去寻找可能遇险的昆仑时，门突然被撞开。一阵风放肆地吹进来，杨一针看见紧跟在风后出现在眼前的人是丁山和笑鱼，然后笑鱼闪开，被无人馆家丁抬进来的是躺在木板上的昆仑。

昆仑整个人抽搐，脉象渐渐微弱，额头是雨点一样的汗珠。丁山对搭着昆仑手脉的杨一针说，杨姑娘，恳请你救他。杨一针却回过头来笑了，说丁山你真是一个花痴，这男人你也能随便帮？

丁山说还来得及救吗？杨一针扒开昆仑的眼皮，看见密集的血丝，心想要是再晚一炷香的工夫，昆仑就会剧毒攻心，随时丧失呼吸。但她还是笑着问丁山，你能出多少银子？

银子并不值钱，无人馆里最为珍贵的，是那把两百年的古琴，名叫天涯。丁山说杨姑娘要是看得上，我等下就会让人送来。

在杨一针的记忆里，她在紫阳街这么多年，从来没听丁山说过这么多的话。她知道所有的台州人都喜欢丁山的琴声，却很少有人听过丁山的嗓音。杨一针说你这么动情，担心有人会吃醋。丁山愣了一下，听见杨一针又说，我是说陈五六。

此时昆仑已经气若游丝。他躺在木板上，隐约听见两个女人的声音，像是两团墨汁一样化开。他感觉自己无法呼吸，可能生命已经到了最后一刻。此时他看见紫阳街戏台上的花关索，正在一路寻找他的父亲关羽。所以他就觉得整个人漂浮在一条河里，一路漂向京城，漂去一个名叫吉祥孤儿院的地方。他看见孤儿院的嬷嬷马候炮叼着烟杆站在十多年前的门口，告诉幼年的他说，你以后要记住了，你爹没了，没了就是死了。嬷嬷边说话，边喷出一口浓郁的烟来。昆仑看见烟雾中的京城下起一场大雪，大雪一直绵延到遥远的辽东战场。战场上尸横遍野，有一张男人的脸从死人堆里高高仰起。男人一身金黄色的铠甲，他挣扎着站起来并跨上雪地中唯一的一匹白马。阳光打在男人的铠甲上,昆仑问嬷嬷,那人是谁?马候炮说他就是你爹,十步之内就能取人首级,你爹是大明王朝的英雄。昆仑于是试着喊出一声爹,那人却即刻像被阳光所融化的雪,当场在马背上坍塌了下去,只剩下一摊流淌的水。这时候昆仑又听见马候炮说,我不是跟你说过了,你爹早就没了,没了就是死了。死了的意思,就代表你是孤儿。

杨一针是在木板上昏迷的昆仑喊出一声微弱的爹时,一共抓了五根银针,每根银针蘸了十二味剧毒,找准昆仑的太阳穴,猛地扎了进去。丁山知道这是以毒攻毒,她看见昆仑整个身子奇迹般地弹了起来,竟然直挺挺地坐着,面色潮红,跟火烧云一样灼热。昆仑说了两个字:倭寇,然后就猛地吐出一口污浊的血,喷在了针针见血医馆雪白的墙上。

丁山闻到一股浓烈的血腥味,又看见昆仑抖了抖身子,再次倒了下去,如同倒在一片杂草丛生的废墟里。丁山缓了一口气,说杨姑娘,他是不是没事了,我现在就可以抬他回去?杨一针在丁山的声音中惊醒,好像此刻被救活过来的是她自己。现在她不想告诉丁山,昆仑在遇险之前,就是从她这间医馆里冲出,冲进了紫阳街的夜色。但是杨一针擦了一把惊心的汗时,脱口而出的一句,又让她自己都觉得莫名其妙,而且听起来十分好笑。杨一针说:回去哪里?

回去无人馆,他还需要照料。

杨一针即刻对丁山笑了一下,觉得自己突然显得有点多余。所以她又说,难道你想把他留在这里?

15

张善桥无精打采,带着一帮手下回到台州府监狱。监狱里臭气熏天,那个一脸焦躁的九品司狱带领的队伍同样也没有抓到逃脱的骆问里。张善桥于是更加恨透了这个倒霉的夜晚,觉得整个世界都在跟他作对。

张善桥是在这天傍晚骑着一匹雄赳赳的马,过来跟狱管办理一下有关犯人骆问里的交接手续的。手续一路畅通,张善桥在确认文书上按下了手印。接着他坐下跟狱管一起喝酒,准备明天天一亮就出发,押送着骆问里一路过去杭州,也顺便游览一趟传说中风景秀丽的西湖。可是酒才喝到一半,手下就慌慌张张跑来告诉他一个消息,说骆问里突然不见了,牢房里只剩下一根孤独的铁链。

月光在头顶晃来晃去,让人想起浑浊的洗脚水。现在张善桥蹲在监狱的围墙根,盯着骆问里刚才越狱出去的那个墙洞,想不通这个洞眼到底是谁给挖出来的,挖得那么及时,挖掉的还可能是他骄傲了许多年的把总的位子。他沿着那个洞口十分艰难地爬了出去,迎接他的是一双被遗弃的乌黑发亮又奇形怪状的破鞋。他可以想象,就这样两只漏洞百出的破鞋,在越狱成功的骆问里开始撒腿奔跑时,的确很难跟上那双急于想要往前冲的臭脚。

沿着骆问里臭烘烘的脚印,张善桥弯弯曲曲行走出一段路,最后因为突然闹肚子,才急匆匆返回。也是在返回寻找茅房的路上,张善桥捡到一本半新不旧的古诗集,名叫《雅人集》。那时候他突然就笑了,不能理解台州人怎么会那么喜爱读诗,问题是读诗一点作用都没有,既不能帮他找回深夜逃脱的骆问里,也不能帮他保住多少有点油水的把总的位子。所以在低头钻进茅房之前，张善桥就将《雅人集》给撕碎。他撕下其中几页攥进手里，决定用来上茅房救急，至于剩下来的那些诗文，则被他毫不含糊地扔进了脚底的茅坑。

16

在天亮之前，陈五六弓着身子，略带疲倦地登上了台州城一座叫巾的山。他钻进一个山洞，很快闻到一股女人的香味，又跟往常一样，顺着那些芳香，见到了正在这里等待他的灯盏。灯盏面容慵懒，盘腿坐在一面宽阔的蒲团上，正对着一面铜镜有条不紊地梳理长发。她一边梳头，一边仔细收集这天掉落下来的几根头发。灯盏十分珍爱自己的头发，希望它们始终保持生机盎然，如同飘扬在头顶的一团热烈的火。可是最近有不少头发相继离开，灯盏认为这不是一种好的征兆，说明某些东西正在抛弃她。这多少令她有些难过。

灯盏来自倭国，已经在台州城潜伏了很多年。昨晚她一眼就看出，突然出现在紫阳街的昆仑比丽春豆腐坊这个大明国的密铺还要麻烦。然而她没有想到，自己的努力竟然功亏一篑，洒出去的含有红花绿叶揪心粉的毒酒最终没能要了昆仑的性命。

现在灯盏的视线在陈五六的脸上掠过，说我已经查明，杭州城过来的那人是锦衣卫。你知不知道他现在在哪里？他居然还可以那么没有道理地活着。陈五六闷声不语，一屁股坐在石凳上，随手摘下一截草根塞进嘴里，当即嚼出一道苦涩的腥味。灯盏放下梳子笑了，说那人在无人馆，丁山把他留下了。丁山昨晚花了大价钱将他救活，此后就将他留在了自己的闺房里。说完灯盏拢起长发，一步步走下蒲团。她宽大的裙子下面露出光滑又细嫩的脚，仿佛是踩在夏天的河水里。然后灯盏又笑了一下，说，看来丁山很在意那个锦衣卫，难道她想当这个锦衣卫的女人？

陈五六听到这里终于没有忍住。他说灯盏你不要再笑了，你再这样笑我就生气了。

然而灯盏却笑得更加放肆。灯盏说没用的东西，一提到丁山你就变成一条软不啦唧的蚯蚓。我真担心以后的很多计划，都会毁在你手里。

灯盏的身后，蹲着昨晚那帮戴了面具的黑衣人，陈五六叫他们刀人。刀人们正聚集在一起磨刀，最近几天收集起来的春雨，被不停地淋在磨刀石上，这让磨刀的声音显得生机盎然。灯盏豢养着这帮刀人，刀人也视她为头领。她的老家是在日本北海道，父亲叫子丑，曾经是丰臣秀吉的得力助手。早在五年前，灯盏跟她男人郑翘八来到台州，看上去像是一对谋生的商人，开起了一家当铺，实际上却在暗地里招兵买马，聚合起一支隐秘的倭寇势力。最近灯盏定期向大海彼岸的丰臣秀吉残部提供她在台州城收集起来的情报，决心在时机来临时充当内应，一举摧毁明朝的海防线。

灯盏说陈五六，你要是再不动手，我就让刀人杀回无人馆，杀他个鸡犬不宁。陈五六说不行。我说不行就是不行。说着他看了一眼那些蹲在地上不停磨刀的刀人，刀口被他们磨出闪电般的光泽。陈五六说你们都听着，要是谁敢跨进无人馆一步，我就发誓让他后悔终生。我陈五六什么事情都做得出来。接着陈五六又告诉灯盏，骆问里越狱一事已经办妥，这个脚很臭的男人已经在离开台州的路上。陈五六说该做的事我自然会做，用不着你操心。至于丁山跟她的无人馆，请你离她远一点。

天光渐渐放亮，陈五六一个人走出山洞口，感觉风吹过脸颊，也钻进他茂密的胡子，竟然觉得有点凉。他望向巾山脚下无人馆的方向，隐约看见丁山的闺房，露出一点黄豆那么细小的烛光。他知道那盏烛光从昨晚开始就一直亮着，烛光下也坐着夜不能寐的丁山，为的是守候那个混蛋异乡人，也就是灯盏所说的锦衣卫。想到这些，陈五六就不免有点忧伤。他想锦衣卫有什么了不起，锦衣卫又有什么资格，就可以那样整晚留在丁山的闺房？

丁山是我陈五六的女人，陈五六一直这么想。从他穿开裆裤，带着穿了小花裙的丁山一天到晚跟两只小狗一样奔跑在紫阳街时，他就十分坚定地那么想。那时候陈五六经常用袖口擦去丁山额头的汗，也在她跌倒时帮她拍去膝盖上的泥巴。陈五六会腾出其中一只手，样子蛮豪爽地搭上丁山的肩膀，然后很认真地说，丁山妹妹你听我讲，你爷爷是戚家军前锋右哨，我爷爷正好是前锋左哨。咱们两家人不分你我，也分不出谁左谁右。陈五六说完这些，会抬头盯着丁山的眼睛，说你知道为什么吗？因为我们原本就是亲如一家。

陈五六想到这里，心里便觉得极大的安慰。他能想起自己十分幼小的时候，丁山就经常跟在他身后，很亲热地叫他五六哥，声音跟叽叽喳喳的雀鸟一样。现在陈五六走在下山的路上，因为山路湿滑，所以他每一步都踩得很仔细。他生怕自己会跌倒，跌倒了以后会被灯盏当作一场笑话。

17

昆仑在无人馆醒来，看见窗外的台州城陷入一片鹅黄色的阳光里。阳光十分清爽，照进窗口时打在一身蛋青色衣裳的丁山身上，呈现出一种类似于蒲公英的毛茸茸的效果。

闺房里古朴素雅，一直燃着淡淡的熏香。此刻丁山背对着昆仑，正面对一个玛瑙制成的研钵，用捣杵捣碎一团碧绿的小蓟草，又在捣烂的草浆中撒入些许三七粉。丁山并没有回头，却在用玛瑙勺子舀起草浆的时候静静地开口，细碎的声音飘到昆仑耳边。丁山说你别动，我昨晚都没发现你身上有刀伤，刀口裂开了是会流血的。

窗外琴声缥缈，琴声飘落在倒挂窗口的常春藤上，传到房里时就沾上了许多叶片的气息。昆仑说窗外弹琴的人是不是笑鱼，你是他学琴的师父丁山？

丁山将草浆敷上昆仑的伤口，一点一点抹平，说还好笑鱼昨天救了你，笑鱼他耳朵比我灵，首先听见了门外刀子的声音。丁山和昆仑不紧不慢地说话，这时候，陈五六正带着张善桥和他的手下，像一阵心急的风一样急匆匆地赶往无人馆。

陈五六带着张善桥来到无人馆时，让张善桥和他的手下暂时留在了门外。他小心翼翼跨进门槛，其间整理了一下头发，好让自己显得容光焕发。在无人馆的琴童寸草的带领下，陈五六先是绕过一个六角亭子，接着又遇见一段流水。他踩过铺在流水上的由竹子搭成的水榭，最终在院子当中一棵枝繁叶茂的桃树下见到了丁山。丁山在观摩笑鱼练琴，告诉他正确的手法。坐在他们身边的，正是靠在一张躺椅上的受伤的昆仑。

陈五六说丁山你在忙吗?我想跟你说句话。丁山并没有转头看他,视线停留在笑鱼的古琴上。丁山说有什么话可以走近一点说,你离我那么远我听不见。陈五六就往前走了两步,走过去的时候步子迈得有点恍惚。陈五六说坐你身边的这个外地人,张善桥张把总想要把他带走。

为什么要带走?丁山说,他犯了哪一条王法?

他跟昨晚监狱里逃脱的一个犯人有关。

怎么就有关了?丁山又说。

张把总昨晚只是说有犯人逃脱,这个外地人却直接说出了犯人的名字。所以张把总觉得,他跟犯人说不定是一伙的。

我怎么觉得是你想把他给带走。丁山说完起身,随手在笑鱼的古琴上弹出一串急骤的音符,声音戛然而止。陈五六愣了一下,觉得丁山是将那串音符一把甩在了他脸上,然后他听见丁山又说,不然张把总为什么不自己过来跟我谈?

陈五六一下子手足无措,不知道该如何去反驳。他站在原地用尽全身力气想了想,最后脖子挺直,说丁山难道你还不明白?我的意思这个人不能留在无人馆,更不允许留在你身边。这样会让我心里很乱,乱得像一团被风吹散的麻。

昆仑是在陈五六说完这句时笑眯眯着抬头,看了一眼从头顶桃树上漏下来的阳光,觉得阳光让满树的桃花显示出透明的样子。昆仑说陈五六,我现在就可以跟你走,只是要麻烦你在前面带路。陈五六没想到事情会处理得这么简单,低头转过身去时,却听见丁山的声音再次响起。丁山说陈五六你以前不是这样的。你现在一落千丈,每天都是酒足饭饱,就连走起路来也是晕头转向。

陈五六觉得全身燥热，在即刻袭来的伤心中不禁把一双眼睛紧紧地闭上。接着他听见丁山说你要是敢把他带走，以后就不要踏进无人馆半步。

昆仑看着陈五六的背影，看见他垂下两片肩膀，整个身子好像矮下去一截。他可能在脑子里想了很久，最后才终于转头。转头时陈五六面如土色，心灰意冷地把眼睛睁开，估计是鼓足了勇气才说，丁山你跟我说实话，你是不是喜欢上了他？你要是喜欢他，那你简直就等于是杀人犯，简直就等于是把我杀了。不是，是凌迟了。

然而丁山回答得很快，丁山说喜不喜欢跟你无关，你出去的时候记得把门给我关上。

陈五六这天在无人馆差不多把面子都给丢光。他感觉丁山声音决绝，仿佛将他当成结怨许多年的仇人。在离开无人馆之前，陈五六看上去伤心欲绝，说丁山你也变了，你以前也不是今天这样的丁山。他说你不要总是以为我是一个粗人，其实我现在每天都在背诗，背的全都是你喜欢的诗。我都已经知道砌下落梅如雪乱的下一句，是拂了一身还满。

就在这里，丁山看见许多片桃花纷纷落地。她说我对下雪没有兴趣，出去时记得把门给关上。

陈五六就迎着头顶摇晃的阳光，一个人走出了无人馆的大门。路上他碰见等候在门外的张善桥，张善桥问他怎么回事，怎么突然之间就掉起了眼泪？但是陈五六很凶猛地擦了一把脸，说张善桥你放屁，放了一个狗屁。老子实话告诉你，刚才只是有一只虫子找死，不知天高地厚钻进了老子的眼皮。张善桥说时间不早了，其实我对逃犯的事情已经不感兴趣，要么那个外地人你自己看着办。陈五六就吼了一声,说请你快点滚!

陈五六高一脚低一脚,走在上午时分的紫阳街。他每走出一步,就觉得心情变得越发糟糕。回忆像一支冷箭般射来,让陈五六感觉受伤。此时他想起那年丁山母亲去世,自己过去参加葬礼,一起帮着抬灵。棺木经过那个小县城的街口,碰巧遇到当地县太爷纳妾,过去喝喜酒的衙役们一个个都耀武扬威,牛得不行。衙役们二话不说,冲进送丧的队伍,当即扯断了灵前的白幡,并且扬言要将丁山母亲的棺木给砸碎。陈五六那时候没有动手,只是跟他们论理,也说自己的爷爷是陈大成,是当年戚家军的前锋左哨。爷爷以前率队参加过著名的花街之战,他老人家之后做下的每件事情,也都是很讲道理。然而陈五六话刚说完,却看见眼前出现一个从北京城远道过来贺喜的锦衣卫百户。百户扇了他一个响亮的耳光,并且喊了一声花街你个鸟,你爷爷哪怕是戚继光,那老家伙也早就成了一堆臭烘烘的白骨。接着百户唰的一声抽出刀,刀子搁上陈五六的肩头。陈五六很纳闷,说怎么了,难道你还想动刀?他骂出一句,说这到底是什么朝代,怎么就轮到你们这帮狗杂种人五人六?这时候百户就猛地卡牢他脖子,说前锋左哨是吧,我看你这个左哨还能不能吹得响。说完百户就手起刀落,当场割下了陈五六左手边的那片耳朵。陈五六满脸是血,血像是从他的耳孔中冒出。他听见风刮得很乱,纷乱主要停留在他左边那一侧的脸。他在乱糟糟的风声中低头,眼看着跳动在地上的那片鲜血淋漓的皮肉,知道那曾经是自己的耳朵,但是耳朵现在已经被人切走。此时陈五六却很没有道理地笑了笑,然后就趁着百户洋洋得意转身之际,冲上去一把夺过刀子,当场就扎进了他的肚皮。陈五六紧紧地按着刀子,看见刀口涌出一股热烈的血，好像是一个鲜红色的泉眼。他看着百户的眼睛渐渐变成灰不溜秋，这才说朝廷怎么养了一群狗，争渡，争渡，我看你还能狂吠多久。

现在陈五六一脚踏进聚兴楼，想要立马喝上一场汹涌的酒。他想丁山难道把过去的那些事情都给忘了？丁山难道不知道，留在她身边的那个男人，其实也是一只朝廷的狗？那年陈五六因为对一名锦衣卫百户行凶，台州府不问青红皂白，直接将他关进了大牢。就此丁山到处奔走，诉状先是送往台州府衙，再是送往浙江巡抚府和浙江提刑按察使司，可是知府和巡抚、按察使谁都不愿意过问此事，所以陈五六在牢里一待就是五年，出来时已经满脸都是生机勃勃的胡子。

陈五六想到这里便摸了摸左边的脸，那里依旧没有他的耳朵。他想不管怎样，他这辈子就是跟肮脏的朝廷有仇，撒尿也要跟那些人隔开一条路。所以他愿意跟着灯盏一起走，干他个天翻地覆。

18

昆仑坐在无人馆里养伤，陪伴他的是笑鱼的琴声。现在骆问里已经逃脱，留给他唯一能做的，就是尽早过去剿灭了灯盏。他有理由相信，给他下毒的灯盏，就是杨一针说过的，陈五六背后的那股更为隐秘的倭寇势力。

紫阳街上的风吹得惬意且慵懒，风中有着无人馆的花香，让昆仑觉得这真是一个让人留恋的地方。他看见丁山从闺房里走出，安静地捧出一盆叫不出名字的花。丁山让花晒太阳，也给它浇水。昆仑看见花在阳光下愉快地绽放，丁山身上也因此有了无声无息的花朵的气息。昆仑就是在闭目养神的时候想，台州不应该是眼前的这样，处处暗藏着倭寇的踪迹。他想如果可以让自己选，他宁愿带上锦衣卫"小北斗"驻扎在台州，将所有的倭寇势力一网打尽，让丁山能够好好地弹琴，每天在无人馆种花养花。

事实上昆仑早已有所耳闻，台州城暗藏倭寇的地方不仅仅在府城，还包括离海更近的桃渚营。桃渚营位于海边，被海水和潮声所包围，是朝廷设立的一处重要海防卫所。半个月前，"小北斗"的两名成员，来自江苏武进的韭菜，以及来自广东肇庆的寻枪，已经被郑国仲派往了桃渚，为的就是铲除卫所里的倭寇奸细。

昆仑想到这里，听见丁山的脚步从自己身边经过，好像是流淌的水，也像飘过去的一阵风。他想问一下丁山，刚才为什么不同意陈五六把他给带走，但是他望向丁山远去的背影，觉得在眼前的无人馆，在笑鱼悠远的琴声中，自己最好保持安静。

19

杨一针过来无人馆时，夜里又有一场急促的春雨降临。杨一针撑一把伞，看见雨水扑向紫阳街，也扑向她的伞，接着雨珠就在伞的四周纷纷滑落。杨一针给昆仑提过去一罐熬好的中药，帮助他祛毒扶正，固本培元。

昆仑坐在廊沿，跟笑鱼一起看雨。他看见笑鱼面对雨的方向，很多次眨了眨眼睛，又试着伸出一只手，想要接住飘过来的雨丝。笑鱼说昆仑兄弟，台州的雨是什么样子的，是不是也很干净,干净到透明?昆仑望着他一双明亮的眼睛,眼睛被雨雾所缠绕。他知道笑鱼什么也看不见,所以就问他,你以前有没有见过雨?笑鱼说见过,在我很小的时候。我见过父亲窗口的雨,落在窗棂上啪哒啪哒地响。也在马背上见过落向大海的雨,很快就消失,海水把它们一滴一滴给收走。笑鱼说我见到的雨速度都很快,雨是潮湿的。

杨一针打开药罐,里头的药汤还是热的,药的清香四处飘荡。在琴童寸草扶着笑鱼离开的时候,昆仑把整碗的药汤喝下,抹了一把嘴,说回头无岸当铺的灯盏,是陈五六的同伙。我明天就会去找她,她有一群青面獠牙的手下。杨一针说灯盏已经不在当铺,我先去查一下她的去向。

昆仑说怎么查?杨一针说灯盏身上有股骚味,我会顺着骚味的方向往下查。

丁山就是在这时出现在昆仑的眼里。雨下得稀里哗啦,像是流过屋顶的一条河。这时候无人馆的上空,又走过一道凶狠耀眼的闪电。昆仑看见丁山的身后站着萧瑟的寸草,寸草怀里抱着一把幽静的古琴,被她抱得很紧,像抱着一条沉默的大鱼。丁山说杨姑娘,这是我昨晚答应给你的古琴。它叫天涯,来自两百年前南京留都的宫廷,古漆有点脱落,我一直舍不得修补。丁山说完把一张脸转了过去,抚摸着天涯古琴,又望向飘荡在天地间的雨。丁山说,请杨姑娘收下。哪天我要是想起天涯,可能会忍不住过去看它。

雨开始慢慢收敛,昆仑却在此时发现,雨声中的丁山已经泪水溥沱。他急忙扶着廊柱站起来,说这件事情就到此为止,杨姑娘的救命之恩,自当由我来回报,天涯必须留在无人馆。但他看见丁山在泪水中露出一抹笑容，也看见夜风将丁山的长发吹起。丁山说，我已经决定了。

  杨一针认为自己再次显得多余，不如早点离开。她干脆拎起药罐，又哗啦一声把雨伞打开。但在踏进雨幕的时候，她又终于没有忍住，笑了一声说，你们两个到底谁是情种？搞得我现在就想过去一趟聚兴楼，帮你们预订一桌明晚的定亲酒。说完杨一针回头，笑呵呵地望向站在一旁的笑鱼，说还好你是个瞎子，不然看见这一幕，牙齿或许比我还酸。

  笑鱼茫然，闻见纷纷扬扬的细雨，很容易勾起他童年里的记忆。然而他又听见杨一针的声音跟随雨丝一起飘来。杨一针说笑鱼你听好，姐姐已经决定，过两天就帮你治好你的眼疾。姐姐很大方，干脆帮人帮到底，绝对不收你的半分纹银。

20

  万历三十五年春分日过后的第二天，夜里还是一场绵密的雨，雨让紫阳街浸泡在黏稠的水里。笑鱼站在无人馆琴室的窗口，隐隐觉得漆黑一片的视野中，跳动着一些红色的光影。笑鱼认为是看见了梦境，但是后来那些光影又飘来荡去，类似于他童年记忆里，游弋在池水中的红鲤鱼，这也让笑鱼止不住怀疑，难道这一晚的雨会是红色的？但是这样的念头很快又在笑鱼的心中停止，因为他已经十分清晰地听见，就在远处的巾山，差不多是半山腰的方向，竟然传来了叮叮当当的声音。笑鱼的耳朵非常灵敏，他知道那是铁器，无疑是刀剑相互碰撞的声音。他还从声音中分辨出，双方都使足了力气，想要置对方于死地，说明一场纷乱的厮杀正在巾山上进行。

琴童寸草就是在这时候满脸兴奋地奔来。寸草在雨声中听不见铁器的声音，他只是透过潮湿的窗口望向丛林茂密的巾山，他的声音愉悦而且惊讶。他喊了一声说孔明灯，那是孔明灯。他想可是下雨天的巾山，怎么会有一排火红的孔明灯？

事实上寸草和笑鱼都不会知道，就在一刻钟之前，离开无人馆的昆仑已经独自杀进了巾山上的山洞。杨一针是在傍晚时分过来告诉昆仑的，她说灯盏就躲藏在山洞里，护卫她的是她豢养了多年的那帮刀人。昆仑出发之前，杨一针给紫阳街上的孩童送去许多孔明灯，孔明灯在巾山脚下点燃，一盏一盏升空，很快将深夜里的山野照耀得一片通红。

昆仑是举着火把一步步走进山洞，首先惊起了一群黑压压的蝙蝠。他看见成群的刀人朝自己拥来，就勒令他们都站着别动，说我今天过来，主要是寻找"回头无岸"的灯盏。但是刀人的刀光排山倒海，一浪接着一浪，似乎要在山洞中将他掩埋。昆仑于是也不想再开口，而是让自己的绣春刀直接冲向了那排海浪。海浪一次次被切开，昆仑看见泼溅在眼前的浪花是红色的，携带有新鲜血液的腥甜味。血液来自不甘后退的刀人，反复喷出时就不再显得奢华，反而让人觉得是廉价的。

然而当昆仑割稻子一般砍杀过去，丢下一堆断手残臂，最终抵达山洞的尽头时，一路上却始终没有发现灯盏的身影。昆仑于是转身，又一路踩着断手残臂冲出山洞。他在洞口发现，在那排孔明灯的照耀下，许多嗷嗷直叫的刀人已经丢盔弃甲，纷纷抱头鼠窜，迎接他们的是杨一针甩出去的一把又一把的银针。银针一般会飞向刀人的喉管，也有许多直接钻进了刀人的双眼。

雨下得十分缠绵而且热烈，深夜的巾山上湿气升腾，如同云蒸雾绕的仙境。昆仑看见一棵苍劲的松树上，可能因为树枝太滑，突然掉落下一个长发飘扬的女人，仓皇之间就要奔向乱石嶙峋的山脚。此时他猛地跃起，如同飞进雨幕中的一只凶狠的鹰，带着一声浑厚的呼啸，俯冲过去时瞬间就将那人给提起。他没有提刀的那只手犹如鹰爪，抓住女人的脖子后使劲一卡，却发现转头过来的那张脸并不是灯盏，只是灯盏手下一名长相丑陋的女刀人。昆仑将女刀人一把甩向岩石，于是看见她犹如一只柔软的八爪鱼，张开四肢紧紧贴在了岩壁上。昆仑上前，绣春刀指向八爪鱼，问她灯盏在哪里？女刀人凄惶地笑了笑，嘴巴一歪什么也说不出口。她过了很长时间才像一团烂泥，啪嗒一声掉落下来，掉落下来时抬头望向昆仑说，你找不到灯盏姐的，你找不到的。

杨一针后来冲进回头无岸当铺，看见当铺里除了一盏又一盏点亮的油灯，根本就没有灯盏的人影。灯火影影幢幢，四周跟死一般寂静，杨一针还看见当铺里挂了两片风格飘逸的字幅，字幅上赫然写着：

　　不要回头，回头无岸。

21

当巾山恢复到往日的宁静时，张善桥在紫阳街的街口，将杀气腾腾的昆仑堵住了。张善桥坐在一匹苍老的马上，马不像马，瘦得像是奄奄一息的驴。张善桥说站住，为什么你刚才杀了那么多的人？本官要代表官府抓你去坐牢。昆仑于是刀子入鞘，将刀鞘举到张善桥的眼前,问他是否认得这把刀子。张善桥有点老眼昏花,他借助紫阳街的灯笼发出的光,逐渐在细雨中看清了刀子的模样,这才口舌有点结巴地说,难道这是传说中的绣春刀?难道你是锦衣卫?

昆仑不想耗费过多的语言,但是他一路走去无人馆的时候,又回头问了张善桥一句:你要押解去杭州问斩的骆问里,他人现在在哪里?张善桥在马背上一个哆嗦,觉得有一颗清凉的雨滴击中了他的脖颈。张善桥有点委屈,说本人正在查,但是本人不知道到底该往哪里查。你能不能给在下一点提示?

这天的后来,昆仑在无人馆,继续陪笑鱼看雨,也或者说是听雨。在此之前,杨一针已经给笑鱼送来一罐熬好的药汤,药名叫作青羊肝散。青羊肝散由白菊花、决明子、女贞子以及上好的北方枸杞配伍而成,又加了晒干的羊肝在切片以后磨成的粉。笑鱼一边听雨,一边闻见昆仑身上尚未消散的刀剑气息。他说你知不知道人世间最好的人生,就是远离刀光?昆仑说我喜欢刀光,但是自从来到无人馆,我又喜欢上了你跟丁山的琴声。

可能是因为你喜欢上了我师父。笑鱼笑着说,我现在仿佛能听见你的心声。

笑鱼患的是目盲症,八岁以后的每一个白天与黑夜,他眼里所能看见的,基本是一团白光。

在此之前,笑鱼的记忆一直跟父亲有关。他趴在父亲怀里入睡,能听见池塘里鲤鱼喝水的声音。父亲经常把他抱上马背,那是一匹绚丽的白马,让他看见碧绿的青草一直生长到遥远的天边。更多的时候,父亲会骑上白马带他去看海。骏马在海边停下,笑鱼趴在父亲背上,或者是站在父亲的肩头。那次他听见父亲问他,孩儿长大了想干什么?笑鱼回答:孩儿想骑马挥刀,征战四方。

那时候父亲沉默了一下,抚摸着他的头发,说孩儿不用征战四方,世间最好的人生,就是远离刀光。

然而也就是八岁那年的冬天,笑鱼亲眼看见马背上的父亲不知怎么的就冲向了海边的悬崖,在空中留下一抹惨烈的白光。父亲连人带马坠入大海,像是被辽阔的海水给收走。海风在那一年的冬天哗啦哗啦地吹着,笑鱼坐在海边,连着坐了三个月,天天以泪洗面。三个月后笑鱼没有等到浮出水面的父亲,却看见眼前是白花花的一片。那时候他的视线越来越模糊,最终被一团耀眼的白光所占领。白光偶尔会熄灭,那是在笑鱼哭累以后,整个人终于入睡的时候。

昆仑把笑鱼的故事听完,终于了解了他的眼睛是怎么变瞎的。后来昆仑对着飘过来的雨丝说:其实我跟你一样,我们都是孤儿。

原来你的父亲也不在了。笑鱼这么说着,想起很久以前,自己很喜欢的那首童谣:

  阿父,请带我登山啊!
  我要踩着你的脚印窝,你要牵着我,
  我就能登上山冈顶。

  阿父,请带我观海啊!
  我要坐上你的肩膀,你要驮着我,
  我就能看到海的尽头……

在笑鱼轻声浅唱的歌谣声里，昆仑后来说，我父亲是战死在沙场，他死在遥远的辽东，死在了漫天风雪的下雪天里。

雨依旧细细地飘着，昆仑和笑鱼也一直那样坐着，好像两个人要一直坐到天明。直到无人馆里响起夜莺飞过的声音，笑鱼才突然问了一句，说师父呢，师父的房里怎么没有一点声音？

昆仑也是到了这时候才想起，这个夜晚，当他从巾山上回来后，也的确没有见到过丁山的身影。

22

万历三十五年的春天，昆仑在某天深夜剿灭了灯盏手下的那帮刀人后，从第二天清晨开始，就到处寻找丁山的身影。然而整条紫阳街，就连整个台州城也没有人知道，丁山到底去了哪里。一连三天，昆仑每天坐在无人馆门口，希望丁山能够出现。但他等来的只有无穷无尽的细雨，也或者是从紫阳街头顶落下去的夕阳。

杨一针来到无人馆，催促昆仑上路，带上海防情报前往杭州城交给国舅爷郑国仲。但是昆仑像一个木头人，眼神呆滞。杨一针于是骂了一句：没用的东西！

时间到了第四天，紫阳街上迎来了一批身穿飞鱼服的少年，少年们各自骑着一匹矫健的骏马。骏马在无人馆门口停住，首先跳下来的是锦衣卫"小北斗"的横店。横店目光沉重，说哥，国舅爷让我告诉你，我们现在需要去桃渚。

这时候杨一针也刚刚赶到。杨一针像一阵风，从拥有四个小轮的滑板车上跳下。杨一针说别跟他费话，他现在已经是一个废人，他想留在无人馆守终。

昆仑迷迷糊糊把脸抬起，看了一眼横店身后的"小北斗"，除了来自江苏武进的韭菜，以及来自广东肇庆的寻枪，七个兄弟现在连他总共还剩余五个。昆仑说为什么去桃渚？可是他等了很久，也没有听见任何人回答。这时候他看见胡葱掉落下来的泪水，他记起胡葱是韭菜的双胞胎妹妹。昆仑说到底出了什么事？横店于是把头给转了过去，哽咽的声音在清晨的风里飘荡。

横店说，韭菜和寻枪死了，他们死在了桃渚。

昆仑看见一道锋利的光，在紫阳街的上空劈落，如同劈落下来的一道闪电。

第贰波

雾锁桃渚营

1

张望迷迷糊糊，整个人困得发昏。上午巳时时分，海边吹来的浓雾刚收起来不久，他坐在桃渚营千户所的营房门槛上，对着捧在手里的一碗药汤发呆。作为桃渚营千户所的千户官，张望患病差不多有一年。他总感觉睡不醒，脑子昏昏沉沉，像是被人塞进了一团棉花，整个人一点精神也没有。就比如现在，他虽然刚起床不久，却还是想找个地方躺下，让眼睛闭上就行。

药汤是伙房里的伙夫毛二给熬的，张望目光昏花，觉得它看上去像一碗黑乎乎的刷锅水，还有那种刺鼻的辛味，闻一闻就知道味道很苦。他没办法，皱起眉头一口喝下，感觉汤水在肚里发出叽里咕噜的声音。

张望愁眉苦脸地把碗放下，望向门口那截石头蛋子路。晨雾让蛋子路看上去有点潮湿，好像它刚刚出了一身的汗。这时候，张望就想起昨晚的一个梦。他记得黏稠的梦境里，首先出现的是两具尸体，尸体轻飘飘的，漂浮在千户所城墙外的河沟里。那时候刚下过一场暴雨，雨水让狭窄的河沟涨满，两具尸体顺水而下。张望记得他们彼此之间抱得很紧。

后来河边出现一只硕大的老虎。老虎若有所思,低头行走在一片清凉的月光下。它踩在蛋子路上,肉垫饱满的脚掌宽厚而且绵软,悄无声息地进入桃渚营的城池。桃渚营里人来人往,老虎的样子有点傲慢,它穿行在道路中央,面对一群闻讯赶来的持刀兵勇,只是稍微晃了晃脑袋。兵勇就如同被船头犁开的河水,惊慌失措着往道路两旁闪开。

这样的梦境跟昨晚现实中的月光一般清晰,张望想到这里就隐隐觉得,接下去的几天,桃渚营肯定会有什么事情要发生。

这时候果然有一阵海风刮起,没有半点征兆。海风撕扯着校练场旗杆上那几面陈旧的黄旗,发出类似于海浪拍岸的声音。细沙同时开始飞舞,漫天的沙尘中,张望似乎看见了副千户李不易佝偻向前的身影。张望对此不够确定,他抹了一把眼,抹出一缕蛋黄色的眼屎后才看清,李不易的重影渐渐聚集到一起,他穿的是一件宽大的衣裳,因为海风降临在头顶,那件衣裳似乎被吹成一面破败的旗。

风吹得很乱。李不易带着满脸黄沙,冲到张望宿房门口时,闻见一股药汤的苦涩味,在他身后那间宿房里飘来飘去。张望脸色黝黑,明显是缺乏睡眠而显得很虚弱的样子,他身后的宿房中几乎什么也没有,只剩一铺宽阔而凌乱的床。

李不易在四处滚动的风中把衣裳束紧,他看着睡眼惺忪的张望,说时间差不多了,要不千户在这里歇着,我一个人过去。

天色渐渐暗下,似乎有人从远处扔过来一面巨大的黑布。张望摆了摆手,目光疲倦地看向天边。天边乌云翻滚,仿佛一个正要准备走向落幕的朝代。

必定是一场大雨！李不易目光空洞，接着又说，他们正从台州城过来，路上会不会就此而耽搁了？

张望没有吭声，他想一场雨有什么可怕，再大的雨也下不了一整天，怕的是接下去还要不停地死人。所以他咳嗽了一声，嘴里没头没尾地飘出一句：该来的终归要来，世上哪有什么事情会被真正地耽搁？

桃渚营位于台州城东北，两地之间相隔几十里。那天昆仑离开紫阳街冲出台州城的城门，让胯下的阿宝奔跑成一支箭。雨点冰凉，昆仑一再催动马鞭，不知道含在眼里的，是雨滴还是泪水。

根据横店的叙述，韭菜和寻枪阵亡时，据说桃渚营是一个阴冷的雨天。但是昆仑想不明白，那天韭菜和寻枪到底是陷入了什么样的险境，才会在一场春雨中双双遇难，并且还都死得非常惨。昆仑知道，凭韭菜和寻枪的身手，两人哪怕是孤军奋战，几十个倭寇也断然不是他们的对手。

横店说那次韭菜和寻枪的尸体运到杭州城，郑国仲当晚就让台州府衙最负盛名的仵作开始验尸。仵作围着两具尸体转了一圈，像是走在一场深刻的回忆中，他最终在韭菜的脚跟前停住，手指长时间抚摸着下巴。韭菜的两只靴底被洞穿，仵作拔下靴子时，发现左右脚底板也都呈现一处溃烂的伤口。他量了靴子洞眼以及伤口的尺寸，又在伤口处插进一根竹签，探测其深度及内沿。竹签后来带出一片坚硬的碎屑，仵作将它扔进一盆水里，水泡升起又消失后，渐渐看清是一块生锈的铁片。他沉思了一阵，手指又回到瘦削的下巴，最后漏出的话语像是讲给自己一个人听，说奇怪了，怎么会是箭伤？

大雨滂沱，此刻昆仑已经到达桃渚营的城墙外。他在马背上抬眼，额头处淌下一行水珠，随即看见蜿蜒的城墙内，整个千户所兵营都已经被茫茫的雨雾所覆盖，似乎覆盖着一个云雾缭绕的城堡。这时候隔壁一条小路上也冲出一匹快马，瞬间将昆仑甩在了身后。马很快停住，站立在密集的雨点中喘气。昆仑看见马背上的主人戴了一顶圆形的斗笠，背影在雨雾中有点虚幻。那人渐渐回头，其间将竹编的斗笠稍稍往上提了提。笠檐四周盖了一圈透明的纱巾，纱巾缓缓撩开，昆仑于是透过雨帘看见，藏在斗笠下的那张脸，竟然是杨一针。

张望和李不易已经在雨中等候多时，此刻他们赤头站在瓮城口的河沟前，全身已被淋透。唯一的一把伞，是由蹲在地上的一个名叫毛二的伙夫举着，以遮盖身前正在燃烧的蜡烛和纸钱，让它们不至于被这场令人厌烦的雨所浇灭。

雨一个劲地下着，昆仑下马，不想再多看杨一针一眼，因为杨一针在紫阳街上竟然骂他是废物。他走到领头的张望面前，看见对方胡乱擦了一把眼睛，好像是被飘荡的烟尘熏得掉出了眼泪。张望盯着昆仑身上的飞鱼服，不禁打了一个哈欠，然后视线又从马背上的杨一针脸上缓慢地掠过。可能是因为实在没有睡醒，他在雨点中张大嘴巴，极力喊出的声音却还是显得空洞绵软，说你们两位……谁是国舅爷……派来的"玉竹"？

昆仑愣了一下，听见身后的杨一针催马上前，最终挡到自己跟前说，我！

雨水密集地打在昆仑头上，顺着脸颊一直往下淌。昆仑闪了闪眉头，转头望向蹲在地上的毛二，毛二烧纸钱烧得十分专注，仿佛身边所有的一切都跟他无关。然后昆仑听见李不易说，之前两个杭州守戍营过来的兄弟，就是死在这里。那天夜里有倭寇入侵，等我们赶到时，尸体已经在涨水的河里漂出了一段路。"

昆仑怔住了，耳朵里仿佛消失了雨声，只听见脚下奔涌的河水声。李不易说的两个弟兄，显然指的就是韭菜和寻枪。当初郑国仲派他们来桃渚，杭州卫守戍军送来的折子上没有提到锦衣卫，只说他们是杭州卫守戍军的水兵，过来桃渚是为了训练一番海上实战。

纸钱燃烧的烟雾从毛二身边升起，带着一种悲凉的温度。昆仑看着大雨中流淌的河水，河水越涨越满，最终漫过了河沟。此时他感觉眼睛很痛，鼻子很酸，忍不住回头时，却看见胡葱正六神无主地从湿淋淋的马背上滑下。胡葱落到地上，身子不由自主抖了一下，顷刻间就泪流满面。

李不易垂首，在雨点中深深叹了一口气。他随即让出一条道，声音显得苍凉而且恭敬，说几位先跟我们回营房吧！路上小心，这里的蛋子路很湿滑。

2

桃渚千户所坐落在城中后所山的山脚，群山环绕又面朝大海。

早在两百多年前，因浙江沿海倭患日益猖獗，太祖就决心要增强海防。到了洪武十七年，信国公汤和巡察东南沿海，遂提出兴建抗倭城池的建议。三年后，包括台州健跳及桃渚在内的总共五十九座海防卫所建成，桃渚设立了千户所，隶属于浙江海门卫。千户所建成后，又因时常遭受台风海浪侵袭，且难以防御倭敌，城池于是经历过两次内迁，最终于正统年间在现址的后所山临崖而建，从而面对倭敌的来袭，实现进可攻退可守的有利形势。

昆仑和杨一针坐在营房的议事厅。昆仑想起韭菜和寻枪，心里就觉得很乱。议事厅里深藏潮湿的霉味，夹杂着海风的咸腥，似乎让人昏昏欲睡。李不易抱进来一堆官兵的花名册，杨一针抽出一本，目光在纸页上一排一排掠过。后来她把花名册放下，沉吟片刻，望向坐她对面的张望说，根据朝廷收到的密情，桃渚千户所里有倭寇安插的奸细。

议事厅顿时更加安静，杨一针盯着张望，目光渐渐收拢。她告诉在场所有的人，桃渚营的奸细已经暗藏多年，不时会向外传送出讯息，这人与外界联络的代号，叫作"穿云箭"。

张望此前迷迷糊糊，一直处于半瞌睡的状态，现在他终于眨了眨眼，努力想让自己变得更加清醒。他张开嘴皮说，原来还真的有这么回事，这一切我早有预感，不然很多事情根本说不通。张望停了一下，觉得该补充什么，他想起桃渚营之前还丢失过一份海防图，翻遍整个营房也没找到。他说既然认定有奸细，那就一起查吧。

张望说完耷拉下脑袋，眼神昏花又想要睡去，好像刚才一通话说得让他很累，必须要抓紧休整一下。张望是个极端嗜睡的人，据说他骑马巡城，有许多次一不小心就在马背上睡着了。马于是就安静地驮着他，一路将他送回到宿房门口，让他在阳光下睡得更加安稳妥帖。

给张望盖上一条军毯的时候，李不易跟杨一针解释，海防图是在一年多以前丢失的，里头有沿海五十九座海防城的具体位置和布兵数量。那时候他刚调来桃渚不久，他以前是在宁波慈溪的观海卫任职。

张千户得的是什么病？杨一针问。

据说是肾虚，浑身乏力，神气倦怠，又怕冷。李不易看了一眼已经入睡的张望，又说千户一直在吃药，只是不怎么见效，每天都睡不醒。

杨一针看着张望，只见他拧着眉头，两片耳朵皮偶尔会跳动一下。她想，这人为何连睡着了也心事这么重，也或者他此刻是在装睡？

杨一针说，张千户，你最好还是醒一醒。

雨点停止的时候，昆仑已经在翻看韭菜和寻枪阵亡那天的《桃渚千户所每日军情纪要》，纪要写得密密麻麻，其中最为关键的部分，是来自毛二的口述，负责记录的人是李不易。

毛二的口述内容大致是这样的：

我叫毛二，今年二十九。我是桃渚营千户所甲字号伙房的伙夫，每天主要负责为张千户烧饭炒菜，也为他熬药。

跟千户所的许多官兵一样，我也是地道的桃渚人，家就住在营房城墙外的一个小村子，离这里很近，过了一棵樟树就是。也正是因为本地人，所以我夜里忙完了，经常要偷偷回家一趟。家里有个老父亲，我是一个孝子，要回去看他一眼。当然我也有自己的一点小心思，伙房里的小鱼小肉，或者是油盐酱醋，有机会我会藏在袖子里带回去一些。这事情我做得不对，我以后一定改。

出事的那天晚上,我也回家了。我在家里待得很晚,因为外面一直在下雨,我又没有雨笠。后来雨停了,我就走出家门,往营房里赶。那时已经过了营房熄灯的时辰,我记得我走在路上的时候就有点奇怪,城墙望楼里虽然点着灯火,却没有看到值守的士兵。你知道那时刚刚下过雨,所以我能在夜色里将灯火通明的望楼看得很清。按照我们桃渚营的军纪,每晚在望楼里值守的起码有两个士兵,一旦发现敌情,他们就负责击鼓传讯。这天负责守夜的正好是韭菜和寻枪,他们是从杭州守戍营过来的,两个人很年轻,长得跟我多年前死去的弟弟一样。

我走到瓮城口,看见一匹孤零零的战马,站在河沟前发呆。我想是谁这么不小心,夜里马都没有拴好,让它跑出营房吃夜草。可是那马见到我,一双眼却是泪水汪汪。我于是走到它跟前,当场就被吓住了,因为我看见了地上的一摊血,血正顺着城墙外河沟的斜坡,一直流到河里。我心想坏了,然后再定睛一看,差点就喊出了声音。天呐,我分明在河沟里看见两具漂浮的尸体。尸体顺水而下,彼此抱得很紧,整条河里都是血。我是在尸体就要在河沟里转弯的时候,看见两张脸从水底浮了出来,我看得千真万确,真的,死的人就是韭菜和寻枪。

那时候我差点把命都给吓没了。我急忙转身,想要冲进营房报信,却看见不远处趴着一帮持刀的倭寇,他们像鬼一样突然冒出来,好像正要冲过来对我下手。所以我假装什么也没看见，也不敢喊，怕他们当场要把我一起给灭了。

我慌慌张张冲进城池，笔直冲向张千户的宿房。我必须把死人的信息第一时间告诉他，因为他是千户……

昆仑看着卷宗，一直没有盖上，眼里出现的却仿佛是那天夜里的雨。他觉得很奇怪，韭菜和寻枪竟然死得悄无声息，让整个事件显得扑朔迷离。他原本是想独自过来调查韭菜和寻枪阵亡的真相，现在他终于明白，郑国仲当初让他去紫阳街与杨一针接头，接下去接受杨一针的派遣，其实任务的下一站，就是眼前这座暗藏杀机的桃渚营。既然桃渚营有里应外合的倭谍，代号为"穿云箭"，那么韭菜和寻枪的离奇死亡，肯定就与这个"穿云箭"有关。

窗外是桃渚营狭长的中心街，昆仑站在窗口，看见手持刀枪的兵勇和来往的百姓擦肩而过，一切都显得很平静。时间已经是傍晚，街道上有农妇赶了一群归家的鹅，鹅在石板路上一摇一摆，像一艘艘摇晃在暮色里的船。过了一会儿，沿街店铺里有油灯渐渐亮起，于是这座军民杂处的卫所，似乎在微微吹拂的海风中变了一种颜色。

昆仑转头，看见杨一针正深思熟虑着看着他，当然也许是看着他身后的夜色。这时候昆仑才发现，杨一针的睫毛很长。

3

杨一针在第二天首先要找的人是李不易。内心里，她根本不想去见张望，她觉得从这个嗜睡如命的人嘴里也问不出什么，只能望着他一直流泪打哈欠。

李不易的宿房跟张望离得比较远，差不多是在营房不同的方向。宿房门前是清澈的化龙渠，渠沟其实很窄，杨一针一步就能跨过。渠里长了茂盛的水草，品种最多的是地毯草和红松尾，它们像是一堆秘密一样趴在水底，在杨一针的眼里摇摇晃晃。

杨一针敲了敲门，看见李不易正在房中画图，他喜欢画各种各样的地形设计图。李不易有一个想法，要逐步将桃渚营扩建，他希望新建的营房里，房屋之间的距离不能太宽，最好不要容许两人并肩经过。他的意思是，这样的设计，万一今后倭寇入侵城中，在巷子间的运行速度会受限制，也不利于在石墙之间展开他们的长刀跟长枪。

杨一针仔细看着设计图，觉得李不易说得有点道理。她随即看见李不易又指向设计图的街道中央，说分布在中心街左侧和右侧的小巷，彼此之间不能一眼望到底。也就是说两条巷子尽量别在一条直线上，而是应该相互平行。就此李不易解释，这样一来，冲进对面小巷的倭寇，就看不清我方的阻击力量到底隐藏在哪个方位。

杨一针点头，随即又愣了一下，说营房的城池为何要扩建，难道是我们要扩军？李不易就笑了，笑得似乎有点隐晦，他说桃渚营暂时不需要扩军，但我们需要扩充的是女人。

因为朝廷的军丁屯田制，千户所内的兵勇世代相继，他们一年四季的时光中，三分守城，七分耕种，农忙时收割，农闲时练兵，祖祖辈辈均居于桃渚营里。于是，迎娶女人成家立户，便成了年富力强的军士们关心的头等大事。李不易说，生儿育女可不仅仅是一家子的事，也是为了确保城内一代代兵丁的延续。但实不相瞒，目前城里的年轻女子不多，我们得从外引进。这样一来，目前有限的兵营房舍势必就不够用了。

李不易是个义乌人，事实上，他就是戚家军的后裔。当年的戚家军中，有很多诸暨人和义乌的农民与矿工。

沿着化龙渠的河水，李不易带着杨一针，一路走访桃渚营的街巷。风吹在杨一针的脸上，让她好几次都去整理自己的头发。她看见许多叫不出名字的野花，一路生长过去，在她眼里呈现出一种寂寞的繁华。杨一针想，如果没有倭寇和奸细，这里原本应该很太平。她也就此想起了自己在紫阳街上的滑板车以及采草药的竹篓，但她知道，这一切也仅仅只能想想而已。

路上李不易跟杨一针聊起了之前就职的观海卫，说了几句人家根本听不懂的当地燕语。杨一针试着学了几句，最后被自己的声音给逗笑了。李不易还向杨一针展示了插在腰间刀鞘里的一把短刀，那是他前些年从入侵观海卫的倭寇手中缴获的战利品，名叫牵肠挂肚。牵肠挂肚的刀背中间刻意留出一道弯月状的豁口，李不易说，被俘获的倭寇要是想自残，刀子插进肚里狠狠地一搅，被豁口拉出来的便是一把血淋淋的肠子，谁也别想把他给救活。

李不易比张望年轻许多，脊背挺得很直，说话的声音也是铿锵有力。他走路时眼睛望着前方，身上有很明显的军人气质。哪怕是到了冬天，李不易也每天夜里要去化龙渠边的黄衙井，用那里的冒着热气的井水直接冲澡。他认为人就是这样，头脑越冲越清醒。

杨一针跟李不易走到黄衙井前，最终在井台前停住。井水在阳光中晃荡，杨一针看着自己的倒影，忽然说张千户每天睡不醒，李副千户觉得有没有其他的原因？

李不易眉头皱了一下，他显然是听清了这一句，却转眼望向化龙渠里的水草。水草间有一只懒洋洋的小虾，正慢悠悠地张开银白色的身子，好像要在这个上午把难得一见的太阳给晒足。杨一针转头，看了李不易一眼，说我是不是问得太唐突，李副千户觉得不方便回答？

李不易瞬间笑了，他说自己跟张千户配合得很好，千户因为身子弱，平常营房里大小事务顾不上打理，他自然会帮衬着一起做。

"可是千户所里竟然会有奸细……"李不易想了想说，"真是出乎我意料。你说张千户这么多年带兵，真的也挺不容易的。"

杨一针也笑了，她看着李不易说，你等于什么都没说。

按照建制，桃渚千户所下设拾个百户所。每个百户所设总旗官贰名，小旗官拾名，小旗官手下各配置拾名兵勇，故百户所下辖人员为一百一十二人，而整个千户所统辖的总兵力为壹仟壹佰贰拾人。李不易后来带杨一针去了城西一个百户所的水田，让她见识一下官兵在春耕时的抛秧以及插秧。杨一针看见那名精瘦的百户官在田埂上抛出秧苗，秧苗铆足了劲飞起，一下子跟天空离得很近。秧苗色泽青葱，在白云下面划出一道绿色的曲线，最后啪嗒一声落在水田里，砸出一片巨大的水花。她还看见卷起裤腿的官兵是倒退着插秧的，他们赤脚踩在滑溜溜的泥田里，腰身弯成一把弓，插落青秧时每一行不多不少，都是正好安排的七株秧苗。

杨一针看着这一切，想象着一旦倭寇入侵时，这些离开水田的卫所官兵在战场上会是怎样的一副模样。

后来官兵们累了，纷纷回到田埂上。他们舀起茶缸里的茶，偷偷看一眼杨一针，在喝下茶水的时候，相视而笑着聊起一些含糊不清的话题。等到茶水在肚里撑满，他们就一个个跑远，对着海风吹来的方向撒尿，笑呵呵地说看谁的尿冲得更远，能把对面一片田里拉犁的水牛给冲倒。还说去年谁家的儿子中了武进士，可这孩子他爹撒尿的玩意儿却像一根软不啦唧的面条，所以说人不能貌相，裤裆里头也可以做道场。

杨一针也试着喝了一勺茶缸里的水，觉得很甜。这时候对面那头苍老的水牛停下来，背上很快落满白鹭。水牛慈祥地望着杨一针，杨一针就想，可能在这一片看上去有点冰凉的水田里，就有她要寻找的倭敌卧底"穿云箭"。

媒婆翘嘴阿婶就是在此时来到水田间，她一瘸一拐，在这样的太阳底下身上依旧盖了一件蓑衣，好像生怕随时要下雨。翘嘴阿婶屁股一扭一扭，路上不停地咳嗽，她左手抓了一把土黄色的纸片，右手食指在嘴里一抹，带出一些口水，然后就将沾湿的纸片一张一张分发到官兵的手里。她让这些男人回去记下各自的姓名和生辰八字，自己才好去三门、黄岩以及石浦，尽快给大家物色合适的女人。

翘嘴阿婶分发完纸片，坐在田埂上喘气，她歪着脑袋盯了杨一针很久，最后翘起两片嘴皮说，姑娘好像不是本地人，有婆家没？

杨一针笑着不说话，阿婶就朝水田里照了照自己的影子，说要不我给你牵线张千户，张千户也不是本地人，他也想找女人，已经托我说媒一年多。

不用了,杨一针说,我怕我的生辰八字在这里水土不服。

水田里响起一片哄笑声,有人嘴里没把门,喊了一声说张千户的腰板能行吗?要不让毛二天天给他买海蛎子,海蛎子吃了才能壮阳。阿婶就不服气地站起来,吐出一口痰,问他怎么个不行?你别看张千户睡不醒,他有时候可能壮得如同一头牛。

杨一针看着巧舌如簧的媒婆,又看她扭着屁股一路走远。透过那件千疮百孔的蓑衣,她发现这年过半百的女人似乎还有那么一点残存的风韵,媒婆偶尔露出来的腰身,好像还在阳光下呈现出一片雪白。

后来李不易脱了靴子挽起裤腿,一脚踩进水田。他看了杨一针一眼,跟她说媒婆的嘴,跑堂的腿,你别听她瞎扯。还说咱们把"穿云箭"给揪出来,我现在跟你一样有信心。

4

昆仑从一条小巷里拐出,眼前突然出现一道耀眼的光,他身子一闪,即刻看见空中迎面飞来的是一把菜刀。菜刀从昆仑额前切了过去,笔直飞向巷口的泥地。这时候有一只大红花冠的公鸡扑棱着翅膀飞起,公鸡神色慌张,又有一种死里逃生的庆幸。

毛二站在伙房门口,头上落了几片彩色的鸡毛。他整个人气势汹汹,对着昆仑骂了一通道:你就是个丧门星,你要是晚点出来,老子现在已经把它一刀两断。

昆仑把菜刀捡起,手指在刀口处摸了摸,说听你这意思,我是不是还要赔你一只鸡?

毛二这天上午一直在抓鸡。鸡是他刚在街上买的，他想宰了它，炖上天麻和田七，给张望补补身子。结果这鸡很不老实，死到临头还从毛二手里挣脱了出去，毛二一路追赶，几乎跑遍了半个桃渚营，其间还被公鸡拉了一身滚烫的屎。

伙房门口是一片绿油油的菜地，毛二接下去开始摘葱，没有了公鸡，幸好他这天还买了两条小黄鱼。他在烧鱼的时候要放很多的葱，到了夏天还要加上紫苏，这样可以去腥，鱼汤闻起来也很香。他摘葱的时候很奢侈，不是一根一根地摘，而是把整棵葱连根拔起，在眼前甩一甩，甩掉葱头的泥。

昆仑说伙房里就你一个人吗？你给张千户当伙夫几年了？毛二此时已经在择大白菜，他剥下一片菜叶，跟那些葱扔在一起说，关你什么事？你要不帮我去抓鸡。

昆仑抖了抖飞鱼服，抬手弹去飞到身上的一只亮闪闪的甲虫，说你让一个锦衣卫去帮你抓鸡，是不是杀鸡用牛刀，大材小用了？

"锦衣卫有什么了不起。"毛二说完从菜地上跳起，他身子很小巧，并拢双腿连着跳了好几回，转眼就跳到了伙房门口。路上毛二还甩了几次手里的葱，将残留在葱头的泥甩向昆仑的飞鱼服。昆仑觉得这人有点意思，看他在地上跳来跳去的样子，犹如一只活泼的青蛙。

毛二开始洗菜，他生机勃勃地跳到水缸前打水，洗起菜来动作十分迅速。等到要切菜了，毛二又提着那把宽阔的菜刀，一下子蹦跳到了高高的案台上。他把切菜的砧板摆摆端正，菜刀笃笃笃笃落下，看得昆仑有点眼花。毛二蹲在案台上，个子瘦小，撅着两片没怎么长肉的屁股，他忙活了一阵又移动一下双脚，这才望向昆仑说，你找我什么事？你有没有看到我很忙的，你要不帮我烧火。烧火烧好了你先给锅里加两勺水，勺子浮在水缸里。对了我还想起来了，你看看缸里的水够不够，我等下还要给张千户烧一锅洗澡水，他已经一个月没洗澡了，身上可能都要长出草了。

昆仑在灶口前坐下，点燃一把生火的茅草，茅草在他手里呻吟了一下，即刻送出一团炙热的火苗。他把燃烧的茅草塞进灶膛，在一团升起的烟雾里说，你下次说话，能不能一句一句说？

毛二撅着屁股，说也行。他又伸出一个手指头，说接下去你问一句我答一句，反正我尽量不多说一句。我要是多说一句，你就用菜刀切了我这节手指头。

昆仑欣赏着毛二的手指头，看它长得很细，跟一截葱一样。他说你说好了吗？那我接下去要开始问了。

那天毛二在发现韭菜和寻枪的尸体后，就一路奔去了张望的宿房。但张望睡得很沉，毛二喊了两声他也丝毫没有反应。毛二于是想，张千户会不会没在房里？所以他就急着去点油灯。毛二记得一点，他在点灯的时候有点慌，第一次打火没有点着，可是手指却好像被油灯的灯芯烫了一下。

你是说油灯刚刚熄灭？所以灯芯才会烫到你手指。昆仑往锅里加了一勺水问道。

我没这么说，这些都是你在说。毛二把切好的菜堆到一起，说我只是好像被灯芯烫了一下，再说一遍，是好像！也就是说似乎，可能！

那么油灯点燃后，张千户是否在房里？

在呀！他不在房里还能在哪里？他就在床上。毛二说完，从案台上啪的一声跳下，又将切除下来的几个葱头随手扔向了墙角，他说张千户鞋子都没脱就睡着了，睡得就像一头猪。

刚才这些，你在做笔录时怎么都没说？

没人问我我干吗要说？对了，死的那两人跟你什么关系？难道是你兄弟？

昆仑点头，听见毛二说怪不得。毛二看了一眼昆仑的飞鱼服，感叹张千户真是眼尖，一眼就能看穿。

毛二记得韭菜和寻枪刚来桃渚营的那天，张望看着韭菜递过去的杭州守戍营的折子，眼皮都没抬起就问，你们当真是杭州卫守戍营的吗？告诉我杭州城东有几扇城门，从北到南分别叫什么门。韭菜那时候一下子被难倒了，他说自己也是刚加入守戍军不久。张望于是慢慢地笑了，说你糊弄不了我，我一听你口音明显就是京城人。但是杭州卫守戍军里只有江浙一带的人，所以你这份盖了巡抚印章的折子虽然是真的，但我猜想你们可能是锦衣卫。因为我还看出，你们两位的身手非同一般。

昆仑听毛二说完，看着他抓在手里的两条剖洗干净的小黄鱼，闻到一股腥味。他想张望说得没错，过去了这么多年，待在京城的韭菜和寻枪的确学会了满口的京腔。这一点，可能当初连郑国仲都没有想到。

昆仑说，你说得很好，接着往下说。

毛二却说我已经说得够多了，我要说的都说完了，那么你到底要不要赔我那只鸡？

时间转眼到了下午，张望午睡了一阵，感觉整个人稍微有点清醒。但他决定接下去还是待在宿房里，他有许多的事情要做。

张望后来蹲到窗前的地上，那里堆满了各种各样的石子、晾干的水草以及规格不一的小木条和小木片。木片有长的方的，也有圆的。最近一段时间，张望一直在搭建一座花园的模型，花园的出入口和遍布各处的亭台楼阁、草地林木、山石景观已经完工，接下去他要处理的，就是纵横交错在花园中的便道和小径。

昆仑踩着下午柔软的阳光，看见张望的宿房门口洞开，像是一扇夏天里的窗。他一脚踩进房里，张望的思路随即被打断。

张望身子倾斜，护佑着眼前那个幼小袖珍的花园，他示意昆仑脚步轻一点，别震垮了他刚刚搭成的花园藏书楼的顶层阁楼。在张望的脑海里，整个工程接下去最为繁琐的一项，就是如何在花园中摆入剩下的那堆五颜六色的小木条。他认为每根木条都代表连接各处的便道或者小径，小径将是琳琅满目，彼此互相交叉，又各自通往未知的旅途。

张望跟昆仑解释时声音断断续续，昆仑摆出一副仔细听讲的样子，好像是听懂了。他感觉那阵声音像吹来吹去的风，只是奇怪，张望现在怎么思路变得清晰，脑子能够应付过来如此复杂的花园。

昆仑说阳光真好，张千户怎么还有这种爱好，一个人在房里琢磨后花园？难道你接下去准备要娶好几房老婆？

张望却皱了皱眉头，仿佛再次陷入沉思，也仿佛即刻又要入睡的样子。面对那个十分珍惜的花园模型，他突然又撑开眼皮，打了一个哈欠说，在你眼里它只是一个不值一提的花园，但你错了，它实际上是一个巨大的迷宫。

这是一个软绵绵的下午，张望后来又开始目光涣散，他强打起精神说，我现在就可以告诉你，这项工程要是建成，你从这里的入口进去，整个人转来转去，哪怕是耗费半生的心血和精力，你也别想寻获其中的出口。张望抹了一把脸，说你将在这里迷路，不得不回到最初的原点，你会开始怀疑过往的人生，直至最终向花园里的每一棵草以及每一片树叶投降。

说完，张望耷拉下脑袋，好像他已经向自己的睡意投降。

夕阳终于到来，昆仑看见橘红色的阳光爬进雕花的窗格，洒落在眼前的花园模型上，呈现出一片繁花似锦的虚幻。他望向整间宿房，竟然没有看见一张桌子和椅子，却见到躺在地上的七七八八的斧头凿子和锯子，以及一些凌乱又陈旧的刨花。张望缓缓睁开眼睛，像是进入一段绵长又迷离的回忆，他说上元节那天，自己是在烟花和爆竹声中心血来潮，突然想起了曾经在云南当总督的祖父。祖父是一个很奇怪的家伙，入土之前耗尽晚年时光，一门心思就为了搭建一座别出心裁的迷宫。张望在上元节想起这些，觉得时不我待，就干脆将桌子和椅子全都剖开，手头于是有了一堆可以利用的木条和木片。

昆仑听着这些，才发现原来张望是将所有的杂物都堆在了宽阔的大床上。但他同时看见，床上唯一摆得很端正的，只有躺在枕头边的《纪效新书》以及《练兵实纪》，那是戚继光的两部著名的兵书，是将军毕生抗倭的经验总结，具有很高的参照价值。

夕阳在不经意间离开，当屋里陷入一种令人昏昏欲睡的灰暗时，张望养的几只鸽子纷纷飞回到宿房，落在地上很大方地走来走去。鸽子目光笃定，偶尔会盯向地上那片看不懂的花园模型，虽然觉得新奇，脚步却一直不敢靠近。昆仑望向鸽子，也仔细看了一眼张望的靴子，他想起那天深夜毛二冲进这间宿房时，张望曾经穿了靴子躺在床上睡得像一头死猪。接着昆仑又想起，京城锦衣卫也养了一群数量惊人的鸽子，那些鸽子经过训练后，向外下达拘捕剿杀令以及传递各种密情，是一件非常容易的事情。

张望在鸽子的叫声中醒来，他扭了扭脖子，声音疲倦地说，里头太暗，外面坐。

门口有一条四方的石桌，石桌上摆着毛二让人提过来的食盒，以及一壶温热的绍兴黄酒。旁边有一个炭炉，炭火已经差不多熄灭，蹲在炉口的，是张望每天熬药吃的药罐。

食盒打开，里头除了毛二煮熟的那只大红花冠的公鸡，还有一碗黄豆炖蹄膀，以及一个香椿炒鸡蛋。公鸡这天下午被倔强的毛二追得无路可逃，最终它干脆站定，被毛二一把提到了砧板上。然后毛二一刀下去，砧板震了一震，公鸡拳头一般大小的头颅就彻底与它的身子分开。

昆仑和张望喝酒聊天，张望三杯酒喝下去，脸色涨红，睡意渐渐消退。两人酒杯你来我往，有时会相视一笑，好像彼此心灵是相通的。张望夹了一口香椿炒鸡蛋，送到嘴里时眉头一皱，吐出一堆泥沙。他拍了一下石桌，咒骂毛二居然还敢穿着靴子跳上灶台炒菜，泥沙分明是他靴子上掉落的。还说毛二要是再敢这样，老子就把他裤裆里那家伙给切了，免得他以后炒菜时朝锅里撒尿。

张望的祖父功勋显赫，但是朝廷越来越繁杂的公务搞得他焦头烂额，又分身乏术。祖父常常汗水连绵，每到夜里就在昏黄的油灯下感觉寂寞和孤独。后来他干脆辞去官职，与过往的一切分道扬镳。他回到老家的明月轩，画了一大堆的手稿，想要搭建一座脑子里构思了很多年的花园迷宫。

你可能想不到这样的迷宫到底神秘在哪里。张望看着昆仑，目光高深莫测，说我现在可以告诉你，其实你进了花园以后，虽然乱花迷眼，但你从第一个路口开始，只要在延伸到脚下的每一条分岔小径上一直往左，总是往左，那么你就能很轻易地寻找到正确的出口。

昆仑静静地想了想，喝下一口酒说，这些彼此交错的小径，你都准备怎么搭？

张望闭上眼睛，好像一下子被问到了痛点。他只是阴沉着脸回答，说目前从祖父留下的手稿中，我尚未得到应有的灵感。

黄昏越来越深重，张望喝下就快要变凉的药汤。当那群鸽子走到他脚跟时，他撒了一把米饭，又把罐里的药渣倒在门前的蛋子路上，自己又先踩了一脚。然后他说，这么多年我他妈的都太忙了，我以前还跟李成梁将军的部队征战辽东，幸亏运气好，才他娘的捡回一条不值钱的老命。

昆仑于是在张望的声音里想起自己的父亲，当初父亲就是孤身战死在辽东的沙场。他沉默了一下，就随口跟张望打听，辽东到了冬天，是不是会下很大的雪？张望说被你讲对了，辽东落下来的雪，每一片都有白色的海鸥那么大，覆盖着战场上茫茫的尸体。

张望这么说着，好像突然想起来什么。他从兜里掏出两串缠绕着线绳的挂坠，交到昆仑手里，说如果没有猜错，你来就是为了它们。

昆仑怔了一下，两串挂坠是小北斗门的七星勺子吊坠。当初在杭州，他没有在韭菜和寻枪的脖子上找到，现在他没想到，吊坠却一直留在张望的手里。

我能猜到他们是你的兄弟，张望说，东西还给你。你节哀。

昆仑抓着吊坠，手里一阵冰凉，感觉这个傍晚多少有点不够真实。他后来看见张望从屋里提出一盏油灯，在石桌上点燃。张望睁着两个昏花的眼珠子，在油灯的光芒里说，酒我喝不动了，我今天说的话比整个春天里的还要多。我实在是很困了。

夜幕就是在这时候落下，杨一针朝张望的宿房走来时，转头看了一眼张望倒在地上的药渣，也看见张望仰躺在石椅靠背上，恍惚已经睡着了。张望还是拧着眉头，耳朵皮偶尔会跳动一下，好像他在睡梦中等待着杨一针开口。

杨一针暗自笑了，提起油灯在张望眼前晃了晃。跳动的光线下，张望慢条斯理地把眼睛睁开一条缝，他莫名其妙地笑了一下，目光随即变得寒冷，抬头看着杨一针说，你是在怀疑我杀人，还是在怀疑我装睡？

昆仑不慌不忙，看着手里的吊坠，声音很淡定，说我兄弟出事的那天夜晚，张千户有没有去过哪里？

我一直在床上。这一点毛二可以作证！

那天你是穿着靴子睡在床上，有没有这回事？

这我哪里能记得？那天下雨，雨声缠绵，我困都要困死了。

一下子死了两个人。血水灌满了河沟，张千户难道就没有听见一点动静？

营房里那么多人，你一个个问过去，看看有没有人听见过动静。

张望停了一下，抓起一杯酒一口倒进嘴里。他扫了一眼昆仑身上的飞鱼服，说你有没有搞错？我是千户，正五品，手下掌管着一千多号人，官阶不见得会比你低。你凭什么要用这种口气审问我？

昆仑抓着两串乌金吊坠，线绳挂在手腕上。他闪了闪眉头，给自己又倒了一杯酒。酒杯在石桌上碰了一下，他说张千户，咱们接着喝酒，有些事情慢慢聊，总会聊出个大概来。

张望却并不领情，他随手抓起一只鸽子，随便抚摸了一下它的羽毛，然后就使劲将它朝空中扔了出去。

鸽子越飞越远又越飞越高，昆仑看见它最终飞出桃渚营的城墙，似乎要从在这一晚开始低压下来的云层中穿云而过。

我知道这营房里有人要陷害我。张望面无惧色地盯着昆仑说，你别看我经常睡不醒，但这并不代表我傻。我祖父以前是总督，这个营房里，谁的身世敢跟我比？！

杨一针掩了掩鼻子，在张望喷出的酒气里，她漫不经心地看了一眼天边，似乎听见隐隐的雷声，觉得接下去又会是一场瓢泼大雨。她说张千户毕竟是将门之后，什么事都能沉得住气。

张望却当作什么也没听见，他只是认为夜里下雨总归不是好事情，他真是被桃渚营的雨给烦透了。他后来把头抬起，说看来接下去还要死人。阎王爷挡都挡不住！

杨一针转头说，死人不怕，关键要看死的人是谁。杨一针还说，酒真是好东西，张千户现在怎么一点都不困了？

张望对着酒杯里的夜色笑了，然后他开始四处张望，说我没那么傻，再不清醒一下的话，可能连脖子上的脑袋都没了。

5

大雨滂沱，桃渚营的城墙外黑灯瞎火。亥初时分，东城门外的村庄夜色里，奔跑着一个急忙躲雨的游方郎中。

郎中举着一块被雨打湿的布幡，在污水横淌的村落里奔跑得慌不择路。这人最终敲开毛二家的木门，木门在风雨中一阵晃荡，里头露出的脸是毛二的妻子。她看上去倦怠而且瘦弱，抱着六个月大的孩子，身上衣裳破旧，打了好几处补丁。几颗雨点击打在她平常的脸上，毛二妻子抱紧熟睡的孩子，恍惚间有一丝丝的惊讶。她没想到如此急风暴雨的夜里，出现在眼前的并非自家的男人，而是一位上门的陌生郎中。

郎中的身子几乎完全湿透，她的语气也显得湿淋淋的，她湿淋淋地说刚才经过门口，听见屋里有老人的咳嗽声，听起来着实病得不轻。她还湿淋淋地说如果不介意，愿意就此进门把一下脉，也顺便避雨。

不停咳嗽的是毛二的老爹。老人风烛残年，像一把干枯的随时都会被风吹散的草，已经靠在床沿咳出一摊污浊的血。郎中将滴水的布幡架靠在墙角，她的眼神中闪过了一道精亮的光，她是杨一针。此刻她不用把脉也能看出，毛二爹气若游丝，痨病已经步入膏肓。

逼仄的屋里，油灯火苗弱不禁风，每一次细小的颤抖都让房子显得风雨飘摇。在一股经久不散的药汤焦煳味中，杨一针开始望向桌上黑乎乎的药罐，她的手指离开病人的手腕，说最近在吃什么药，拿来我看一眼。

毛二妻子抱着孩子拉开抽屉，从里头取出一个药包，等到线绳拆开，杨一针在油灯下抚平里头的各味药品，心中便大概有了眉目。这时候孩子醒了，哭得很伤心。毛二妻子于是撩开破旧的衣裳，在吹进来的一阵急风中赶紧给他喂奶。杨一针却眉头一皱，听见屋顶瓦片上似乎响过一阵细碎的脚步声。她即刻如一道疾风般冲出，果然看见有个人影从屋顶落下，一路朝桃渚营的方向奔去。

雨越下越急，杨一针追逐在漆黑的夜里，听见飞翔的风声在耳边阵阵呼啸。

人影在纵横交错的巷子间奔跑得飞快，有几次在路口几乎是凌空跃起，踩上墙角又瞬间浮在空中拐弯。杨一针看见，仅仅是弹指之间，那人就轻易将她拉开了一段距离。

杨一针追到村口樟树下，人影最终在眼里消失。她抹了一把脸，正要甩去满头的雨水时，人影却从头顶落下，顷刻间站在她面前。

树上落下来的是昆仑。他背对着杨一针说，毛二有问题，这人一直在撒谎！

昆仑刚才就坐在毛二家的屋顶。在杨一针到来之前，他在大雨中望向东边一望无垠的桃渚营的城郭，在雨声中他开始确定韭菜和寻枪当天出事时，并非面对一帮入侵的倭寇。要不然，那么一场惨烈的厮杀，桃渚营一千一百二十号将士以及脚下这个村庄的村民，不可能没有听见半点声响。而他现在坐在屋顶，同样是雨声阵阵，却分明还能听见桃渚营城墙根河沟里积水涨满的流淌声。

昆仑相信，毛二在对李不易陈述现场案情时做了伪证，那天不可能有一群持刀带枪的倭寇。而他最初开始怀疑上毛二，始自毛二口中张望房里的那盏油灯。毛二说那天他冲进张望宿房报信时，点燃了房里的油灯。但昆仑在和张望喝酒时才发现，张望后来从房里取来的油灯，其实是摆在床边凿出的一个四方墙洞里，因为他房里已经找不出可以摆放油灯的桌子和椅子。张望的大床像宽阔的河床，那样一个漆黑的雨夜里，毛二哪怕是望见了墙洞里的油灯，也必须爬上床板越过张望的身子才能伸手够到油灯。那样的时候，床上的张望，难道还能睡得像一头死猪？

这个营房里有人想陷害我。昆仑现在跟杨一针提起张望的这句话时，听见杨一针声音果断，说，拿毛二！

事实上，杨一针去毛二家中，也正是对他产生了深刻的怀疑。她傍晚去张望的宿房，看见倒在地上的药渣，其他都没问题，只是其中的钩藤和石菖蒲让她觉得很可疑，这是两味能够令人瞌睡不止的药材。

杨一针后来去了桃渚中心街上的药铺，询问掌柜开给张望的药方里究竟有哪些药材。掌柜倒背如流，丝毫没有提到钩藤和石菖蒲，他还说每次给张望抓药的人是毛二，毛二还给他爹一起取药，他爹患的是痨病，药方里倒是有钩藤和石菖蒲。但是刚才在毛二家中，杨一针在他爹的药包里，却唯独没有发现这两味药。

事实很明显，两份药的配伍被毛二更改了。

桃渚营灯火通明，深夜的伙房外竟然围了一大群兵勇。昆仑和杨一针赶到时，发现被李不易带队堵截在灶台前的，正是东张西望苦于眼前无路的毛二。毛二就像下午被他千方百计逼到墙角的那只公鸡，两条腿不由自主地抖来抖去。他好像在等待自己临时长出一双翅膀，能够转眼就从窗口奋不顾身地飞将出去。

李不易是刚才在巡查营房时，从毛二床底的泥洞里出人意料地搜出一堆卷在一起的白纸。他将白纸凑到油灯前用火烤，发现其中一张慢慢显示出一行字，是一封未及送出的密信，告知对方锦衣卫派人过来桃渚营，着手调查韭菜和寻枪的离奇死亡一事。

毛二的密信是用伙房里的葱汁密写的。事到如今，他觉得已经没有必要再抵赖，于是扯了扯嘴角，掏出兜里的一枚葱头，说我还是承认了吧，我就是营房里的奸细，证据全都在这里。说完，他将葱头一把扔进嘴里，并且笑眯眯地嚼了一口，说要死其实很容易，我所有的话就说到这里。

李不易这时迅速冲上，狠狠卡住毛二的喉咙，并且使劲想要掰开他嘴巴。他知道葱头里肯定有毒，毛二是想服毒自尽。但是就连昆仑和杨一针也没有想到，此时亡命挣扎的毛二，在不停地躲闪间，却冷不丁抽出李不易挂在腰间的短刀，躬身一把扎进了自己的肚皮。

血非常缓慢地流出，染红了刀口。就在李不易茫然不知所措的一刻，挣脱开来的毛二却轻而易举地跳上了灶台。他在灶台上退后一步，整个人半蹲着，望向挤到伙房里的所有人的脸，包括刚刚赶到这里的张望。

张望扒开人群，站到李不易身边，吼了一声道，下来！

毛二摇了摇头，摇得很淡定。他紧紧抱着那把扎到肚里的刀，好像担心它会遗失。他非常骄傲地笑了，接着一双手猛地使劲，让刀子又往肚里深入一截，并且旋转了刀柄。血终于欢快地喷出，像春天刚刚解除了封冻的小河。毛二的目光绽放出前所未有的满足，他抓着刀子横手一拉，又猛地向外一提，昆仑于是看见，和那把牵肠挂肚刀一起抽出来的，是一堆白花花又血淋淋的肠子。肠子软绵绵的，面对外头新鲜的空气看上去显得无所适从，它们热烘烘地停留在毛二的肚皮上犹豫了一下，最终纷纷滚落，滚进毛二脚跟那口炒菜的锅里。

张望一直冷眼旁观，似乎灶台上的毛二只是站在戏台上演戏。等到这一切结束，他看着坍塌下来的毛二，终于骂了一句该死的东西，连死也要死得这么不堪入目。后来他盯着那口七成新的锅，看见里头冒着热气的花花肠子越堆越多，越堆越复杂，仿佛是乱糟糟的羊群挤满了山坡。

张望即刻转头。离开之前，他看了一眼昆仑，咬牙切齿着说，明天我一定要换了这口锅！

6

清晨无声无息地铺开，桃渚营的营城在飘荡的雾气中显得山色空蒙。阳光渐次到来时，城里城外的树木开始悄无声息地喧闹和拔节，生长得无比嚣张。东城门外的河沟旁一片鹅黄柳绿，农妇在这里露出半截肥硕有力的腰身捣衣洗菜，家里的男人荷把锄头，牵着一头耕牛意气风发地踩上了石板桥。

这座已经躺在海边两百多年的村寨一般的城池，如果不是因为战乱，海风带来的宁静从来就不会缺席。海风有时还带来几只远航的海燕，它们试着飞向陆地，钻进桃渚一带的山崖洞穴中，用唾液和绒羽筑巢，形成一种名叫燕窝的滋补品。

现在，昆仑走过了石板桥，走进狭小的瓮城，看见低矮的拱顶石壁，以及身边的石墙上，留下许多刀剑经过的印迹。当年戚继光在这里抗倭，官兵们举着兵器策马奔腾，白天黑夜进进出出，刀剑一次次在石壁上不经意地划过。嘉靖三十八年，数千倭寇大举进犯桃渚，像一群黑压压的乌鸦围城七天七夜。军民奋勇抗击，与戚继光的队伍里应外合。就在这个瓮城里，官军与被困的倭寇短兵相接，兵器厮杀你来我往，刀剑撞击在石墙上，纷纷喷溅出四散的火花。血流成河，血腥的气息一直在瓮城上方飘荡，经久不散。

昆仑看着这些，脑子里回想起韭菜脚底板上的箭伤。他到现在也还没有想明白，箭如何会射在脚上？他想象着韭菜那晚从某个高处举着绣春刀飞下，地上却突然射出两支箭，直接射中他的脚掌。这样的一幕，昆仑觉得不可思议，这种箭术绝非是地上跳来跳去的毛二所能企及。

张望的宿房门口，药罐已经在昨晚被他砸碎。他砸得非常凶狠，好像是砸碎了另外一个无耻的毛二。昆仑跨过遍地的药罐碎片，看见张望一个人坐在地上，正对着房里那座花园模型发呆。昆仑站了一阵，问他整个桃渚营里，谁的箭射得最快？张望愣住，说射箭？如今基本都是火铳鸟铳，我们很少练习射箭。又说之前的弓箭都锁在库房里，大半年没用，说不定箭头都已经生锈。

昆仑望向墙洞里的油灯，说毛二可能不是"穿云箭"，就凭他那样子，一个人绝对对付不了韭菜和寻枪。

你能明白就好。张望站起身子说，眼睛却依旧看着琳琅满目的花园模型。他说桃渚营就是一个迷宫，迷宫里到处都是假象，那全是设定好的圈套。

张望昨晚很忙，在砸碎了药罐以后，他整个人灵感迸发，之前凝滞的思路好像完全被打通。他奇怪自己竟然丝毫没有睡意，于是就对着那个模型花园，破天荒地折腾了整整一个通宵。现在他已经搭成了二十四条小径，每一条小径的石子下，都隐藏着令人惊喜的秘密。但他背对着昆仑说，谈什么城池扩建，房屋间距离不能太宽，街道两旁的巷子又要互相平行，这些都是几十年的老调重弹了，戚继光将军的兵书里早就写得很清楚，不是某些人口口声声说的新花样。

张望停了一下，又吟诗一句，说封侯非我意，但愿海波平。真正厉害的是老子这座迷宫，倭寇一旦闯进来，老子只需坐在望楼上晒太阳，不出半个月，不用动刀动枪，老子就能把那些迷路的倭寇给活活地饿死。这叫什么？这叫不战而屈人之兵！

阳光涌进屋里，昆仑听见张望气势汹涌喷薄而出的一番话，也听出了他的指桑骂槐。他望向门外的操练场，旗杆上黄旗飘扬，黄旗下李不易正带着一队士兵练习刺杀。两把刀子齐头并进朝李不易砍去，李不易在沙堆前身子一蹲，双手甩开，左右两个兵勇便摔倒在地上嗷嗷直叫。

昆仑跨出门槛，走进迎面吹来的风中。这时候他听见身后的张望说，堆弓箭的库房在关公殿那边，锁匙就在李不易的手里。

7

李不易是在夜里被昆仑拿下的。他那时正跟往常一样，兴致勃勃地去黄衙井边冲澡。他只是没有想到，此时身后的不远处，昆仑已经轻飘飘地飞上了屋顶。他坐在倾斜的瓦片上，头顶是清凉的月光，身边长满了风中招摇的瓦楞草。按照杨一针给他的思路，他是想观察一下李不易在夜里的行踪，看看这人是否有什么不可告人的秘密。

在毛二自残的现场，杨一针曾经有过疑问。她记得很清楚，就在毛二往嘴里扔进那枚葱头前，李不易有过一个细小的举动，他看似很随意地摸了一把腰间牵肠挂肚刀的刀鞘，然后静悄悄地解开刀鞘的卡扣。也就是这么一个动作，让毛二后来在被李不易卡住喉咙并且试图掰开嘴巴时，很轻易地抽走了他刀鞘中的刀子。

一切似乎天衣无缝，杨一针起初也觉得可能只是一个巧合。但她想起毛二扔进嘴里的葱头其实并没有藏毒时，又认为这有可能是一种默契的配合。她想如果李不易早就设计好让毛二背下整个事件的黑锅，那么他必须要安排一个环节，让毛二先是坦然地认罪，然后又第一时间自残，造成证据链的闭环，也由此中断了整个事件的往下调查。

昆仑俯视着黄衙井前的李不易，看他不紧不慢地从井里再次提出一桶晃荡的水，接着又宽衣解带，最后只剩一条宽大的裤衩。他在寒凉的夜风中拍了拍身子，提起井水往自己头顶浇去。所有的一切看来都无比正常，李不易还在搓澡期间唱起一支悠扬的小曲，声音跟随化龙渠的流水一路飘远。后来昆仑听见曲声终止，李不易也开始转头观望四周，在确定周遭无人后，他像一只脱了毛的猴子，小心翼翼地爬进井口，随后发光的身影就在夜色中消失。

昆仑从鱼鳞一样的瓦片上落下，静悄悄地坐上了黄衙井的井台。月光中，他低头看了一眼，看见井水被搅乱，潜入水里的李不易像一条摇头摆尾的鱼，正要从井底浮起，手里似乎还抓了一个黝黑的盒子。

月影在井水的晃荡中被打碎，李不易一只手搭上井台，正要神鬼不知地爬出时，转眼看见了坐在他头顶的昆仑。这时候他左右为难，身子僵在井口不知如何是好。他彷徨了一阵，听见昆仑开口说，李副千户你猜一猜，你脚下是黄衙井的井水，我眼前是化龙渠的河水，咱们原本是井水不犯河水，可我现在怎么就偏偏挡在了你的头顶？

李不易下沉到水中，抬头看了一眼井口不一样的月光，感觉井水越来越冷。他两条腿在水里摇摆了一阵，突然一甩头，吼了一声让开，随即就从井水中冲天而起，携带出一根银白色的水柱。

昆仑的腾空几乎是在同一个瞬间，他整个身子浮起，在空中转了个身，张开的手掌像一片坚硬的翅膀。昆仑看准李不易的脑袋，猛地一掌按下，嘴里又喊了一声回去，于是顷刻间，李不易又活生生地被重新按进了井里，井台边溅出一片硕大的水花，像飞起来的一片海。

张望对李不易的审讯不温不火。李不易坐他对面，满头都是黄衙井的水珠，好像他在这个乍暖还寒的春天里大汗淋漓。张望起初主要是跟李不易聊天，他首先回忆起的是李不易刚从观海卫调来的那个下午，自己去东城门口接他。那天李不易春风得意，骑了一匹精神饱满的白马，身后还带了几个随行的摇头晃脑的弟兄。张望见他从马背上跳下，向自己拱手行礼，态度谦恭而且样子文雅。张望于是展露笑容，笑眯眯地说，你叫李不易？你这名字看上去简单，仔细想其实有点复杂，听起来又像是一个诗人的名号。

张望的回忆步步深入。他认为李不易来桃渚营这么长时间看似斯文明理，实则却是满肚子的坏水，明里暗里想把他这个千户给挤走，好让自己在桃渚营一手遮天。张望和声细语，他问李不易，你急什么急？你年轻不易，我年长其实更不容易。我要走的时候海宁卫指挥使自然会让我走，你以为我还想老死在这里？我早跟你说了，海边的气候一点都不适合我，太潮。

门外飘进橘子花香，张望说着说着就细细地抽了抽鼻子，感觉在这样一个静谧的夜里，橘子花香安静优雅，而且释放出一股甜蜜，令人心旷神怡。他后来看着眼前的一个铁盒子，盒子是刚才李不易潜入黄衙井底捞起，又在被昆仑按回井里时匆忙扔下的。现在盒子已经擦干，打开以后夹层里有一封密信，但张望顺着读一回又倒着读一回，读来读去也始终没有明白，如此胡言乱语又毫无章法的话语到底是啥意思。他问李不易，这应该是你们观海卫独有的燕语？

李不易抬头看着张望，脸上灰蒙蒙的，最终一个字也没说。

张望等了很久，没有等到他想要的答案。他走到李不易跟前，凑到他耳朵边说，不想开口是吧？那也行，既然你不服，咱们就直奔主题。

李不易被绑到刑架上，先是被喂了一顿鞭子，好好的衣裳被抽烂，抽打出许多血痕，他还是一直不吭声。张望说我明白了，你可能在等，等我用上更加惨绝人寰的酷刑，于是他在刑房里用目光大致数了一下，刑具主要有狼牙棒、烧红的烙铁、插入指甲的竹签以及刮人皮的铁丝刷等。但张望想，这些可能还是比较普通，要不就来一点有新意的，所以就跟手下说，去拿一根铁凿子来，咱们把李副千户的耳洞给凿穿。他这耳朵可能被堵住了，我跟他说的话他什么也没听见。

李不易于是被侧脸按在地上，脑袋被人踩住。负责刑讯的士兵先是提来一个铁锤，接着又拎过来一把铁凿子，凿子插进李不易的耳朵孔试了试，看上去粗细程度刚刚好。

张望说可以的，要的就是这个效果，凿吧。把两个耳朵凿穿，这样就能听得清楚我说的话了。

铁锤举起，有人在旁边一双手扶稳那根铁凿子。李不易感觉耳朵里很凉，又看见巨大的铁锤头在头顶晃来晃去，找准了方向就要朝他落下，这时候他从牙缝里挤出一句，我招。

张望笑了，样子很斯文地缓慢蹲下，仿佛很有礼节的样子。他拍了拍李不易因为遭受挤压而变了形的脸，说你终于肯开口了，其实我最多只是吓唬吓唬你。你这个人真胆小。

早在观海卫时，李不易就背叛明军，成了倭寇的奸细。到了桃渚营后，为了拉拢人员，他起初放任毛二的小贪污行径。他看着毛二带回去一个鸡蛋，接着带回去一篮鸡蛋，接着带回去一只鸡……等到毛二有天往家里赶一头营房里的羊，他就抓了个现行，威胁毛二说要送他一家人去北方当苦役，全家都累死在冰天雪地里。那时候毛二的妻子还在怀孕，肚里有几个月大的孩子。听到李不易语调温和的威胁，这孩子兴高采烈地踢了毛二妻子的肚皮一脚。

李不易后来命毛二将抓回来的药先送去他房里。他将毛二爹配药中的钩藤和石菖蒲混进张望的药包，是想让张望嗜睡，毫无精力打理军政。他也好找理由掌握整个桃渚营的实权，同时也方便掌控兵力。

韭菜和寻枪出事的那天，李不易让毛二将值夜的韭菜骗去海边，说是那边出现一群入侵的倭寇。但他之前在海滩里埋下一排锋利的箭头，借鉴的是当初戚继光对付上岸倭寇时埋的板钉。韭菜一双脚踩上箭头，整个人动弹不得，等待他的就是李不易和几个手下轮番砍来的刀子。韭菜奄奄一息，最后被绑在马背上，嘴巴被一把新鲜的草堵住，用马驮着血淋淋的他回到城门前。毫无防备的寻枪见状，急着跑上去要将成了血人的他抱下。可是李不易就藏在马肚子下边，夜色里，李不易准备好的剑猛地刺出，当场就刺穿了寻枪的肚子，血像河里的水一样涌出……

李不易要除掉韭菜和寻枪，是因为他也看出了两人的锦衣卫身份，而且有次他给张望的药包里加入钩藤和石菖蒲时，正好被韭菜撞见。韭菜虽然不懂医，但李不易想，这两个锦衣卫留在营房里，早晚会阻碍他与外界联络，还不如早点给杀了。那天在河沟边动手时，受伤的寻枪和韭菜一直紧紧地抱着，两人都想护佑对方，让刀子砍在自己的身上。

自从昆仑和杨一针过来桃渚营后，调查步步紧逼，李不易觉得这事情很难躲得过去了，就决定让毛二出来顶罪。他给了毛二两根金条，提醒毛二当初是他将韭菜骗去了海边，这已经是死罪。他说毛二要是不愿意顶包，那么全家人就惨了，他即刻就会上门把他们给除掉，一个个扔去城外喂狗。

真相早晚会查明，你终归是要死的。李不易说，既然横竖是个死，你还何必要添上妻子，以及刚刚生下来的儿子？再说我以后会对他们很好，这里的千户位子就是留给我的。

关于井里捞出来的情报盒子，其实是一个名叫阿海的人留下的。阿海也是一名倭谍，常来桃渚营与李不易互通情报与指令。但他一般都不与李不易见面，每次留下的信息都是扔在黄衙井里，利用的文字表意方式的确是观海卫独有的燕语发音。燕语是慈溪一带观海卫的独门暗语，从四处征召聚集起来的营兵和当地人为了交流方便，慢慢形成了一种新的发音，因为叽喳叽喳，像燕子鸣啼，所以被称为燕语。阿海这次是和李不易也是用燕语约定，子夜时分和他在天妃宫里见面，双方当面交接密情。

说完了吗？张望问。

李不易温文尔雅地回答,说完了,你们可以出发了!

天妃宫笼罩在橘黄色的月光中,这里偶尔能够听见几声短促的鸟叫,在空旷树林中悠然回响。天妃宫位于后所山的山腰,其实就是一座妈祖庙,里面供奉着保佑渔民平安出海的妈祖女神。

阿海这天下午就来了桃渚营,他经历过无数次的情报输送,此前一直活跃在福建连绵五百里的烽火门水寨,自福建宁州、流江以南至罗源县濂澳门。此刻他站在一棵具有百年树龄的翠柏下,感觉山风钻进脖子,这让他比较武断地认为,浙江的海边似乎比福建要冷一些。柏树枝头高昂,直插云霄,陪伴它的,是那座洁白的天妃神像。天妃面容很慈祥,阿海站在她脚下,觉得自己渺小得像一粒尘土。于是他低头对美丽的女神拜了拜,态度虔诚得像一个认错的孩子。

一只松鼠从柏树上从容地蹿下,阿海凝神一看,看见对面走来的人就是李不易。李不易好像刚换了一件衣裳,整个人干净整洁了许多,在寂静的天妃宫前显得有点飘逸。阿海很自然地迎上去,正想要开口时,却见到李不易身后又慢吞吞走出另外一个男人,这一幕毫无征兆,男人身穿飞鱼服,好像是从李不易的身影中刚刚分离出来的。阿海惊醒,叫出一声坏了,转头就想跑,但是那边迎面过来的,是提了刀的桃渚营千户所张望张千户。

阿海很明智,瞬间打消了逃跑的念头,他干脆站在那里不动,专心致志地看着自己落在地上的影子。在被张望用绳子绑起时,他对身边的昆仑比较热情地笑了一下,并且用地道的福建话音感叹说,我就知道你们浙江这地方的人很精明。

张望将这个夜晚安排得很紧凑。他很快就开始了审讯,就在刚才刑讯李不易的刑房里。从他精神抖擞的样子来看，他现在好像已经迷恋上了审讯这件事。

阿海非常配合，他一闻到刑讯房里的血腥味，就从头到尾不想做任何无谓的抵抗。据他交代，他来浙江与李不易接头是起始于半年前，其间带走了桃渚营及附近海防的很多军事密情。此次他与李不易见面后，就要漂洋过海去琉球走一趟，与那边一个代号为"花僮"的倭寇头领接头，取回一个入侵明朝海岸线的"婆婆丁计划"。至于接头的暗语，具体方式是阿海问对方"八仙为什么能过海"，然后对方的回答听起来文不对题，说因为八仙喝起酒来，一个个都是海量。

但这两句暗语毕竟有点简单，所以按照约定，阿海与"花僮"接头时，还必须带上一份接头信物。信物就在李不易这里，需要他当面交给阿海。

张望对阿海的表现比较满意，但他又想起，接头信物还在李不易手里，姓李的刚才竟然一点都没提起，看来还是不够诚实。他问阿海，到底是一份什么样的信物？阿海其实早有准备，他望向地上一堆沾了血的破烂衣裳，说这是不是李不易刚才换下来的？因为我看见他身上有鞭痕。

张望说是又怎样，不是又怎样？

阿海说，那么信物估计就在他口袋里。

张望命人取来衣裳，阿海很主动地帮助寻找，可是他翻遍所有口袋，发现全都是空的，什么也没搜出。阿海眼珠转了一下，像一只聪明的松鼠，他提起衣裳抖了抖，就决定要拆开衣领。缝线被挑断，衣领摊开，里头果然卷了一张宣纸，宣纸在桌上展开，是一幅《八仙过海图》。这时候阿海终于舒了一口气，他十分认真地说，就是这个八仙图。八仙为什么能过海？因为八仙喝起酒来，一个个都是海量。

张望却在阿海的声音里感到一阵由衷的沮丧，因为刚才刑讯李不易时，鞭子抽打在他身上，使得八仙图不仅被抽烂了一截，而且还被李不易的血所染红。张望看着昆仑，心里悔不当初，可他又听见阿海不停地絮叨说，我不会骗你的，的确就是这个八仙图。八仙为什么能过海？因为……

阿海啰里啰唆，声音沙哑。这让张望很烦，觉得脑袋都要炸开，他突然提起刀子，看都没看阿海一眼，就猛地朝他脖子方向劈了过去，说八仙你个头，老子就快要被你给烦死。

阿海的头颅飞出，带着一股热情洋溢的血，很干脆地撞向了墙角。人头落下，又在地上连着滚了好几滚，最终停下时眨了眨眼睛，两片嘴皮倒吸一口冷气说，张千户，算你狠！

昆仑站在一旁，脑子里一片茫然。他看着阿海依旧站立在地上的身体，脖子以上部分是残缺的，正不停地冒着血。脑袋已经不见了，好像是被人变戏法一样给藏起。昆仑止不住一阵唏嘘，心想张望怎么出手如此之快，自己根本就没有时间将他拦住。这时候他听见杨一针离开的声音，他蓦然转头，看见的只是一抹背影。

杨一针的背影在刑讯房门口一晃而过，似乎走得比一缕急速的风还要决绝。

8

当晚，锦衣卫小北斗成员横店和胡葱踩碎潦草的夜色，冲去了城西百户所的那片营区，同行的风雷和千八则守在营区的门口。他们听着黑色的空中传来夜鸟的声音，突然觉得今晚必定要发生大事。

营房里兵勇睡得很香，他们此时并不知晓李不易被捕的讯息，谁都认为这是一个非常普通的适合做梦的夜晚。

横店举着毕剥作响的火把，对着手里的一串名单，一个个大声念过去。名单里的人是李不易当初从观海卫带来的随从，也是他的奸细同伙，那天一起参与了对韭菜和寻枪的暗杀。他们中一个当上了百户长，三个是小旗官，剩下的一个则是普通士兵。百户长就是那天杨一针在水田里见过的抛秧的家伙，普通士兵是那个嘴上没把门的、笑话张望身子不行的插秧的兵勇。

百户长听见横店的叫喊声，揉了揉眼睛从床上坐起。他看着抖动的火把心生疑惑，说怎么了？

横店就说没怎么，只是过来通知你们一声，赶紧卷铺盖，因为你们死到临头了。

百户长瞬间冲到潮湿的地上，一把抽出床底的刀。横店于是将火把扔给胡葱，说你在这里等一下，我过去看看他到底拿了一把什么样的刀。说完，横店跃起身子即刻出现在了百户长的面前，对方还没来得及出刀，横店已经一掌击落在他肩头，让他当场跪在了自己跟前。横店说，你如果想现在就死，那我就让你痛快一点。

百户长一言不发，他抬起头望着横店，紧咬着嘴唇，十分不服的样子。横店笑了，说，我看出来了，你并不想马上死。

郑国仲在第二天傍晚见到了从桃渚营赶来杭州的信使，闻讯以后，他当即从杭州城星夜出发，火速奔向台州。李不易就是

"穿云箭",这让披星戴月的郑国仲感觉一路的奔波虽然辛苦,却是非常值得。

事实上,关于"穿云箭"的密情,也是杨一针之前在台州府紫阳街丽春豆腐坊里打探到的。杨一针将此密告郑国仲,郑国仲才派出韭菜和寻枪过去桃渚营打前站,看看是否能先期掌握一些必要的信息。

阳光垂直地打下来,东城门的河沟前,总共排着六辆囚车。囚车里跪着的,是李不易和他的那些手下。

昆仑点燃一炷香,为了祭奠在这里遇难的韭菜和寻枪。胡葱也跪在地上,一直在抹泪,她想起自己的双胞胎哥哥,手里的纸钱就一片一片地撒进燃烧的火堆里。她有时看着翻卷在火焰里的纸钱,有时又转头,目光如同一把冰刀,刺向囚车里的李不易。

烟雾缭绕,头顶盛开的梨花开始在烟雾中落下,白色的花瓣纷纷落在胡葱身边。昆仑走过去,将原本属于韭菜的那串小北斗吊坠挂在胡葱的脖子上。他擦了擦那个七星勺子状的乌金吊坠,看见它在火光里闪烁着暗淡的光。

胡葱已经跪了很久,此时昆仑想把她牵起,她却推了昆仑一把,说走开!

胡葱现在连走路也要跟昆仑隔开一段距离。就连横店也知道,她现在开始憎恨昆仑,她恨昆仑当初没有跟韭菜和寻枪一起过来桃渚营,要不然,两人就不至于落入李不易的陷阱。横店记得那段时间里,昆仑在杭州钱塘火器局,正忙着跟嫂子赵刻心学做烟花,没有向郑国仲打听韭菜和寻枪出征的原因。那时候昆仑做了很多烟花,这些烟花被他点燃,在夜空里灿烂无比。烟花熄灭时，等来的却是韭菜和寻枪的尸体。

郑国仲就快要到达桃渚营，昆仑和杨一针上马，准备带着横店他们去城外那条蜿蜒的泥路上迎接。马刚走了几步，昆仑回头，发现胡葱和横店不见了。他问千八，人呢？千八望向城墙，说他们两个调头回去了。

这时候杨一针一愣，似乎心急火燎。她即刻就让马回转身子，风驰电掣般冲向了桃渚营。昆仑仿佛也意识到了什么，他扭过头来，提了提马缰，转身朝杨一针追去。

此刻李不易他们的囚车正在回去牢房的路上。囚车行进在桃渚营正中心的龙门街，阳光晒得李不易睁不开眼睛，他低头，看着脚下倒退的石板路，渐渐感觉心灰意冷。此时街道两旁突然响起一片哗然，李不易回头，看见从远处冲来的是杨一针和她胯下的骏马，骏马高昂着头颅，奔跑得非常迅速，让街边惊讶的人群一时间都忘了躲闪。

李不易不知道发生了什么。他随即看见马背上的杨一针目光如电，满脸的焦虑，并且在街道那头对着天空喊了一声住手，声音似乎要穿透所有的街巷。与此同时，阳光下的石板路面上，突然映照出一个从天而降的人影，人影是从街边的一幢屋顶上飘下来的，顷刻间就落在了李不易的头顶。

惆怅的李不易怅惘着抬头，他跟所有人一起看见，落在自己囚车上方的是愤怒的胡葱。胡葱对疾驰过来的杨一针视若无睹，同时看见抄近路的昆仑已经越过囚车队伍，从她身后的另外一条巷子中冲出。胡葱觉得再不下手就来不及了，她一把甩出挂在背上的弓，早就准备好的利箭于是咔嚓一声，瞬间就射进了李不易近在咫尺的头颅。

一股血朝天喷出，午初时分的中心街突然静如子夜。过往的人群脚步飘忽着停下，纷纷望向囚车顶的胡葱，目光陷入一种持久的虚幻。等到杨一针和昆仑从南北两个方向赶到时，押解的官兵才如梦方醒，他们各举兵器，将囚车团团围住。

胡葱站在车顶，脖子上挂了两串小北斗门的乌金吊坠。她缓慢地拔出绣春刀，对脚下围拢过来的官兵喊了一声：让开！我替我哥报仇，这一切都跟你们无关。

郑国仲的马就是在这时冲进了人群，他没料到自己到达桃渚营的第一时间，耳闻目睹的竟然是如此难以想象的一幕。他气得鼻子冒烟，但他仍然强压着火气，心平气和地说，绑！

此时围观的人群中又冲出来一个横店，他拔出双刀，双臂哗啦一声展开，挡在囚车前怒视着那些就要冲上来绑胡葱的士兵说，谁敢上来？

胡葱踩着横店的肩膀跳到了街面上，她将绣春刀入鞘，然后提着那把弓问郑国仲说，李不易难道不该死吗？

要死也是死在朝廷的刀下！郑国仲说，你没有资格跟我顶嘴！你也没有资格动用私刑！

那有什么区别？！胡葱梗着脖子回答，反正他早晚都是一个死。就算是我替朝廷杀人！

张望这时偷偷地笑了，他看了一眼李不易耷拉下去的脑袋，以及插在他头顶的还在颤抖的箭，觉得胡葱这一仇报得真是有想法。李不易当初用箭头扎穿韭菜的脚底板，胡葱现在就用箭头射穿他头颅，这叫一报还一报。张望想到这里就差点笑出了眼泪，他跟昆仑说，你手下一个女娃子，杀人的速度比我还快。我就喜欢这样的手下，要不你就干脆把她留给桃渚营吧。

昆仑瞪了一眼张望,急着过去向郑国仲求情,请求他不要给胡葱治罪。郑国仲的声音却砸在他脸上,说你给我闭嘴!郑国仲又看了杨一针一眼,于是杨一针上前取过胡葱手里的弓,又把她的绣春刀给卸下。但她仍然十分细心地整理了一下胡葱的头发,说听姐一句,快去给郑大人认错。

这时候,郑国仲的随从已经将铁链子缠上了胡葱的双手。胡葱没有反抗,她的目光望向了昆仑。这时候的昆仑目光阴沉,他们同时觉得,阳光似乎是从街边的屋顶上倒退着走过。而且阳光走过去的时候,一只目光阴险的猫刚好踩过不远处一间屋的瓦片。

9

黄昏。郑国仲进入了一片树林时,被身边缠绕的雾气所包围。雾气是由海风送来,也从脚底潮湿的泥土中升起。春天的桃渚营,永远被迷雾所覆盖。

张望和胡葱随随便便杀人,连眼睛都不眨一下,却打乱了郑国仲的整盘计划。他原本想亲自审问一下李不易,问他是给谁卖命,之前桃渚营丢失的那份海防图,又是被他送去了哪里。郑国仲并且有一个大胆的设想,就是将阿海收到麾下,将他发展为明朝的暗桩,让他继续前往琉球,去跟代号"花僮"者接头,取回倭寇入侵大明的"婆婆丁计划"。但是如今这一切都成了泡影,郑国仲在缭绕的雾气中不免有点沮丧。

昆仑进入树林时,牵来了郑国仲的马。郑国仲满脸疑惑看着他,听见他说,郑大人想不想去看海?

海边风声阵阵，海水在黄昏里是一片青灰色的世界。波涛滚滚，仿佛要吞噬眼前的一切。波涛还托出一群翻飞的海鸥，昆仑看着那些浮动的翅膀，以及翅膀后面那个无比辽阔的水域，似乎深不可及，令人望而却步。

郑国仲迎着海风，突然想起一件事情。他说根据锦衣卫另外一条线的密情反馈，那次从台州城监狱里深夜逃脱的犯人骆问里，就是逃去了大海对面的琉球。骆问里之前在杭州的钱塘火器局待过，掌握大量的先进火器制造技术，如今他是倭寇设在琉球的地下火器局的总管，该火器局马不停蹄昼夜生产，势必成为明朝海防安全的一大隐患。

昆仑望向茫茫大海，走到郑国仲跟前，说找郑大人出来，只是为了商量一件事。胡葱杀了李不易，我也没能留下阿海。昆仑愿意将功赎罪，假借阿海身份前往琉球，设法拿到倭寇的"婆婆丁计划"。

郑国仲以为自己听错了，他差点笑了出来，觉得这样的念头不可思议。但他又听见昆仑说，哪怕不去琉球，小北斗也不可能躺在海边数星星。

声音在海风中随风飘荡，郑国仲在这样的声音里，突然一下子精神抖擞。

军中无戏言！郑国仲说，你要想清楚，那是琉球，虽是我大明藩国，但不能说是我大明本土。人一旦跨出这一步，就是拿性命去赌。

皇上说天下处处暗藏凶险。小北斗的诸位兄弟寿命长短，要看各自的造化。

有句话你再给我说一遍！

昆仑站直，迎向郑国仲的目光，声音洪亮：人在吊坠在，北斗永不败！

郑国仲再次笑了，此时他看见空中的北斗七星一闪一闪，闪亮得十分透彻。

三天后的清明节，有船要趁鸡鸣时分涨潮出海。晨雾一阵一阵涌来，将郑国仲的全身打湿。郑国仲来到离桃渚营不远的海边码头，亲自送昆仑和横店他们上船。因为又少了一个羁押在牢房里滥用私刑的胡葱，原本七个人的小北斗队伍，现在只剩下四人。

出海的这艘商船是一艘庞大的车轮舸，船长四丈二尺，阔一丈三尺，已经等候在水雾蒙蒙的码头。车轮舸安装四个大轮，大轮在海中击水转动，带动船体运行，其航速远快于人力划桨。

船帆渐渐升起，昆仑回望桃渚营的方向，看见曙光就要来临，送行的队伍中还有沉默的杨一针。杨一针昨晚就向郑国仲申请，希望能一同去琉球，郑国仲沉吟不语，最后说，你再让我想想。现在杨一针远远看了昆仑一眼，似乎把想要说的话咽进了嘴里。昆仑于是想起紫阳街上的针针见血医馆，以及那天夜里杨一针举着游方郎中的布幡，敲开毛二家的木门。

海风吹起杨一针的长发，昆仑对她笑了一下。这时候晨光中奔来一个桃渚营的小旗，小旗向郑国仲和杨一针禀报，说陈五六昨晚又出现在了紫阳街，这人偷偷进去无人馆，想要抱走丁山的那把天涯古琴，结果被巡夜的台州府官兵发现，最终落荒而逃。

昆仑终于明白，原先下落不明的丁山其实是被陈五六给劫走的。他喊了一声，我这就去找陈五六，先去把丁山给救出来。

郑国仲的脸即刻拉下，他挡在昆仑跟前，说你的下一站是琉球。

　　杨一针看着昆仑，突然就笑了，说我差点忘了，你是一个情种。你要是就这样去了琉球，说不定会得相思病的。这种病，没有药。

　　张望极力克制自己，不让笑容喷出。事实上，他还是个多才多艺的主，不仅会建造迷宫一样的花园模型，还能画出一手好图。就在昨晚，他也决定将功补过。他连夜挑灯劳作，对照着李不易的那幅旧作重新画了一幅《八仙过海图》，画出的样子竟然跟原来的一模一样。刚才在送昆仑来海边的路上，他虽然一夜没睡，却一点也不瞌睡，还在马背上骑出了英姿飒爽的味道。

　　现在张望要送给昆仑一样礼物，是他用竹子雕刻的天妃女神像，能够保佑昆仑出海一路平安。但他在袖口衣兜里摸来摸去，却始终没有摸到那枚竹雕。张望不觉有点沮丧，认为自己是忘记带上了。他试着摸向另外一只衣兜，却出乎意料地掏出了那枚神像。

　　张望摸着头皮，含含糊糊地笑了。他听见昆仑说，画画和雕竹子算什么本事，你有本事就去帮我找到丁山，到时候我就送你一匹汗血宝马。张望却说我不缺马，我只缺兄弟。所以我会替你去找丁山。

　　昆仑说，那我要怎么谢你。

　　张望说，你给我好好地回来，回来陪我喝酒。

　　昆仑没有再说话，还是把目光投向了初阳。他觉得心头有缠绵的温暖，在这样的温暖里，他分明看到船帆吃足了海风。昆仑终于站上甲板，目光望向被初阳染红的海面。昆仑开始沉醉在海风带来的回忆中，他想起万历三十五年的春天，他从京城出发，先是去了一趟杭州城，接着又赶往台州府，然后他此刻就要离开桃渚营，前往异乡琉球。他突然觉得自己并不能预知自己的下一步，这让他觉得自己很像是一条海里的鱼。

现在，朝阳已经开始在昆仑的视野里连绵地铺展，他不知道这一路马不停蹄的出征，位于海水那头的琉球，被誉为海上的珍珠的那个岛国，等待他的又将会是什么未卜的前路。这时候昆仑站直身子，他缓缓地转过身子，眯起眼睛向岸上所有的人挥手。

第叁波

琉球国长夜

1

阳光像一丛争先恐后的银针，从遥远的天幕洒下，纷纷洒向大海中的黄岩号。黄岩号车轮舸行驶在一望无际的海面，硕大的车轮一次次刨开海水，将它们拍打成四分五裂的泡沫。昆仑坐在最豪华的船舱，透过四方的窗口，看见迎风招展的大明王朝日月旗，在海面上留下一抹晃动的倒影。他眯着眼睛望着被光线扎满的船舱，感觉自己是端坐在一只巨大浮游动物的胸腔里，也像漂荡在一片潮湿的梦境里。他不清楚自己是在梦中航行，还是航行在一片梦里。

在许多个黄昏来临时，昆仑都会带上小北斗中的千八和风雷，去甲板上走一走。那些由远而近的金色光线，浩浩荡荡地在他视野中铺开，看上去无比奢侈。昆仑闻到海水的腥味，也看到海面上反复浮起又沉下、一只有圆桌那么大的得意洋洋的海龟。海龟似乎为黄岩号护航，有时候会回头，模糊地看一眼站在船头的昆仑，苍老的目光显示出一份情意绵绵。这样的时候，昆仑就觉得自己已经跟沉默的海洋融成了一体。所以他索性躺倒在甲板上，抬头望向无家可归的云层，觉得摇晃的甲板，以及绵软的云层，似乎将他托进了一个舒适的摇篮。这样的时候他开始思念一个名叫丁山的姑娘，也思念起丁山在紫阳街无人馆前的背影。于是他想非所问地说，千八和风雷，咱们还有几天的行程？

千八说还有三天，风雷说也或者是四天。昆仑最后想了想说，如果不出意外，我们最迟在第五天的清晨，就会抵达琉球国的那霸港。

昆仑想，丁山现在是不是也站在紫阳街的黄昏里，凝望无人馆的夕阳？她在夕阳中抚琴，柔弱的身影肯定是跟皮影一样。所以他清晰地看到丁山低垂的眼帘，也听见丁山发自肺腑的一声叹息。他仍然想非所问地说，千八你告诉我，琉球为什么要叫琉球？

千八的回答十分豪爽，说传说中的琉球是躺在海里的一条虬龙。虬龙身子很长，有着山峰一样的脑袋，但从来没人见过他的尾巴。所以在很久以前，琉球也叫作琉虬。

在黑夜来临以后，时光总是显得十分的漫长，那时候千八就会叫来横店和风雷，几个人围着躺在甲板上的昆仑你一言我一句，展开一些漫无边际的话题。风雷觉得海上的日子简直过得糊里糊涂，以至于他居然忘记了陆地上的泥土和青草，以及老家那个叫丹桂房的村庄里四处飘飞的炊烟，到底是长什么样子。风雷的烦恼同时引发了横店的担忧。横店开始担心，开船师傅会不会他娘的一直没有睡醒，也或者是老眼昏花迷失了海路，所以黄岩号这么多天其实是在海面上绕弯，根本没有前行。

夜已经很深，仿佛比海水还深，深得让人不敢大声说话。船舱里透出迷迷糊糊的光线，昆仑听着身边小北斗们渐渐减少的话语，心里想着丁山，丁山，丁山。他记起张望曾经答应过他，要去帮他找回被陈五六劫走的丁山。他不知道张望是不是信口开河，倘若这家伙真的食言，那么等他从琉球回来，肯定要将这人的嘴皮给撕成一片一片。他要让张望明白，一个不讲信用的男人，付出的代价到底会有多大。

时间就这样又过去了五天。到了那天午时，昆仑的视野中出现一片模糊的海岛。海岛晃晃悠悠，如同另外一只浮出海面的乌龟。后来乌龟的背上渐渐呈现出一些树木的影子，一片连着一片，于是黄岩号上的其他旅客开始兴奋着指指点点，说那可能是棕榈树，也或者是槟榔树。他们还说琉球岛上有一口大钟，大钟上用汉字书写了"万国津梁"。除此以外，岛上还有一道守礼门，上面的汉字是"礼仪之邦"。

两个时辰后，船终于像一个巨人般靠岸。当硕大的跳板嘭的一声落下，人群欢呼雀跃。在那阵久违的泥土气息里，昆仑看见一个五光十色的那霸港码头，也看见码头上人头攒动，拥挤成黑压压的一片。随即空中又响起三声震耳欲聋的鸣炮，于是琉球人赤膊上阵的太鼓表演就彻底拉开了序幕。太鼓手挥汗如雨，在人群中像田鸡一样跳跃。他们一边敲鼓，一边热情地叫喊着依洒依呀，响声如雷，顿时让千八看傻了眼。此时风雷却狠狠地踢了千八一脚。风雷揪住他耳朵皮，说你是不是觉得一双眼睛不够用了，还不快去给海掌柜拎箱子。

海掌柜就是昆仑，他现在的身份是来自明朝的药材商人。离开台州府前，郑国仲让人从云和运来了一大批的中草药，抬进了黄岩号的船舱。而昆仑之所以叫海掌柜，是因为桃渚营里被张望削去头颅的那个从福建过来的日本奸细，叫作阿海。

阿海来琉球，是为了跟代号为"花僮"的人接头。"花僮"之前一直跟随在倭寇首领丰臣秀吉的左右，帮助他到处攻城略地。丰臣秀吉暴亡后，他又成了丰臣残部安插在琉球的头号人物。在即将到来的小满这天，"花僮"会主动上门，找前来琉球的阿海接头，目的是交给他一份自己所精心设计的"婆婆丁计划"，据说那是一份摧毁明朝海防线的完美计划。

那天在人群的裹挟下，昆仑缓步踩上结实的跳板。跳板在他脚下频频颤抖，他边走边望向琉球国的天空，看见远处一片陌生的云朵。这时候他想，自己究竟要在这片陌生的云朵下待多久？

2

明灯客栈像个热闹的集市，里头的客人来自世界各地，除了中国、日本和朝鲜，还有金发碧眼鼻梁高耸的葡萄牙人、西班牙人、荷兰人以及意大利人。到了夜里，这些五光十色的面孔便纷纷从房里出动，聚集到客栈院子中那排密集的灯笼下，一起喝酒一起赌钱，顺便也为一些尚未谈成的买卖讨价还价，而他们嘴里所讲的，都是千篇一律的不够标准的汉语。

这天到了深夜子时，当院子里的所有人都带着酒味散去，整个硕大的客栈又从不同方向传来五花八门的鼾声时，昆仑嗖的一声跃上房顶。随后他脚尖一提，整个人如同被一片海浪托起。在琉球岛鳞次栉比的瓦片上，他像夜幕中一只轻巧的鸟，一路上身影起伏，飞奔向远处灯火阑珊的首里王城。

首里王城城墙高耸，里里外外戒备森严，如同中国的紫禁城。昆仑看见一队负责巡守的亲军队伍，在城门间穿梭，士兵提着刀剑,披挂在身上的铠甲在月光下反射出一排幽冷的光。此时他想起,郑国仲曾经跟他说过,王城里居住的除了琉球国的王公贵族,还有很早之前就从大明朝福建迁徙过来,如今又在岛上世代繁衍的闽人三十六姓。

月光清瘦,照耀出昆仑同样清瘦的影子。此刻他伏身在一幢房顶的风狮子跟前,仿佛一块永久的瓦片。夜风吹过,带动风狮子身上的铃铛,声音一片清凉,并且传得很远,一直传到了暗夜的深渊。而阴阳师楼半步就是在此时撞进了昆仑的眼里,他像是忽然从地底里冒出来似的。楼半步的汉服不仅宽大而且繁琐,两只肩头还分别绣了一圈太极八卦图,仿佛是他重任在肩的样子。可能是因为走得太急,楼半步身上时刻蒸腾出一股热气,所以他每走几步就要扯一扯汉服的领口,为的是让琉球的夜风畅通无阻地贯穿进他干瘦的身体。

楼半步行色匆匆,好像对自己赶路的速度不是很满意。但他走到一个墙角处时却停住,然后在四顾无人后撩起长衫,腰板猛地挺直,对着眼前那排青砖十分享受地撒了一泡憋了很久的夜尿,声音听起来像是一场淅淅沥沥的春雨。撒尿的时候楼半步低头,来来回回掐了好几次手指,最终确定这个时辰是吉时,诸事皆宜,包括撒尿。可是等他撒完尿以后心安理得地抖了抖身子时,宽敞的袖子里却滑落出一片丝绸。丝绸轻飘飘的,悄无声息地飘落在地上。楼半步警觉,即刻回头张望,目光朝不同的方向散开。而当他最终捡起那片粉红色丝绸,又毫不犹豫地塞进怀里时,只有在房顶注视他许久的昆仑知道,那片丝绸其实是属于某个女人的贴身肚兜,有着柔软的质地,以及光滑的色彩。

昆仑是到了第二天才知道,传说中深谙天象的楼半步,竟然还是琉球国国王尚宁王所钦定的宫廷采购主管。在琉球，宫廷向域外商人所采购的一应物资，都必须要经过楼半步那双细小眼睛翻来覆去的检阅。

宫廷御库位于王城第二道城墙的东边。那天昆仑带着横店和千八、风雷，穿过王城的迎恩门时，见到库房外来自世界各地的商人已经排成一条弯曲又绵延的队伍。队伍中大家交头接耳，相互夸赞各自带来的颇具异域风格的物资样品，也都期待着早点能跟采买官面谈。

烈日挂在头顶，御库门口的样品展示台前被挤得水泄不通。楼半步坐在采买官一旁，整个身子刚好藏在凉爽又通风的阳光阴影里。他把眼睛眯成一条细小的缝，看上去是在无所事事地打瞌睡，但所有商人与采买官的交谈，都一字不漏地钻进他耳朵里。轮到昆仑时，横店和千八、风雷将带来的中药样品在桌上铺开，让采买官看那些品质优良的党参与一点红，还有海马和黄芪，相思子，鱼腥草，以及铁皮石斛等。

阳光源源不断，洒下一轮又一轮，密集的中药气息掺杂在一起，在昆仑眼前飘荡开来。这时候楼半步把细小的眼睛眯成一条缝。他轻摇着手里的蒲扇，慢条斯理着把脑袋转过来，目光在排列整齐的药品上一寸一寸移动，最后才抬头盯着昆仑，细细地抽了一下鼻子说，我以前好像没跟你做过生意，所以你的中药有一股陌生的气息。

昆仑上前一步正要回话，楼半步却伸出一根手指，指着他道：陌生人，站在那里别动！

陌生人昆仑就此止步，看见楼半步阴凉的目光一片一片，纷纷在他身上跳来跳去。楼半步说，你不仅陌生，眼里还藏着一种刀光剑影。实话告诉你,其实我刚才一直在留意你,你不像是卖中药的,倒像是卖火药的。

昆仑笑了,说中药泻火,楼大人要是对火药也感兴趣,下次我也带点样品,大明王朝的火药价格包你满意。不过贩卖军火,那是杀头之罪。

楼半步绿豆一样的眼珠在狭长的眼缝中从左到右滑过。他伸出右手,看似深思熟虑着掐起了指头,一个接着一个。昆仑也是到了这时才发现,原来这人的众多手指都留有修长的指甲,指甲被精心保养,犹如长在他手上的刀片。昨晚月光透明,所以昆仑忽视了楼半步这些透明而妖娆的指甲。

楼半步掐完指头,瞅准桌上一把褐色的药草,抓起后托到鼻子跟前闻了闻,说如果没有猜错,这应该是晒干的蒲公英。既然你是药商,那么告诉我它到底有什么功效。

清热解毒,消肿散结。琉球岛上毒虫繁多,蒲公英可以治疗各种毒虫蛇伤。

还有吗?

昆仑就上前一步,凑到楼半步跟前降低了声音说:这东西也可以治疗妇人的乳痈肿。

楼半步脸上荡漾开不易察觉的笑容。他的声音不知道什么缘故,竟然变得有点嘶哑,说既然你连这个都知道,那我再问你,蒲公英还叫什么?

还叫黄花地丁、华花郎。另外在我们老家,蒲公英也叫婆婆丁。

婆婆丁?楼半步用嘶哑的声音重复了一遍,接着又来回掐了一轮指头。他盯着自己的脚尖,说很不凑巧,西南方向刚才起风了，说明这个时辰不宜采购中药，你可以回去了。昆仑愣住，正想再争取一下，身边一直沉默的采买官随即一把将他推开。此时楼半步扫了一眼挂在他腰间的明灯客栈的房牌，看似不屑一顾。

昆仑说请楼大人给个机会，楼半步却在靠椅上很不耐烦地挪了挪身子，随后就对等候在后边的商人队伍慢条斯理喊了一声：下一个。

3

处在大海中央的琉球由许多岛屿组成，北部毗邻日本南部的九州岛，然后一路往西南方向延伸，直到靠近大明王朝台湾的鸡笼山。整个岛国主要包括大隅诸岛、吐噶喇列岛、奄美诸岛、冲绳诸岛以及大东诸岛等。

昆仑翻到过的史书是这样记载的，洪武五年，太祖朱元璋派使臣杨载携带诏书出使该岛国，称其为琉球。随后自洪武十六年起，历代琉球王便向明朝进贡并且请求册封，岛内也使用大明朝年号，他们的官方文书及外交条约都用汉文书写，就连首里城的王宫也是面向西方，表示归慕大明的意思。

这天离开宫廷御库后，昆仑和横店、千八、风雷他们便游荡在首里城的街头。太阳躲进云层，街市上显得不那么炎热。千八走着走着，就被街边一个水果摊所吸引。他皱紧眉头，实在没想到竟然有一种样子十分丑陋的水果，看上去就像是密密麻麻的马蜂窝。可是摊主将马蜂窝削皮以后，里头却呈现出一团非常水嫩的金黄，并且流淌着蜂蜜一样的汁液。此时摊主切了一片果肉递给千八，千八只是犹疑着咬了一口，便十分坚定地爱上了这种名叫菠萝的水果。他很骄傲地跟横店说：甜。不是一般的甜。

那天千八和横店、风雷的手上，始终举着一堆切片的菠萝。三人狼吞虎咽，吃相十分凶猛，吃完了一堆又买一堆，路上稀稀拉拉遗留下扎菠萝的竹签。他们都跟在昆仑的后头，在街头悠闲得像欢快的鸟。昆仑后来在一个露天戏台前停住，他实在没有想到，此时的那霸港码头，竟然也在上演《花关索》，而且戏台布景和唱词，跟他之前在台州府紫阳街上见到过的如出一辙。戏台下观众挤成一团，昆仑远远地望着，看见台上的花关索带上母亲一路奔波前往西川，为了寻找父亲关羽。这时候横店就急忙跟千八和风雷解释，解释关羽为何不知道会有关索这么一个儿子。横店说这事情说起来很复杂，必须从桃园结义说起，当初为了解除后顾之忧，刘关张三兄弟决定分头去杀各自的家人。横店眉飞色舞刚说了一半，就看见身边一位大叔眉毛拧直瞪了他一眼，大叔说既然你知道这么多，还不如上去自己演。给我滚远一点。

横店纳闷，打出一个香味四溢的饱嗝。他斜了大叔一眼，又举了一根竹签晃荡在他眼前说，听口音你也是一个大明的人，既然都是来自海水的西边，为何就不能对我尊重一点？

我尊重你个小乌龟。大叔咬紧牙根，正要一个巴掌扇过来时，横店已经被焦急的千八扯远。千八说你看见海掌柜了吗？海掌柜好像不见了。

千八和风雷都不会知道，此刻的昆仑早就远离了人群，正飞奔在那霸港的街头。昆仑在追赶一个目标，一路上紧追不舍。昆仑一边追赶，风从他身边不停地掠过，在奔跑中他开始回忆刚才发生的一切。

刚才在戏台下，昆仑不由自主想起曾经的紫阳街时，却猛然发现台上扮演花关索的男子，无论是身姿和嗓音，都跟他在紫阳街的那段记忆浑然一体。他怀疑自己是被记忆所困扰，所以一步步走去后台，却看见地上胡乱地扔着属于花关索的那片面具，而扮演花关索的人却不见了踪影。昆仑恍恍惚惚，看见阳光露出云层，在他眼里慢悠悠地晃荡。然后他猛地转身，就看见一个稍纵即逝的背影，在阳光下唰的一声穿过。昆仑开始追赶，朝着背影消失的方向。他一次次跃上屋顶，又从屋顶落下，在街头的人群中穿梭。直到他冲进一条名叫卖鱼巷的弄堂，飞身而起最终飘落到那人跟前时，才发现此时被自己堵住的，果然就是笑鱼。

笑鱼露出清水一样明净的笑容，像浅水中一条欢快的鱼，说你追上我的时间，比我预想的快了半个时辰。

昆仑却盯着笑鱼说，你的眼睛怎么回事？

笑鱼眨了眨明亮的眼，昆仑随即看见一道清澈的光。笑鱼说之所以让你来追我，就是为了让你知道，我的眼病已经彻底痊愈。我现在看见一个完整的你，原来你跟我一样高。你身板很结实，两道眉毛浓黑，此刻你的眼里既有疑惑又有惊喜，但你的眼神告诉我，你正在想起紫阳街上的很多事情。

昆仑看着眼前锦衣华服的笑鱼，似乎看见台州城一场连绵的细雨。他后来知道，笑鱼的眼睛是在离开台州城以后就开始康复，直到整个世界在他眼前变得一片清晰。而这一切的根源，笑鱼认为就是昆仑和杨一针为他提供的青羊肝散。事实上，笑鱼真实的名字叫苏我明灯，他是琉球岛最大富豪苏我入鹿的侄儿。苏我入鹿来自日本的鹿儿岛，在琉球经商多年，富可敌国，就连昆仑所入住的客栈，也是他们家的家产。因为笑鱼叫苏我明灯，所以才叫明灯客栈。那次离开台州，苏我明灯带走了紫阳街《花关索》的剧本，回到琉球后就组织了一个戏班，专门上演这出千里寻父的戏曲。

那天昆仑跟笑鱼走得很远，两人不知不觉走到了海边，直到站在一片壁立千仞的悬崖上。这时候潮声灌满他们的耳朵，海风吹拂他们每一寸肌肤。在昆仑眼里，海风仿佛是来自台州的方向，风中夹杂着紫阳街上小吃的气息。于是昆仑想起自己当初到达台州府的第一个夜晚，在凌厉的倒春寒中，俊朗而飘逸的笑鱼由琴童寸草所伴随，行走在灯笼高挂的紫阳街里。他还想起杨一针说，笑鱼这辈子就知道瞎说。然而此刻站在他眼前的笑鱼，却是来自日本鹿儿岛，如同雨后一棵修长清爽的植物。苏我明灯的秀发跟随他洁白的衣裳，在带着咸味的海风中飘拂，他微笑的样子，像一朵偶尔飘过的白云。

你来琉球多久了？明灯说，我突然有一种奇特的感觉，觉得你不像是以前紫阳街上的昆仑。

你以前眼睛看不见我，又怎么知道我不像以前？

我虽然看不见你，但却不影响我在人群中分辨出你的气息。

我现在是什么气息？

明灯笑了，说，有可能是我说错了。但起码你现在不叫昆仑，你叫海掌柜。

昆仑望向脚下的大海，海浪不停地拍打着悬崖。他说就像你原本叫笑鱼，其实是明灯。而我爹叫我昆仑，我娘叫我阿海。而我手下那些伙计，则叫我海掌柜。

海掌柜为什么要来琉球？

来琉球贩卖药材，为稳粱谋。昆仑说，但主要是四处走走，看看不同的大海。

明灯俯身抓起一把细碎的石子，撒向深不见底的悬崖。石子携带起的灰尘，在海风中飞舞，直到最终扬起，有一些又飘回到明灯的眼里。这时候昆仑似乎听见明灯一声叹息。明灯说，我觉得你不像是一个商人。

明灯又补了一句，我真想念以前的紫阳街。

4

苏我家的宅院，位于首里城最繁华地带，家中富丽堂皇，到处流光溢彩。昆仑跟随明灯踩在洁净的地板上，看见穿梭的用人纷纷停下脚步，垂首侧立在两旁。

苏我入鹿十分友好，他是个富贵又典雅的商人，身上的衣裳绣满了细密的金丝，脸上始终带着安和的微笑。作为明灯的叔父，入鹿在琉球最大的产业，是一家套用了大明国顺天府"六必居"名号的酱园。那是琉球唯一的一家酱园，聘请的是从北京城"六必居"挖过来的酱菜师傅。师傅姓赵，老家是在山西临汾的西杜村，世代都以腌制酱菜为生。

得知昆仑来自大明台州府，是明灯重见光明的恩人，苏我入鹿的感激溢于言表。他取出家中最好的泡盛酒，又摆上新鲜海鱼的刺身拼盘，配以六必居酱园出产的一等酱油。昆仑坐在餐桌前，提着金子做的筷子，将蘸了酱油的生鱼片送进嘴里，顿时感觉味道细腻，满嘴留香。

泡盛酒酒味清淡。昆仑盘腿而坐，跟入鹿频频举杯时，用人们又端上各种精心料理的素斋，包括许多种美味的豆腐。他听见入鹿说，日本人的豆腐制作，以及酱油工艺，都得益于大唐早年一个名叫鉴真的和尚,当初就是鉴真大师将豆腐和酱油传去了日本。

酒过三巡,入鹿命人拿来一把三味线。三味线改良自大明朝的三弦,紫檀的琴杆细长,音箱则用打磨的猫皮包裹。入鹿将琴身搁在大腿上,一边喝酒,一边用象牙拨子弹拨三根丝弦,声音时断时续,在铺满月光的院子里飘远。院子里有排青翠的竹子,昆仑望向月光下那些细碎的竹影,听见入鹿说,楼半步这人不好对付,他也跟我一样,来自日本。但你跟他打交道,需要处处小心。

昆仑说我只是个商人,再说我的药材无可挑剔。

可是楼半步对药材不感兴趣,他只对白花花的银子感兴趣。在他眼里,自从你下船的那一刻起,你就是一堆送到琉球来的银子。

三弦声再次响起。此时明灯已经微醺。明灯又喝下一盅酒,眼神中开始弥漫着一闪一闪的星光。他盯着酒盅壁沿的青瓷,说银子再多有什么用,又不能给我换回一个父亲。

琴声戛然而止,昆仑看见入鹿放下手中的三味线,像是小心安放一件珍贵的财产。入鹿目光庄严,望向明灯涨红的脸,说你不能再喝了,我已经跟你说过无数次,有些事情要学着放下。

我倒是希望能够放下。明灯说完,歪歪斜斜着起身,赤脚走向那片清凉的院子。院子里铺着一道一道的鹅卵石,在月光中笔直往前延伸。昆仑看见明灯身躯晃荡,鹅卵石顶着他白皙泛红的脚掌。而有那么一阵子,明灯左脚的拇指被夹在了鹅卵石狭长的石缝里,一时之间难以拔出。这时候昆仑听见身边苏我入鹿的叹息声,苏我入鹿声音悠长,说人生就是绵延的痛楚,如果可以跟我兄长交换，我愿意那年坠海死去的人是我。

昆仑转眼望去，发现入鹿的一张脸，顿时变得很苍老。

5

小北斗中的千八是到了这天夜里才知道，下午在戏台前跟横店发生争执的戏迷大叔，名叫骆驼。骆驼胡子拉碴，裤腿卷了好几卷，茂盛的腿毛间有一道粗犷的刀疤，身上还有一股类似于炮仗炸开来的硫黄气息。他喜欢赌骰子，每隔几天都要来一趟明灯客栈，跟一帮商人聚在一起，狂赌一个通宵。

这天赌桌摆在院子里，头顶月光洒下，像洒下一把银粉。骆驼坐庄，他猛地跳上赌桌，踩在桌面上摇头晃脑，如同异常兴奋的太鼓手。洁白的骰子躺在盖碗里，骆驼手掌张开，在碗边静悄悄转了一圈。随即他托起盖碗一抖，骰子便带着一声呼啸，朝着夜空飞了出去。时间似乎过了很久，当骰子终于落回到桌面，骆驼手中的盖碗便很准确地盖了上去，将跳动的骰子盖在了中间。千八听见倒盖的碗里发出一阵叮叮当当的声音，也听见骆驼豪情万丈喊了一句：有钱的赶紧给我压上，没钱的给我滚开。

千八倒退两步，看见人群蜂拥，熙熙攘攘的一群各不相同的脑袋下面，宽阔的桌板也迅即被大大小小的银子所挤满，看上去像是鱼篓里刚刚倒出一群新鲜的银鱼。这时候骆驼拍了拍手掌，声音非常响亮。他对千八勾了勾手指，说小家伙，赶紧去给你爹买一壶酒，等下爹分你一点银子，足够你买一箩筐的菠萝。千八看了身边的风雷一眼，腼腆地笑了笑，又退出一步，最终一个字都没说。骆驼于是打出一个愤怒的喷嚏，他将嘴里喷出的槟榔朝千八狠狠地砸了过去,说去你奶奶的,老子当你爹绰绰有余。

风雷和千八又对视了一眼。骆驼冷笑一声说,怎么着,乳臭未干还想造反吗?

楼半步就是在这时候一脚仙风道骨地踩进昆仑的房间。在将房门关上之前,他目光悠远,细细地看了一眼踩在桌板上耀武扬威的骆驼,吐出四个字:醉生梦死。

昆仑正在房里看书,捧在他手里的是唐高宗时期编修的《新修本草》之《图经》。他将《图经》卷本放下,迎向楼半步说,楼大人,你怎么知道我住这里?

楼半步眼角一跳,说,在琉球,你就是住在海底,我也能找到你。

华顶云雾泡上时,楼半步抿了一小口,就随手抓起摆在桌上的药书。他只是随意瞄了一眼,便看见《图经》翻开那页的右下角,画了一株细瘦的婆婆丁,旁边也果然印着一列字:主治妇人乳痈肿。

楼半步笑了,笑容很细,说你究竟是对药材感兴趣,还是对妇乳感兴趣?

可能都感兴趣。昆仑笑着回答。

楼半步于是伸出一只手,盖在《图经》页面那株细瘦的婆婆丁上。他随即把笑容收住,说我要是买了你的药材,你准备怎么答谢我?

昆仑当即转身,从一只箱子里取出三根金条,塞进楼半步的手中。

楼半步的眼睛在寂静的房中眨了眨,看见金条在烛光的照耀下闪闪发光，似乎有着让人心跳加速的颜色。他环视了一下室内，在将金条握紧的时候说，你的心意我领了，但我还是要提醒你一句，离苏我入鹿他们一家人远点。他没什么了不起，只是开了这间客栈，又做点酱菜而已。昆仑于是清楚，在琉球，自己的一举一动，楼半步其实全都看在眼里。

月色如洗，昆仑将楼半步送到楼下，走进那群赌徒中间。他看见楼半步斜了一眼踩在桌板上继续坐庄的骆驼，也听见他再次骂了一声醉生梦死。骆驼却对着楼半步双手抱拳，说楼大人，麻烦你抬头看一下天象，看看明天会不会下雨。

楼半步于是就朝身后扔出一句，说明天会下铁，第一个砸中的就是你。

骆驼摸了摸后脑勺，这才盯住桌上的盖碗眼睛冒火，叫喊出一句：有钱的给我压上，没钱的给我滚开。

这时候，昆仑看到了千八和风雷，正在不远的一张赌桌边上朝他笑了一下。于是昆仑也笑了一下，说，继续赌。一直赌到赢为止！

6

在昆仑的感觉里，琉球的清晨比大明朝要来得早。当一小块日头像指甲盖一样浮出海面，霞光便在遥远而辽阔的东方露出苗头，继而在海水中静悄悄铺开，直到大面积推进，最终抵达琉球国雾气茫茫的城池。

一个时辰后，海鸟翻飞。昆仑跟在楼半步身后，踩着湿气尚未收起的石板，穿过已然活跃起来的街市，去往尚宁王的王府。

尚宁王是琉球第二尚氏王朝的第七代国王，他是第三代国王尚真王的曾孙尚懿的长子，也是第六代国王尚永王的女婿。早在大明宣宗年间，琉球中山王蓄势，率队先后攻灭岛内毗邻的北山王国及南山王国，最终统一诸岛。中山王名叫巴志，明宣宗册封其为琉球王，赐姓为尚，名曰尚巴志。由此，尚姓也就成了琉球国的国姓。

那天尚宁王头戴王冠，身上一袭藏青色的王服，面容平静地端坐在王宫的正中央。他正在跟苏我入鹿说事，商量如何给琉球岛建造强大的海堤防护工程。一直以来，琉球都深受海潮及海啸的困扰，猛兽般的海潮有着巨大的破坏力，常给当地百姓带来灭顶之灾，生活苦不堪言。

修建海堤防护需要耗费大量的银子，尚宁王为此愁眉紧锁。但是刚才经过一番交谈，入鹿又提醒他，关于海防，应对海潮是一方面，另外还必须要有军事的海防。入鹿说近来海盗猖獗，琉球渔民以及出海的商船已经频频遭劫。

银子，说来说去还是需要银子。尚宁王忧心忡忡的目光抬起，望向空旷的殿堂。他此番召苏我入鹿进宫，为的就是想跟入鹿借点银子，另外也希望他能捐助一部分。让这个富人出点血，也是天经地义。对此苏我入鹿并不推辞，他深深知道，尚宁王想让他颗粒无收，甚至直接派兵没收他的财产，他也无计可施。他当然满口答应，于是两人正在估算两项海防工程大致需要耗费多少银两。

楼半步带着昆仑迈入殿堂时，苏我入鹿正铺开一张琉球国的舆图，他专注的目光落在舆图上弯弯曲曲的海防线上。

昆仑看了一眼入鹿，目光不温不火。他听见楼半步跟尚宁王介绍自己带来的那些药材样品，说药材总体上还算地道，也是岛内所急需的，问题就是价钱不菲，是否需要采购，还要听听国王的意见。

尚宁王捻着自己数量有限的胡须，看一眼药材，又回头去看那份舆图。

采购这么大量的药材，你准备怎么办？尚宁王转头，望向楼半步。

我是这么想的，药材一部分留在宫里自用，剩下的则高价卖给岛内的药铺。楼半步沉吟片刻，又说朝廷可以出个告示，从今往后，凡岛内急需的药品，各家药铺均需从国库采购，不得自行交易。

苏我入鹿闻听此言，即刻将舆图卷上。他对着尚宁王咳嗽了一声，随即抓起一把药材，摊在鼻子前细细地嗅闻，说禁止百姓自行交易，无异于与民争利，未必是妥当的方式。但这药材正如楼主管所言，的确是上品。国王要是考虑银子的问题，连同刚才提到的海防，我这边会尽量提供方便。

楼半步的脸色一下子变得阴暗。他喷了喷鼻子，望向苏我入鹿，说入鹿掌柜毕竟是有钱人，嘴巴一张就送出一股芬芳，不仅显得大方，还体现出你的仁慈。

殿堂里气氛一下子显得有点紧张，但是昆仑后来提出的建议，则让尚宁王喜笑颜开。昆仑提出价钱不变，但是银子他可以不要，他希望能同尚宁王等价交换岛内的壶烧、菠萝、芭蕉布以及首里织等特色商品。

在下只是一个商人，喜欢频繁的交易。等到这些商品送去明朝，换来的照样还是银子。昆仑说完，看见尚宁王笑呵呵着从王位上站起，随即掸了掸衣裳，说成交！尚宁王还说我喜欢跟聪明又善良的人交朋友，年轻人怎么称呼？

国王可以叫我昆仑，也或者可以叫我阿海。

好一个昆仑，尚宁王上前一步，说我知道那是明朝一座巍峨的大山，气势磅礴，如同大海。

此时苏我入鹿站在尚宁王身后。他的目光越过尚宁王的肩膀，望向昆仑时，脸上露出一丝不易察觉的微笑。昆仑于是觉得，入鹿这有所收敛的笑容，明显是为了躲避楼半步细碎又阴损的眼光。

7

杨一针是在这天午后，搭载另外一条商船抵达了琉球。跟随她身边的，是锦衣卫小北斗门的胡葱。郑国仲当初没有同意杨一针跟昆仑一起过来琉球，有着他自己的打算。他希望在外人眼里，让杨一针和昆仑变得彼此陌生，这样方便兵分两路，看似分割其实又相互照应。

杨一针离开台州之前，郑国仲又释放了羁押在狱中的胡葱。郑国仲站在胡葱面前说，你射向李不易的那支箭让人记忆深刻，所以这笔账我一直给你记着。记住了，让你去琉球，是给你一个将功赎罪的机会。那时候胡葱把头昂起，好像没把郑国仲的话给听进去。她看见阳光暴晒，所有阳光都射进她的血管，这让她感觉身上很痒，就问杨一针什么时候可以出发，出发前她必须先洗个澡，她误以为身上痒是因为牢房里到处都是跳蚤。杨一针冷着脸说以后你跟我说话，必须先叫我一声姐姐。胡葱就抓了抓乱糟糟的头发，也板着一张面孔，望向石板路说，知道了姐姐。

琉球国的阳光似乎比台州更为猛烈。这天当阴阳师楼半步带着几名亲军出现在首里城街市，正要张榜公布以后岛内不允许自行对外采购药材时，却看见杨一针正在一家名为"百草阁"的药铺里推销药材。杨一针带来名目繁多的药材，成色丝毫不输给昆仑，价格却只有昆仑的八折。楼半步于是哗啦一声抖开手中告示，一直提到杨一针面前一寸左右的地方，差不多是将告示贴在了杨一针的脸上。楼半步抑扬顿挫地说，麻烦你读出来，一个字也不许漏。杨一针愣住，抬手把写在绢布上的告示挡开，说你是哪个混蛋？我可不可以不认识明国字？楼半步就回头瞥了一眼带来的几名亲军，说在琉球，我有时候姓王，你可以叫我王法。

杨一针笑了，笑得像是在紫阳街上踩着风驰电掣的滑轮般飘逸而放肆。她走去柜台前，望向噤若寒蝉的药铺掌柜林老板，说这位大哥，麻烦你告诉那个獐头鼠目的王法，我带来的药材不用花钱，全部送给你。

送也不可以！楼半步收起告示，提着布轴对手下的亲军挥了挥手，说这人胆子真大，带走！我要把她的胆割出来看看，是不是比她的头还大。

胡葱即刻就要拔刀，但她看见杨一针闪了闪眉头，说不要吓坏了他们，姐姐倒是要看一看，他到底能把我带去哪里。

尚宁王在他的王宫殿堂里见到被楼半步捆绑过来的杨一针时，正在跟苏我入鹿兴致勃勃地下棋。在这之前，他听楼半步说了半个时辰杨一针的坏话。尚宁王用两只比女人还白嫩的手指头夹着一枚白棋，笑眯眯看着杨一针说，就这么一件事情，楼主管你还是把人家姑娘给放了。楼半步却摇头晃脑背诵出一通琉球岛的律令，声称扰乱市场秩序者，理应下狱。

尚宁王摩挲着手中的棋子，一下子显得很为难。他问苏我入鹿，碰到这种事情，官府应该怎么办？苏我入鹿却依旧盯着棋盘，声音沉迷，说看来这是一局死棋，国王要是不介意，我们重新摆一局。

阳光在殿堂里悄无声息地游走，时间过了很久，双手被捆绑的杨一针已经站得腿脚发麻。后来她干脆一屁股在地上坐下，对着阳光涌进的方向吹起一通愉快的口哨。等到棋盘上的棋子落得密密麻麻，尚宁王转身示意她别吵，杨一针就坐在地上埋怨，说琉球国真是一个混账的地方，我都没有犯法，国王却不让人给我松绑，难道是要留下我一起用餐？

这时候尚宁王扑哧一声笑了。他落下一枚棋子，说这事情要是按照你们大明朝的律法，我应该怎么办？

国王应该将那个号称王法的人凌迟。

这是为何？尚宁王说着，皱起了眉头。

送人东西也会犯法，这事情说到大明朝去会让人笑掉大牙。杨一针说，乱世才用重典，琉球国既然擅用重典，说明已经是乱世，跟我原本所想象的差得太远。还有，那个绰号叫王法的人抹黑朝廷形象，让国王在百姓和商人面前丢脸，这样的人，难道不应该法办？

尚宁王起初一双眼睛瞪得浑圆，后来又差点把眼泪都给笑了出来。最后他起身彻底伸了一个十分标准的懒腰，说杨姑娘你这一通噼里啪啦的，全身到底长了几张嘴巴？杨一针说嘴巴再多有什么用，最终还是敌不过你们那些不讲道理的律法。

尚宁王站起身来，抖了抖宽大的衣袖，眉开眼笑地说错，我这就把你给放了，我还要亲自给你松绑。

8

横店第一个得知了杨一针来琉球的消息。这天傍晚他靠在明灯客栈某个房间的窗口打了一个十分悠闲的瞌睡，海风徐徐，让他睡得忘乎所以。后来有一颗石子朝他扔来，正好砸中他额头。横店睁眼，抹去流淌出来的亮晶晶的口水，发现站在客栈外头那片竹林里的女孩，竟然是好久不见的胡葱。他当即飞身出去，没过多久就跟胡葱在一处密林中会合。

怎么你也来琉球了？横店兴奋地说。

你能来，为什么我就不能来？胡葱说，我跟一针姐等下就住进明灯客栈，你给昆仑哥带句话，夜里去一针姐的房里碰面。

横店看着胡葱，忍不住笑了。他原本还以为胡葱被羁押在桃渚营的监狱里受苦，但现在看来，胡葱一点也没有变，她换了一套装束，反而比以前更好看了。

夜里，当明灯客栈外的竹林随风飘落几片竹叶时，昆仑已经进入了杨一针的客房。那时候他看见胡葱转身，静悄悄地走出，并且小心把房门带上。

杨一针一边整理带来的衣物，一边问昆仑，为什么不要尚宁王的银子？昆仑说倘若我接受了银子，这桩生意就算了结了，我必须早日打道回府，没有时间甄别出谁是阿海将要接头的花僮。

花僮有线索吗？

昆仑摇头，又说，可能是楼半步。杨一针望向窗外，看见月影婆娑得十分缥缈,说如果真的是他,这个猥琐的男子,我早晚会把他切成两半,挂去台州的城墙上晒成人干。但是昆仑接下来很快就听到一个不好的消息,杨一针告诉他,郑国仲之前派来琉球的一名暗桩,现在已经不见了,估计已经遭遇不测。

前来琉球打前站的暗桩,是郑国仲在去年秋天就安排下的,这人原是扬州府上供职的一名医学正科,名叫牛刀刀。杨一针离开台州府前,郑国仲让她到达琉球后就去一家名为百草阁的药铺,药铺同时也是医馆,可以买药也可以治病,里头负责把脉针灸的女郎中,就是牛刀刀。但是下午在百草阁,当杨一针过去推销药材时,却发现医馆里一张花梨木医台已经被撤去了墙角,和一排零乱的杂物堆在了一起。一名郎中告诉她,牛刀刀是在一个月前失踪的。杨一针于是轻而易举地看见,留在花梨木医台上的笔架和镇纸,盖着扬州商号的印鉴,上面已经落满灰尘。

昆仑想,牛刀刀的失踪,肯定是因为身份暴露,那么这起事件的源头,他必须尽快调查清楚。这时候他想到了笑鱼。笑鱼就是在一个多月前回到琉球,之前他为了治疗自己的眼疾,在大明朝各地寻医问药,而且为了追随亡父的踪迹,笑鱼也曾经去过扬州。

笑鱼是琉球人,他原本叫明灯。杨一针听完昆仑提供的消息,转身陷入漫长的凝思。她透过窗口望向客栈院中的牌匾,灯笼下的明灯客栈四个字似乎有着秘不可宣的气息。杨一针想,难道青羊肝散果真会有如此神奇的功效,能让明灯短时期内重见光明?然而是不是还有另外一种可能,面若桃花的明灯,之前根本就是装瞎?这时候院子对面响起一阵剧烈的嘈杂声,好像有一伙人急匆匆冲上楼去,嘭的一声撞开房门。纷乱的争吵声随即响起，杨一针听见，声音正是来自昆仑客房的方向。

9

过来闹事的人是骆驼。昆仑刚从客房后窗跃进自己房间，便看见对面的门框顷刻间被撞垮，如同雪崩一般稀里哗啦坍塌。被凌空踢翻在地上的，是个潦倒的日本武士。骆驼随即气势汹汹冲进，卷起袖管吼出一声道：赌桌上的账一文也不能少，你给我讲清楚，到底欠了那个朝鲜人多少两银子？

我记得是三两。潦倒武士从地上支起身子，声音战战兢兢。

你他妈的还敢嘴硬！骆驼操起一只花瓶朝他砸了过去，又伸出一片手掌举在空中，说小倭人你给我看清楚了，你分明是欠人家五两。你要是不还了朝鲜人的五两，朝鲜人也还不了我的五两，他正好欠你爷爷五两。

潦倒武士抹了一把眼，仔细望向骆驼的手掌。昆仑被这一幕逗笑，他看见骆驼脏不溜秋的手掌，食指和中指被拦腰斩断，只剩下两坨黑漆漆的肉团，所以那些指头全部加起来，总共也只剩下三枚。这时候骆驼愣了一下，急忙换出另外一片手掌，跟昆仑说你能不能别笑，我刚才是忙中出错，举错了手掌。赌账写在天空底下，五两就是五两，绝对变不成三两。

昆仑笑声不断，说你刚才砸坏我花瓶和门框，是不是也应该赔我几个银两？骆驼就把手掌收起，说你要是再敢插嘴，爷爷这就把你的骨架拆散。爷爷跟万历皇帝一样，最看不惯的就是日本人欺负朝鲜人。鸣梁海战你总知道的，多么惨烈？但惨烈归惨烈，也不能让狗日的丰臣秀吉太张狂。

昆仑看着喋喋不休的骆驼，感觉他义正辞严仿佛将自己当成了一尊铁塔。他闻见骆驼身上一股硫黄和硝烟的味道，好像是来自某个烟雾升腾的战场。但他这时候也突然想起，骆驼刚才伸出的两片手掌，不仅崎岖不平异常粗糙，上面还沾满铁屑和铁锈的影子。昆仑说骆大哥息怒，我支持你讨债。在我们大明，只要人还活着，所有的债都死不了。

既然你这么识相，那我就给你个面子交你这个兄弟。骆驼说着，朝昆仑竖起一枚硕大的拇指。

昆仑是在半个时辰后才知道，骆驼果然是来自台州府，事实上，他的确就是从台州牢房里越狱出来的骆问里。那时候昆仑和骆问里坐在院子里，把之前的赌桌当成了宽阔的酒桌。骆问里撩起裤腿，让昆仑看他那道触目惊心的刀疤，以及脚脖子上曾经被铁链锁住而留下来的累累伤痕。昆仑问骆问里为何在越狱后会过来琉球。骆问里一边喝酒，一边从怀里掏出一枚番椒干，狠狠地咬了一口，说爷爷来琉球，是过来帮人打铁。

昆仑也喝下一口酒，再次想起郑国仲之前跟他说过，骆问里曾经是杭州钱塘火器局的锻造师，掌握大量的火器制造及火药配伍技术。郑国仲还说骆问里跑去琉球，最终成了倭寇设在岛上的某个地下火器局的总管。

骆问里再次掏出一枚番椒干，朝昆仑扔了过去。昆仑试着咬了一口，感觉嘴里烧灼一般热辣，几乎掉出了眼泪。骆问里却哈哈大笑，开心得不得了，说年轻人不吃番椒，就等于没有见过世面。爷爷现在考你一回，你猜我当初是怎么越狱的？昆仑眨巴着眼睛，伸出被辣痛的舌头，说大哥既然是打铁，肯定就力大无比，牢房的铁窗被你两只胳膊一扭，就成了两截麻花。

骆问里摇头，说你只能想到铁窗，却没想到我脚上的铁链，所以你应该多吃一点番椒。说着骆问里继续咬着番椒，嘴里喷出一股火辣的味道，说实话告诉你，爷爷越狱时还在牢房里留下一罐番椒酱。那罐番椒酱，味道实在好得不行。

昆仑在夜幕下抬头，望向杨一针的客房。房里灯影幢幢，杨一针的影子就站在窗口。他相信骆问里刚才的一番豪言，已经一字不漏飘进了杨一针的耳朵。昆仑还想起，那天在阴冷的紫阳街，越狱奔跑的骆问里踩着一双宽大的赤脚。骆问里在跑远后脚步停住，双腿叉开又把腰身弯下，整个脑袋从裤裆里钻出。那时候他嘲笑追赶的官兵说，爷爷跟你们打赌，你们这辈子永远也追不上。

10

月光豪爽，铺陈在琉球国的大地上，如同在明灯客栈洒下一场雪。杨一针后来躺在床上，眼里一再出现三个男人的影子：楼半步、明灯以及骆问里。这些人似乎都有可能是花僮，也有可能都不是。杨一针分别给每人都找出一串理由，最后又试着将这些理由推翻，而她最终想起的，却是失踪在百草阁的牛刀刀。

没有人会知道，只有杨一针自己清楚，牛刀刀其实是她姐姐，一直以来跟随母姓。杨一针出身衢州府常山县，祖上是备受皇上青睐的京城太医院医官。特别是曾祖父杨继洲，擅长用针，用一生之力编著了中医神书《针灸大成》。而杨一针自小体弱多病，到了秋天就感觉胸闷，像是压了一块巨石，呼气吸气总是跟不上来，直到脸色发紫，躺在地上不停抽搐。父亲在她六岁时就断言,这孩子至多还能再活五年。

　　杨一针不会忘记,就在自己患病的那几年时光,父亲的眼里只有她。那些年父亲对她姐姐牛刀刀不问不顾,好像她只是家里多出来的一个用人。父亲每次去省城拜望达官显要,坐船带去杭州的只有杨一针。母亲每年过年给孩子做新衣裳,父亲首先要她量的也是杨一针的尺寸,棉袄加上棉裤棉袜,剩下的碎布才留给牛刀刀。那年牛刀刀十岁,父亲竟然忘了给她做生日,说等两年以后杨一针十岁,该买的再给她一起补上。那次牛刀刀穿着缝补过的旧衣裳,在村口抱着膝盖,独自坐了一天。她看见冷风穿过树梢,树叶纷纷掉落,然后一只黑色的大鸟飞过,在她头顶遗落一片残败的羽毛。这让牛刀刀感到了无比的悲凉。夜里,牛刀刀熬了一碗味道很苦的草药,端去给杨一针喝。杨一针不明所以,药刚喝了一半,药碗便被赶来的父亲夺走。父亲一个巴掌扇了过去,扇在牛刀刀脸上,问她是不是想把妹妹给毒死。牛刀刀不语。结果也正如父亲所言,一个时辰后,杨一针腿脚冰冷脉象微弱,吐出来的血比喝下去的药还多。杨一针至此明白,姐姐是她的敌人。但是半个月以后,牛刀刀再次给杨一针端来一碗药汤,逼着让她喝下。杨一针退去墙角,说你是不是很想我早点去死?牛刀刀说死有什么可怕,我可以陪你一起,就看你敢不敢。杨一针把眼睛闭上,喝药时眼泪掉在了碗里。后来她感觉天旋地转,药汤在她肚里翻江倒海。她还看见闻讯过来的父亲将牛刀刀一脚踢出了家门,父亲说你给我滚,杨家没有你这样的女儿。

　　牛刀刀就是在那个异常冰冷的下雪天离家出走,身上衣衫单薄,从此没有半点音讯。然而到了这一年秋天,杨一针的胸闷竟然奇迹般地消失了,父亲也是到了这时才去仔细研究牛刀刀当初的草药配伍，发现里头的奥秘是极其大胆的以毒攻邪。父亲悔不当初，却再也没能见到被自己赶出家门的牛刀刀。

当然，这一切发生的时候，杨一针的曾祖父杨继洲因为身负盛名，一把年纪还在四处悬壶济世。

现在杨一针想起这些，便再次感觉胸闷，并且听见自己滞缓的心跳。当初郑国仲让她来琉球国与人接头，她就确定牛刀刀必定是自己失散多年的姐姐。那时候她百感交集，感念于姐妹两人不仅没有放弃父亲所教的医术，还最终走上了效忠朝廷抗击倭寇的相同一条道路。但是牛刀刀的意外失踪，又让杨一针有一种可怕的预感，觉得姐姐此时已经遇难，或许跟她天人永隔。

明灯客栈的夜晚，显得无比漫长。在安静得如同死去的长夜里，杨一针辗转难眠，听见入睡后的胡葱在漫无边际的漆黑中说起了梦话，听着让人惊悚。胡葱睡在另外一铺床上。她可能是在梦中见到了死去的韭菜，所以在床上抱紧自己，声音发抖，不停地哭喊着哥哥，哥哥，哥哥。

11

牛刀刀的尸体在第二天被冲上海滩。她死得很惨，脖子被死死地勒紧，整个身体裸露，双乳被残忍地割去，下体还被塞进一截削尖的竹棍。杨一针冲进围观的人群，看见一片人世间的惨白，以及那张熟悉的但已经被泡得肿胀的脸。一阵头晕目眩即刻向她袭来，她是在恍恍惚惚间脱下自己的罩衫，全身虚软地将姐姐的尸体盖住。她紧紧地咬住了自己的嘴唇，半跪在牛刀刀身边的海滩上，缓慢地抬起目光，恶狠狠地盯着围观的众人，蹦出一个字来：滚！

直到人群散去，杨一针依旧面色发紫。她声音飘忽，跟留下来的百草阁林掌柜商量，让他给牛刀刀找一块墓地，把肿胀的尸首给埋了。林掌柜面对萧瑟的海风，诧异于杨一针为何对一个素不相识的亡人如此伤感。杨一针说，天下若是没有这些懂医之人，也就没有我们这些药商的饭碗。再说我跟这位郎中一样，都是漂泊在外的女人。

牛刀刀却最终没能入土。后来是林掌柜让人搬来一堆柴火，摆在她架空的身体下，又浇了一桶油。杨一针是在替牛刀刀解开被勒紧的脖子时才发现，那些被海草所缠绕的绑绳，其实是几根古琴的丝弦。这让她想起丁山的无人馆，以及曾经在无人馆里学琴的笑鱼，也就是后来的琉球国的苏我明灯。

火光点燃，柴火毕剥。杨一针望向那片烧红的海滩，似乎在升腾的浓烟中看见，自己九岁那年的下雪天，衣衫单薄的牛刀刀被父亲一脚踢出家门，随后便踽踽独行在那片白茫茫没有尽头的冰天雪地中。

回去百草阁的路上，杨一针听见林掌柜一阵阵叹息。林掌柜回忆起，牛刀刀失踪前那天，正好明灯过来药铺，跟他讲述大明朝青羊肝散治疗眼疾的特效。明灯的一番话即刻引起牛刀刀的兴趣，她向明灯打听青羊肝散各种药物的具体配伍。明灯于是望向牛刀刀面前的笔架和镇纸，问她是否来自扬州，还说这位姐姐要是真的对青羊肝散感兴趣，改天不妨去我府上一趟。

杨一针踩踏着脚下的石板，随着林掌柜的描述，仿佛看见一个穿戴斯文慈眉善目的男子，正笑眯眯着站在牛刀刀身后。男子手提一团古琴的丝弦，他查看一眼身后，即刻间面目狰狞，将那团丝弦毫不犹豫地套上了牛刀刀的脖子。丝弦紧紧缠绕，牛刀刀猝不及防，她用尽全身的力气挣扎，却越是挣扎，脖子被勒得越紧……

在这样连绵的想象中，杨一针回到了明灯客栈，没想到第一眼就看见了等候在她房门前的寸草。寸草之前陪苏我明灯去紫阳街学琴，是明灯身边的琴童。现在他身穿琉球风格的蔚蓝衣裳，手持一枚日式花笺，抬手交给杨一针说，明灯少爷请你过去相聚，他在酱园那边等你。

杨一针盯着五彩的花笺，看见明灯的字写得潇洒俊逸：久日不见，甚是想念。

你家少爷怎么知道我在琉球？杨一针问。

这岛上的事情，少爷哪怕今天不知晓，到了明天就一定全盘知晓。

酱园里还有谁？

还有昆仑大哥，也就是海掌柜。我刚才给他送花笺，他已经先过去了。少爷说你跟海掌柜分明是朋友，来到琉球却又装作相互不认识，他真是有点看不懂。

街上响起一阵脚步声。杨一针循声望去，看见一群身穿六必居酱园工服的男人，额前缠着日式头巾，正心急火燎着朝酱园的方向奔去。那些男人脚步散乱，腰间都塞了一把宽阔的短刀。短刀映射着阳光，带动起杂乱的光线，在沿街那排店铺间明晃晃着跳动。

杨一针看了一眼从客房里走出的胡葱，让她送寸草下楼。随后她即刻闪身进屋，打开箱子抓起一把细密的银针。那些银针平常用来针灸，但是到了危急时刻，也可以飞向对手的每一处死穴，伤人就在不经意的一瞬间。

胡葱就是在这时候回到客房的。她看见杨一针站在自己面前，说，过去告诉横店，昆仑有危险。

12

这座完全套用名号的冒牌六必居酱园位于海边，三面被海水所环绕。海风越过高耸的围墙，带走煮熟的黄豆的香味。昆仑跟随明灯走在一段鹅卵石路上，感觉偌大的酱园井然有序，工人繁忙，地面整洁，面积超出他的想象。他看见明灯的衣角在风中起伏，有一种威严并且宁静的力量。

昆仑还看见一排硕大的缸瓮，缸瓮尚未派上用场，码在一起叠成一道暗红色的墙。墙边支着许多竹竿，竹竿上挂着风干的腊肉。来自大明的山西人赵师傅给明灯端来一盘酱瓜，酱瓜旁摆了两片切薄的酱肉。明灯看了一眼昆仑，说尝一尝赵师傅的手艺，或许能给你带来惊喜。昆仑咬了一口酱瓜，感觉浓香的汁液流出，咸味也把握得恰是火候。这时候他听见远处的养殖房里，传来一阵猪的嚎叫，声音甚是凄厉。随后酱园的门被推开，一群身穿工服的男子鱼贯而入，他们扎着一轮白色的头巾，手里提着寒光四射的刀子。昆仑愣了一下，听见明灯说，今天是我们杀猪的日子，等下你就会看见血流成河。

不到一炷香的工夫，当杨一针和横店他们冲到酱园门口时，闻到的是一股浓烈的血腥味。此时酱园围墙上站着两名弓箭手，弓箭手正拉弓引箭，射向脚底下的酱园。杨一针看见，围墙地基的缝隙中，正流出一团血。血越积越厚，一直往前流淌。

横店不顾一切冲了进去，当即看见一支箭头嗖的一声落下，射中的却是一头仓皇奔跑的猪。猪躺在地上浑浑噩噩呻吟，一把短刀即刻就扎进了它的脖子。横店到了这时才明白，那些持刀的工人，原来是酱园的屠夫。屠夫刚才杀猪时，有两只凶猛的猪从案台上挣脱，满地左冲右突，令工人们手足无措，于是才有了翻上墙头的弓箭手。

苏我入鹿是在这天午餐时来到酱园，那时候阳光很好，白晃晃的一大片，这让苏我入鹿不由得眯起了眼睛。在他细小狭长的目光中，看到了一场稀里哗啦的雨。他看见太阳雨下空气清新，眼前的酱园却突然多出来一大帮客人。苏我入鹿笑得很开心，兴奋之情溢于言表。雨点收住时，他跟昆仑以及杨一针介绍，开门七件事：柴、米、油、盐、酱、醋、茶。酱园因为唯独不卖茶，所以才沿用了大明朝在北京城响当当的酱园的名号，也叫六必居。

苏我入鹿在酱园的露天设了宴席，席间他频频敬酒，跟昆仑把酒言欢。其间他看见两只蚂蚁爬上桌布，差点被用人端上来的菜碗给压死。他凑上自己的筷子，等着蚂蚁慢吞吞爬上筷头，这才小心翼翼举起那根富贵红的筷子，让用人将蚂蚁护送去墙角处的那片菜地。苏我入鹿说，蚂蚁幼小，但也同样是生命。他还平易近人地问杨一针，之前跟昆仑是不是早就认识。杨一针喝了一口汤，回答得模棱两可，说明灯兄弟在台州时，我们都是他朋友。入鹿点头，说在琉球国，有什么事情，你们尽管可以来找我。以后楼半步要是敢欺负你们，他就是摆明了欺负我。

空中出现一道亮丽的彩虹，苏我明灯牵着昆仑的手，离开酒桌在天空底跪下。他望向彩虹，转头时声音坚定，跟苏我入鹿说以后海掌柜就是我兄弟，比亲兄弟还要亲的兄弟，同生共死的兄弟。

苏我入鹿百感交集。他给明灯送去赞许的眼神，说我真羡慕你们，羡慕你们如此年轻，羡慕你们情同手足。而我只能在所剩不多的岁月里，缅怀我那英年早逝的兄长。

杨一针不会忘记，那天回到明灯客栈时，昆仑告诉她明灯之前不是装瞎，他是真的有眼疾。杨一针问他为何如此确定，昆仑说六必居酱园跟明灯的家里，那些平整的石板间都铺设了修长的鹅卵石道，这是特意为明灯所布置的盲道。明灯刚患上眼病时，只需沿着凸起的鹅卵石行走，就可以畅通无阻。

你是听谁说的？

六必居酱园的赵师傅。

赵师傅还说了什么？

赵师傅说明灯的母亲也在琉球国，就住在六必居酱园里。当初为明灯铺设盲道，就是她向苏我入鹿提的建议……明灯母亲名叫伊织，是一个忧伤的女人，她天天在房里烧香拜佛，祭奠自己的亡夫。苏我明灯双眼痊愈的那天，她泪流满面前去海边，就在明灯父亲坠崖的地点，面对吞噬她男人的海水，她整整跪拜了三天。

13

夜晚的琉球并不缺少美景。夜市喧闹，酒楼里歌舞相伴，明月映照着笛管与琵琶，一如繁华的大明朝之江南。苏我明灯给昆仑和杨一针他们准备了几匹快马，马在街市上昂首经过，周身被华丽的酒香以及嘤嘤嗡嗡的唱曲所萦绕。

明灯没有想到的是，昆仑这次来琉球，货柜里装的除了各色草药，竟然还有琳琅满目的烟花。一行人到达海边一片空旷的沙滩，横店和千八、风雷将烟花点燃，夜空顿时绚丽夺目，就连海水也变得灿烂无比。

皓月当空，数不尽的烟花继续引爆。明灯喜不自胜，在沙滩上忘乎所以地策马奔腾。他看见昆仑一直陪伴在他身边，马背上的昆仑双手各执一枚烟花，臂膀高举，烟花弹朝着深邃的夜空飞去。透明而且五彩的弹头一直啸叫着升空，先是绽放出壮美的火树银花，接着又在空中呈现出两盏随风飘荡的灯笼。灯笼晃晃悠悠，在明灯的眼里形同两只升空的气球。

我想给这烟花取个明亮的名字。明灯望向天空，面色酡红，说它应该叫昆仑双灯。昆仑勒马停住，感觉明灯的声音气宇轩昂，他显然已经在烟花下陶醉。这时候明灯转身，一袭华服在月光下闪闪发光，他说多么漂亮的昆仑双灯，既有昆仑，又有明灯。昆仑等他说完，举在手里的两枚烟花便在响亮的爆炸声后，再次朝着夜空冲奔出去。

杨一针坐在温热的沙滩上，感觉这个夜晚绮丽得几乎要发疯。她看见胡葱赤脚踩在漫过来又收回去的海水中，脸上似乎意兴阑珊。胡葱瞥了一眼马背上嘻嘻哈哈的昆仑和明灯，嘴角一扯说，我看他们就是两个疯子。但是胡葱很快就发现，等到明灯回来时，整个人已经陷入了沉默。明灯望向远处一片黝黑的悬崖，眼里竟然泛出了泪花。昆仑于是知道，那片海水拍打的悬崖，留存着明灯最深的痛楚。此时他似乎看见一匹白马，如同魂灵出窍，带着马背上的主人，义无反顾地飞身冲下了悬崖。

苏我明灯一家原本是住在日本岛的萨摩藩，那里离琉球国其实很近，就隔了一片海水。那年他们一家来到琉球，看望明灯的叔父苏我入鹿，却因为那匹鬼邪附体的白马，纵身跃向了悬崖，使得全家陷入海水一般的哀伤。夫君溺亡后，伊织的世界成了一片灰暗，她一度失魂落魄，每天像幽灵一样游荡。如果不是苏我入鹿对嫂子每天坚持的守护与开导，伊织也已经在那年秋天纵身跳下了悬崖。

明灯望向昆仑，从怀里掏出一册剧本，说现在你应该知道，我为何会如此喜爱大明朝的《花关索》。其实我是羡慕这出戏里的花关索，虽然千里迢迢，却最终能跟他母亲一起，同失散多年的父亲关羽团聚。而我，却永远也没有这样的机会。

然而令昆仑和杨一针感觉意外的是，当初在台州府紫阳街，送给明灯《花关索》剧本的人，竟然是陈五六。杨一针接过剧本，一页一页翻过。但她很快就发现，剧本当中有一页竟然是空白的，她以为是内容缺失，可是对照了上下页，又发现其中的唱词是连贯的。

杨一针抬头，目光跟苏我明灯撞在一起。

这张空白页被人换过了，明灯说，就在我回到琉球国之后。

你想跟我们说什么？

陈五六给我送来的剧本，原本也有空白页，这是我的琴童寸草告诉我的。但是我回到琉球后，有一天当剧本重新回到我手上时，发现这张空白页被人换掉了。

既然都是空白页，那你又怎么知道被换掉了？杨一针问。

因为我之前眼瞎，所以我手感特别敏锐。大明朝的纸张比琉球国的细腻，你仔细去辨别就会知道。虽然这张空白页跟其他页面一眼看上去并无二致,但是你去抚摸,就会发现它的质地比较粗糙。也或者你提起纸张抖一抖,也会听出它们的声音是不同的,明显不是同一批纸张。

昆仑盯着剧本,觉得如果把脊背上那条打结的装订绳给解开,要换掉其中一页的确不是难事。但他没有想明白,为何有人要取走原来的那张空白页?而且取走以后又重新换上一张,说明对方极力想掩饰这样的偷梁换柱。

剧本经过了哪些人的手?

人手太多。明灯告诉昆仑,他那个自己组建起来的戏班,所有人都接触过。

你今天是特意给我们带来这个剧本,杨一针声音迟缓,说,你还想告诉我们什么?

明灯把视线移开,望向幽蓝的海水。昆仑听见他过了一阵才开口,说就在我发现页面被换掉的那天,百草阁的牛刀刀失踪了。

杨一针愣住,即刻感觉海风好像换了一个方向,吹到脖子上也有点发凉。明灯既然主动提起了牛刀刀,说明杨一针今天火葬牛刀刀一事,明灯全都看在眼里。于是她问明灯,你为什么要告诉我们这些?

因为你们都是好人。父亲生前一直跟我讲,要做一个善良的人。善良者在黑夜里自带明灯,善良者无敌。

杨一针缓缓望向昆仑,见他起身,拍去身上的沙尘。他走去明灯身边,说,看来你知晓我们来琉球的目的。

苏我明灯却摇头,说其实我什么都不想知道,但是我现在知道了。我虽然以前是瞎子,可是我心里不瞎。很多事情,我还是能够洞悉，包括以前紫阳街上的陈五六，那人心里有鬼。

海水在不远处不停翻滚，浪头转眼之间变得汹涌。昆仑听见明灯说，你们能不能告诉我，不久的将来，琉球国是不是将会迎来一场刀光？不然，你们不会以这样的方式来到这座岛上。

昆仑沉默，好像沉默就是这个夜晚的一切。后来他让横店和千八点燃带来的最大一枚烟花，想用盛大的烟花把这样的谈话给终止。那枚烟花在宁静中升腾，一直向上攀升，不断呈现出奇景，类似于一截又一截蓝色的绳梯。此时夜空被彻底渲染，明灯抬头望向那团蓝光，说这是不是就是传说中的天梯？如果世间有天梯，我愿意攀附着那些绳索登天，去面见我在天上的父亲。

昆仑凝神，此刻他也想起了自己的父亲。他说我跟你一样，也失去了父亲，我的父亲是死于辽东的沙场，他为大明王朝守住疆土而亡。

可是父亲以前告诉我，世间最好的人生，就是远离那些纷乱的刀光。明灯回头，此时他身后的夜空，是继续往上生长不停攀升的天梯。他注视着昆仑的眼睛，说你们还会在琉球逗留多久？在刀光到来之前，我希望眼前这片宁静的夜色，能够在你我的记忆中保留。

昆仑于是说，刚才有些话，请明灯兄弟把它给忘了，也或者可以把它埋在心底。

明灯笑了，说你可以一千个放心。我今天之所以带你们来海边，其实真正的目的，是为了避开琉球岛上的那些耳目。

14

昆仑回到明灯客栈时已经是深夜,在稀薄的夜色中他觉得自己已经被悄然融化。在打开门的吱呀声中,他还未来得及点灯,就感觉黑暗中有一双阴冷的眼,正跟密林中的虎豹一样盯着自己。此时空气凝固,他的手长久地没有离开门把手,仿佛是和门长在了一起。床底下有两三只蛐蛐开始鸣叫,声音惊慌暗哑,如临大敌。在蛐蛐这种急促的如同南方阵雨般的叫声中,昆仑小心翼翼地把门掩上,看上去像是害怕这扇门会突然散架。背对着那双黑暗中的眼睛,昆仑的声音轻声响起:是不是赌钱赌输了?你这副阴森森的样子,很容易把人给吓死。

骆问里于是在板凳前站起,不声不响地把灯点燃。灯火明明灭灭的光线,把骆问里的身影拉长并且摇曳得婀娜多姿。骆问里眼睛望着地上自己飘荡的影子,嘴里却说,你是锦衣卫。

接着他又说,我已经看穿了你。

昆仑掸了掸衣裳,看见细瘦的烛火在空气中晃荡,骆问里一张扭曲的脸也在明亮起来的灯火中摇摆。他只是笑了笑,就听见骆问里又说:你刚才在海滩上燃放的烟花叫天梯。这烟花来自杭州钱塘火器局,是由火器局第二代总领赵刻心所研发。

除了这个,你还知道什么?

赵刻心的男人名叫田小七,是个彻头彻尾的锦衣卫。许多年前,他从京城过去杭州替皇上办事,这人身上的气息,跟你现在一模一样。

骆问里的声音也像被夜风吹散似的,显得虚无缥缈。昆仑坐下来,开始认真地脱下鞋靴,说既然你已经这么认为,那你就当我是锦衣卫吧。我的绣春刀就在房里，我来琉球的目的就是抓你回去。

骆问里即刻就从怀里掏出一手铳，铳膛笔直指向昆仑。但他听见昆仑头也不抬地说，问题是我并没有绣春刀，你要是不相信，现在就可以在房里搜一搜。昆仑说完，将脱下来的鞋靴在床榻前摆放端正，然后他捏着脚脖子说，你这手铳总共有几把？我愿意重金将它买下。如此精美的火器，我相信就连传说中的钱塘火器局也难以打造。

骆问里将信将疑，后来终于在昆仑的话语中陷入平静。有那么一刻，他甚至浑然不觉地叹了一口气，声音类似于一种来自天边的苍茫。

可惜我再也回不去钱塘火器局了。骆问里把手铳收起，像是自言自语，说老子能打造世间最好的火器，却无法改造自己的命运。他选择了一把合适的椅子坐下，沉默了片刻，在灯花啪地爆燃了一下的时候，仿佛从梦中惊醒的骆问里开始回忆。他说臭小子你给我听好，我的故事会令你目瞪口呆。

在骆问里那段悠长的回忆中，昆仑开始慢慢知道，眼前这个胡子拉碴不修边幅的男人，虽然曾经是钱塘火器局的首席锻造师，但在浙江提刑按察使司一份冗长的罪案记录里，骆问里后来又成了一场凶杀案中的奸夫。那桩耸人听闻的案件，当年曾经在杭州城闹得沸沸扬扬。

人生简直是无聊透顶，骆问里猛然吼出一句。他觉得自己原本是想把无聊给铲除，结果更大的无聊反而像倾泻而下的沙堆一样，把他掩埋。

除了扔骰子赌钱，骆问里在杭州期间的闲余时光，都跟一个名叫阿普的女人有关,那是令骆问里心跳静止的女人,只可惜是个有夫之妇。阿普像一坛三月里的酒水,清凉而妩媚。无数次骆问里心里一直在想一个问题,阿普为什么要那么早嫁人,如果不嫁人,就不会有那么多连绵的人生变故。于是他又想,一切都是命。

骆问里虽然能打造最好的火器,却始终改变不了他在赌桌上的手气。因为赌博,他屡屡欠下赌债,也让跟他交好的阿普为他变卖首饰负债累累。然而倒霉的事情总是排好队伍一件接着一件赶来,偏偏这时,他们两人的奸情又被阿普的丈夫所识破。那天阿普的丈夫将骆问里堵住,堵在一条狭长阴暗的巷子里。那天慌乱的骆问里,面对着小巷里的一堵陈旧的青砖墙,心想这下大概是要还一还情债了。他开始在慌乱的同时清点墙上的砖块,在他点到二十五块的时候,阿普的丈夫缓慢地将刀子拔出,说休想反抗,我要送你跟阿普去官府。你们两人的命运,就是塞进猪笼以后一起沉底钱塘江。阿普的丈夫缓慢地说完这一切,突然飞快地舞动刀子接二连三地劈来。骆问里挡架了几个来回后,终于变得愤怒,他想娘的你是真的想要翻天吗。他瞅准时机一脚踢向那人的屁股,那人一个趔趄倒下,结果却鬼使神差,刀子亲切地扎进了自己的喉咙,顷刻间血流如注。他惊恐地看着地上的血在不停漫延,很快就比一张八仙桌的面积还要大。然后他对自己说,我猜我一定是要死了。

骆问里命案在身,连夜逃出杭州,在夜色中仓皇得像一只被拔去了毛的公鸡。帮助他逃脱的人是他赌桌上的债主,名叫田鸡。田鸡精明得像一只田鼠,之前他赢走了骆问里腰包里很多的银子,这让骆问里十分感慨,总觉得自己就是田鸡的专用钱庄。

尽管如此,他看上去却义薄云天。在大明王朝上空疲惫星光的照耀下,绕过沿途重重兵勇设置的关卡,田鸡依然像一只精明的田鼠一样,将他千辛万苦送到台州府,说要给他指明一条正道,让他远渡重洋过去琉球国,去当地一家火器局当总管,薪酬会丰厚得令人难以想象。

我敢保证就算你每天都不停输钱,你都输不完你丰厚的薪酬。你的银子简直可以用来再娶十房老婆,只要你的身体吃得消。那天在台州府一家十分偏远的客栈,在明灭摇晃的灯火中,田鸡信口开河地就给骆问里灌了一大壶迷魂汤。骆问里没有响应,在油腻腻的一张鸡翅木小方桌边,他开始想这跌宕起伏的一路。最终他问田鸡,你为何要如此帮我?让我产生一种简直是碰见了贵人的错觉。田鸡愣了一下,说我本来就是贵人,你可以叫我田贵人。接着田鸡想了想说,你有点想多了,总的来讲我其实是在帮我自己,因为我要是不这么努力,你欠我的那些赌债就仅仅只是一个数字,我永远等不到回收的那天。

骆问里还没来得及应答,就看见客栈房门哗啦一声被撞开,冲进来的是一帮台州府衙门的捕快。他们站在门口,手中各握着一把刀,不停地喘着粗气,为首的班头满头是汗,他用刀指着骆问里,不停地喘着粗气说,你,你,你……骆问里皱了一下眉头,他非常不喜欢这个小跑几步就话也说不清楚的班头,他讨厌地说,我什么?我就是骆问里!随即那个为首的班头露出一个难看的笑容说,找,找,找的就是你。

台州府的捕快是接到省里提刑按察使司的悬赏通告,一路巡查,终于发现了他的踪迹,于是过来抓捕他入狱……

那你后来又是怎么越狱的?昆仑给骆问里倒了一杯酒,笑眯眯期待着他的下文。他说我觉得你才是一只会打洞的田鼠。

骆问里并不急着喝酒，却从兜里摸出一条番椒干豪情满怀地咬了一口。他把咬剩的番椒干捏在拇指和食指间，举到昆仑眼前，说帮我越狱的是它，火红又美味的番椒。接着他嚼了一口番椒，嘴巴歪斜着道：为此老子花了十三个月的时间，并且还赔上了两只嫡亲的手指头。

昆仑得以再次目睹骆问里那片长得像生姜的手掌，因为小指和无名指的缺少，那只手看上去只剩下一半，似乎一支现成的手铐。他正想问番椒怎么就能帮助你越狱，却听见骆问里叽叽嘎嘎地笑了起来。昆仑就等待他漫长的笑声消失，说，你笑什么？骆问里收起了笑容，他把半片手掌放在小方桌上，十分正式地说：你不是江浙一带的商人，你的京城口音很地道。所以你骗不了我，你有可能真的就是朝廷派来抓我的锦衣卫。

被你讲对了一半。昆仑笑着说，我的确从小就在京城长大，但要是说到锦衣卫，我在京城街道上倒是见过不少，却从来没想过自己能跟他们走到一起。

骆问里沉思一阵，随即把剩下的番椒干全部塞进嘴里。他略微低吼了一声：在琉球你休想动我一根手指。老子什么风浪没见过？吃过的盐比你吃过的饭还多，做你爹都绰绰有余。

昆仑再次笑了，温和地望着骆问里把一杯酒干脆利落地送进嘴里。等到骆问里在抹嘴上的酒花时，昆仑说就算你吃再多的盐，你跟我爹相比，估计还差一个戚继光。

骆问里认真地望着昆仑，后来他说，你为什么这么说？

因为你只杀过一个人，就是阿普的丈夫。但是我爹，他老人家据说杀人如麻。我真为他而自豪。

我终于明白了，他是个刽子手。小心报应啊。

不，他是战场上的英雄，手提战刀，割下人头无数。说到父亲，昆仑的眼里瞬间有了光。我有想象他在战场上的雄姿，刀光一闪，一个人头，刀光再一闪，又是一个人头。

骆问里愣了一下，随即就被逗笑了。他把杯中的酒全部喝光，说这杯酒我敬你爹，他老人家现在在哪里？但是昆仑并没有及时回答他，而是垂下眼帘，看着眼底的鸡翅木桌板，过了一阵才声音低沉地说，可能在某片杂草丛生的泥土里，因为他早就死了。但是我自豪，因为他是为了他的国家战死的，他是个英雄。

骆问里突然觉得喝下去的酒有点苦，他斜着眼不屑一顾地看着烛火无力的光线想，这真是一个令人出乎意料的夜晚。

15

一场暴雨是在凌晨时分降临的。雷雨交加时，骆问里带着满身的酒气离开昆仑的房间，低头冲进漆黑一片的雨幕。他在路上行走，能闻到自己的酒气被风吹得歪斜，被雨淋得湿透。他还听到自己在雨中打出一个响亮的饱嗝，这时候他觉得自己真是糟糕透顶，可能整个的人生都受潮了，兴许要在毒辣的太阳底下翻晒三天，才能驱赶身上所有的潮气。

凶猛的雨水冲刷着明灯客栈，狂风又一次次卷起被雨浇灭的灯笼。此时一道闪电啪的一声划过，在将天地照耀成一片白昼的光线中，昆仑沉默着站在门口，透过飘荡着水雾的绵密雨阵，看见骆问里突然出现又急骤消失的背影，心想这人从台州府带来的明朝海防图，不知道有没有出卖给倭寇。但是不管如何，那份海防图他必须完好无损地带回台州，不能缺了一个角，还要亲自交到给他下达任务的礼部郎中郑国仲手里。

雨一直都没有停。昆仑有很长一段时间都站在客房门口发呆，虽然他觉得，这不是一个适合发呆的日子。斜风斜雨，很快就打湿了他的半边身子，这让他觉得，他有一半陷在了孤独中，一半陷在了夜雨里。

16

骆问里在暴雨中疾步行走，雨水不停冲洗着他疲沓的脸皮。他终于在将近半个时辰后到达海边。那时候他在铺天盖地的涛声中，像一头被雨淋透的野猪那样，四处急切地寻找着巢穴。他终于找到了一块海礁背后的岩石，他将手按在岩石上一块长满了青苔的地方时，一个黑色的洞穴缓慢地洞开，像大地上突然多出的一张嘴巴。

这天楼半步在洞中见到骆问里时，看见他全身都在滴水，犹如刚刚上岸来的水鬼。楼半步掐着指头，声音尖细而且刻薄，说你在明灯客栈待了那么久，足足有两个时辰，你是不是跟那个年轻人聊得很欢？骆问里一声不吭，站到一个热气腾腾的熔炉前。他扒下自己湿透的衣裳，在熔炉燃烧的火焰前烘烤。楼半步于是看见骆问里健壮的体格，这人身上的肌肉一块块凸起，肌肉上也随处可见已经愈合多年的伤口。晨雾一样的水汽开始在骆问里的衣裳上蒸腾，楼半步眯起细小的眼说，我重金聘请你来琉球，不是让你过来赌钱和找人聊天。还有，那个名叫海掌柜的年轻人，你最好离他远点。

骆问里似乎对楼半步的声音置若罔闻，他只是听见岩洞里一阵叮叮当当的锤击声，急促而且密集，听起来十分悠远。在这个秘不可宣的地下火器作坊，没有人比骆问里更加清楚，那是深夜加班的工人正在锤打从熔炉里抬出来的一截烧红的炮管。粗大的炮管是由骆问里亲自设计，而他之前曾经向那些来自日本的工人提出非常严格的要求，那就是轰天炮的所有部件必须反反复复煅烧，并且连续锤打三天三夜。现在骆问里抽了抽鼻子，就很轻易地从炙热的熟铁气息中闻出，此时的炮管煅烧还远未到达火候，而那些日本工人的锤打虽然听起来足够卖力，实际上却是浮皮潦草，根本没用上足够的心思。

骆问里提着衣裳，看见它渐已烘干，颜色正从一片深黑，像退潮的海岸线一样慢慢变得灰白。这时候他背对着楼半步说，你之前答应过我，开始打造轰天炮时，你就会把我的阿普还给我。

在阿普出现之前，你还必须完成一万枚炮弹。不然你那些轰天炮，仅仅是中看不中用的铁管。你还必须完成三千支三眼铳，三千支连子铳，以及一千只神火飞鸦，外加十眼铳、拐子铳、迅雷铳各一千支，虎蹲炮和大将军炮各八百门。楼半步说完，伸出右手小拇指，让他细长的指甲跟一个透明的勺子一样深入自己的耳孔。他将指甲在逼仄的耳孔里专心致志着转了一圈说，还有，你带来的明朝海防图，是时候呈交给我了。那只是一张纸，你留着它有个屁用。

我现在就要见到阿普。

你必须先交出大明海防图。

骆问里的一双眼终于笔直瞪向楼半步，眼里有着生铁的寒光。楼半步却没有在这样的目光中退缩，而是很随意地提了提宽大衣服的领口。此刻他虽然是处身在寒凉的岩洞，但毕竟身边有一口日夜焚烧的熔炉，所以他照样觉得全身无比的燥热。

海防图在阿普的手里。骆问里说完，正想再补充一句，却看见楼半步细碎地笑了。楼半步什么也没说，在缓慢地收起笑容后，起身扬长而去。然而楼半步走出一段距离又心无旁骛地回头，干瘦的声音传过来，说其实我昨天已经让人搜过，阿普的身上，除了几根随身的汗毛，什么都没有。

17

骆问里躺在一块石板上，很长时间难以入眠。此刻附近熔炉里映照出来的火光，在他眼里不停地跳跃。这是一个在岩洞中隔出来的最潮湿的房间，头顶一年四季都在滴水。骆问里喜欢这样的潮湿，有时候他觉得自己就是那一朵青得发慌的青苔。也就是在这个逼仄的洞穴，骆问里已经为楼半步的火器及火药生产耗费了大量心血。身边的石桌上堆满了各式各样的设计图纸，虽然看似杂乱无章，但他能记得每一页图纸中每一个设计环节的具体细节。就在刚才，他发现自己从台州府带来的木板箱已经被人翻过，很明显，是楼半步在搜寻那份令他垂涎欲滴的明朝海防图。骆问里想到这里便寒凉地笑了，他想不到最后时刻，他怎么可能让楼半步拿到那份海防图？那是他赖以生存的筹码，是他能够挟制楼半步的武器。

现在海水的声音又灌进耳朵，平静而且深远。这让骆问里相信，洞穴外的暴雨已经停歇，海滩宁静。这样的时候，他很容易就会想起阿普，以及自己那些更为久远的混账往事。

事实上，骆问里的一生也是波涛翻滚的一生，曾经那些汹涌的浪头，一次次将他命运的小船掀翻，将他按入海水中。他也曾经征战辽东，跟随李成梁的部队策马奔腾奋勇杀敌。但是那一年的战事急转直下，当他从充满血腥味的死人堆中爬出后成了敌军把兔儿的一名俘虏，之后好不容易回到大明朝部队又遭受非人的待遇。骆问里万念俱灰，最终成了一名逃兵。他在躲过友军的重重追杀后先是隐姓埋名深藏进一处叫作"海觉"的寺庙，接着又逃亡南方，前往杭州进了钱塘火器局研习火器制造。其间他认识了令他魂牵梦萦的阿普，阿普平淡且平静，像是湖边一棵突然长出的青菜，让他在灰暗岁月中看见一道亮丽的光。然而跟有夫之妇阿普之间的遭遇，让他又不得不再次逃亡，继而又彻底背叛朝廷，成了令人不齿的叛国贼。而这一切的缘由，全都是那个名叫田鸡的债主。

在台州府被当地捕快抓捕入狱之后，骆问里就想尽一切办法越狱，为的是跟等待他的阿普团聚。然而在越狱成功后，他首先见到的竟然是处心积虑的田鸡。田鸡对他毫不隐瞒，告诉他阿普已经被人掳掠去了琉球国，想要见到她的方法只有一个，就是去琉球地下火器局，帮助监造、设计明国部队正在使用的火器及火药。田鸡同时还给了他一页图纸，要挟他必须一同带往琉球。那天烛光暗红，当骆问里试着展开那张发黄的图纸时，发现那竟然是一份明朝海防图，其中详细标注了大明王朝海岸线上各处海防卫所的位置，以及各处卫所的驻扎兵力和火器配备。

几天后，越狱后的骆问里为了避人耳目，剃光了头发，包上一块头巾，在月黑风高潮声激荡的夜晚，被人送上了一艘海船。骆问里怅然若失地踏上了前往琉球的行程。那霸港码头，迎接他的果然是望眼欲穿的阿普，然而阿普只是跟他在一起待了一个晚上，第二天清晨就被阴阳师楼半步带来的人再次劫走。楼半步用干瘦的声音同骆问里说，男人待在床上的时光不能太久，想要一直拥美人入怀，那就跟我去一个地方，让我知道你到底有多大的本事。于是楼半步带着骆问里，在那个漆黑的深夜，跌跌撞撞地在海边的礁石堆里，找到了一个无人知晓的岩洞的入口。

海水一直在不远处晃荡，水光映照着骆问里早已像青草一样蓬勃生长出的头发，让他感觉密布周身的阴凉。身处异乡的骆问里无比怅惘，突然心头酸楚，他觉得自己不过是一枚随风飘荡的叶片。他张望着深井一样的岩洞四周，想这岩洞会通往何处？会不会就是他另一个故乡？而更有可能的是，倭敌们完全可以在海边，直接从这个岩洞口把火器和火药装上战船，迅捷出征。这时候他听见楼半步阴阳怪气的声音传过来，你带来的海防图呢？骆问里在空旷的回音中沉默，又在细碎的桨声中眨了眨疲倦的眼。他盯着自己手上的两根断指，真想即刻回去台州，把那个将他的人生推进万丈深渊的田鸡当场掐死。

那时候他想，人真是一步都不能走错，不然的话前面一路都是凶险。

18

三天后，二十四节气中的小满终于如期而至。

昆仑这天很早就站在客房的窗口，看见缭绕的晨雾中，整个忙碌的那霸港的天空混沌而且饱满，似乎挤满了雨水的气息。然而雨点最终还是没有到来，就像整整一个上午，一直待在房中的昆仑，并没有见到上门找他接头的花僮出现。早在昨天晚上，昆仑就在房中挂出了他从台州带来的《八仙过海图》。八仙图是阿海跟花僮的接头信物，虽然之前的原图被损毁，但张望后来连夜临摹出的样子完全可以做到以假乱真。

　　大明朝是小满，琉球也同样是小满。自洪武年间起，历任琉球王就一直使用明朝的《授时历》。这天中午，跟国内江南一带的习俗一样，明灯客栈的午餐以吃食苦菜为主。饭后昆仑推出一张靠椅，在《八仙过海图》下打了一个盹。迷迷糊糊中，他听见房门被静悄悄推开，但他知道那不是花僮，只是一场路过的风。

　　时间到了夜里，昆仑叫了一壶酒，坐在房中独饮。酒喝到第三杯的时候，他听见噔噔噔噔上楼的脚步声，但那也不是花僮，而是从夜市归来的杨一针和胡葱。从两人的交谈声中，昆仑听出胡葱带回了这个季节中的一片桑叶，桑叶上还躺着琉球人送她的一条刚出生不久的蚕公子。

　　苏我入鹿就是在这时候到来的。他几乎跟杨一针在同一时间里上楼，只不过他登上的是另外一道楼梯。在二楼的通道，入鹿隔着客栈当中那个狭长的院子，对楼层对面的杨一针和风细雨地微笑。入鹿说杨姑娘在入睡前，可以把蚕公子放在耳边，那样就能听见它不停吞食桑叶，声音淅淅沙沙，像是一场春雨洒落在瓦片。

　　昆仑在房中继续喝酒，他听见就在杨一针进门并关上房门的时候，入鹿的脚步声也最终在他门前停住。他抬头，看见入鹿依旧站在门槛前。入鹿一双手反剪在背后，笑眯眯地看了他一眼，说，海掌柜一个人喝酒，会不会显得有点孤单？

杨一针在一炷香的工夫以后听见苏我入鹿离开的声音，昆仑一直将他送到客栈门口。后来她将后窗打开，于是看见昆仑跟夜里的风一样飘进了房中。昆仑摇头，说苏我入鹿并不是花僮。入鹿过来只是为了告知，三天后是尚宁王母亲的寿辰，他希望昆仑能送上一份厚礼，以确保所带来的药材能够顺利成交。

19

第二天，昆仑在明灯客栈继续等待。整整一天，他哪里也没有去，像是一枚钉在客栈里的钉子。

第三天，客栈跟往常一样繁忙，有人离店，也有一拨拨新的客人过来，住进不同的房间。只是昆仑的门前，花僮依旧还是没有出现。夜色很快到来，这让昆仑开始担心，担心再这样下去，自己这枚钉子差不多就要生锈。

20

第四天就是尚宁王母亲的寿辰。那天在琉球国的王宫，尚宁王大摆筵席，整个王国的达官贵人悉数到场。

宫廷里酒香四溢歌舞升平，苏我入鹿坐在酒席中央，视线一次次在人群中掠过。他看到了正在大块吃肉的楼半步，看到了琉球国一身铠甲的首里亲军的首领，也看到了来自葡萄牙和西班牙的那帮酒量特别好的商人……然而一直等到盛大的酒席进入尾声，苏我入鹿终究还是没有见到前来送礼的昆仑的身影。

苏我入鹿的目光最后落在楼半步的身上，看见这个干瘦的男人面色酡红，正在喜滋滋地剔牙。于是他想，究竟是发生了什么事情？

21

苏我入鹿不会知道，事实上此刻的昆仑，正跟骆问里面对面坐着。

就在那个海水中的岩洞，一炷香的工夫之前，当骆问里检查了一番熔炉里煅烧的炮管，然后光着膀子回到他阴暗潮湿的房中时，见到的是无比惊讶的一幕。骆问里看见他那张凌乱的石桌前，正在仔细凝视那些火器设计图纸的人竟然是昆仑。那时候昆仑并没有抬头，视线可能是停留在轰天炮炮座所对应的一排尺寸数据上。昆仑说，不用紧张，先把门关上。

骆问里愣了一下，视线在房中的各个角落里游走。这时候昆仑却朝他扔过来一样东西，等他慌张地接过，才发现躺在手里的，果然就是他急于想要寻找的那把特制的短手铳。昆仑说，我让你把门关上，这样我们才可以好好说话。

骆问里实在无法想象，那天夜里他在暴雨如注中离开明灯客栈时，昆仑其实一直跟踪在他身后，直到看见他如受伤的野猪一般，翻滚上那艘风雨中的小船。后来是那天的闪电帮到了昆仑，让目力极强的他足以见到，骆问里渺小的身影是在那片漆黑的悬崖底下所消失。

现在骆问里在那片光滑的石板上坐下，像是坐在一个绵软无力的梦里。他实在没有想通，没有小船，昆仑到底是如何进入的这个岩洞。但他觉得这些已经不重要了，重要的是，昆仑此番过来，绝不仅仅是为了找他说话聊天。

骆问里说，我没有看错，你身上的每一个毛孔都有锦衣卫的气息。

昆仑说，咱们今天不说锦衣卫，咱们今天来好好赌一把骰子。

怎么赌？

很简单。我输了，我跟你说一句真心话。你输了，就回答我一个问题。昆仑说完，从兜里摸出一枚骰子。他手指一弹，骰子即刻飞向了空中。骆问里是在骰子呼呼作响的飞舞声中抬头。他永远无法忘记，这天当骰子最终落在昆仑的手里时，岩壁上的两颗水珠也正好同时落下。两颗水珠不偏不倚，其中一颗恰好砸在骰子的正中央，散发出细密晶亮的水花，而另外一颗则啪嗒一声，十分准确地击中了骆问里的头皮。

骆问里怔了一下。他十分惊讶地坐在石板上，感觉头皮一股前所未有的清凉，然后他很快又看见一缕缠绵的水线，干净而且透明，毫无保留地从自己的额头上滑落。

骆问里说究竟谁怕谁，我这一辈子最喜爱的就是赌。来吧！

22

然而昆仑第一局就输了。所以昆仑盯着骆问里的眼睛，声音坦荡，说我的确是锦衣卫，我是小北斗门的成员。你所认识的田小七，我是他最小的弟弟。

骆问里咬了咬牙，骰子在他手中再次飞起。直到骰子跌落在石板，他猛地用一只酒杯盖住，然后里头叮叮当当的跳跃声最终停止……

然而这一局昆仑还是输了。昆仑于是开口：我来琉球国的确是为了抓你回去，所以你绝对没有逃脱的可能。但你现在要是愿意帮我一个忙，我或许还可以放你一马。

　　骆问里很没有道理地笑了，说感谢你如此慷慨。然而当第三局的骰子揭开，他却发现自己出乎意料地输了，所以他听见昆仑的声音再次响起。昆仑说，回答我第一个问题，你来琉球这家地下火器局，究竟是谁聘请的你？

　　骆问里并没有犹豫，回答得很爽快：这人你认识，他就是阴阳师楼半步。

　　第四局很快结束，骆问里又一次输了。昆仑问他大明海防图在哪里，骆问里应答：还在我手里。

　　把它交给我。

　　骆问里摇头，说，除非你能再赢我三局。

　　昆仑于是轻描淡写地笑了，说从现在开始，我决定连续赢你五局。

　　果然，这天的最后，骆问里打死也不愿意相信，作为老赌棍的自己竟然连续输了十四局。他将那颗要命的骰子在石板上砸成一片粉碎，发现骰子中间并没有灌注水银。于是他在茫然中垂头，说我答应你，在你离开琉球之前，一定把海防图交给你。但你也要告诉我，为什么你能连续赢我十四局。

　　昆仑从石板上起身，怅然间抬头，望向岩洞顶就要掉落下来的又一颗水珠。他说再跟你讲一句真心话，在我加入锦衣卫大开杀戒之前，我叫吉祥。从七岁那年的秋天起，甚至能闻到生和死的气息。那时候我在京城一家孤儿院里生活，我哥哥田小七也是战亡将士的孤儿，他是一个打更的更夫。我有个师父叫满落，后来他带我云游四海，给我起了另一个名字，叫昆仑。

昆仑就这样一字一句说完，也让骆问里在他寂静的眼里，看见一股岁月中忧伤的气息。

骆问里叹声道：原来这一切都是命，看来你前面两局，只是故意输给了我。然后他听见昆仑说，你接下去的命我已经替你写好，只要你跟我回去我大明朝，我一定会向朝廷求情，你之前的罪行将会得到最大限度的宽恕。

头顶的水珠终于在这一刻落下，骆问里在沉默中伸手，将冰凉的水珠稳稳地接住。

骆问里说：我已经倒霉了一辈子，所以你所谓的朝廷对我的赦免，我可能只有在死去以后才会愿意相信。

23

杨一针这晚留在了明灯客栈，她在等候昆仑的消息。中午跟昆仑碰头时，昆仑告诉她，既然花僮迟迟没有出现，那他决定夜闯海水中的岩洞。因为他觉得骆问里隐身的地方，很有可能就是琉球的地下火器局。

为什么要选择在今晚？

今晚是尚宁王母亲的寿宴，宫廷里宾朋满座，我相信花僮也肯定会位列其中。昆仑沉思了一阵，又说，花僮应该就是火器局的幕后执掌，不然他成不了对抗我大明的气候。趁他不在岩洞，那里防守空虚，也许我就能当场堵住骆问里，直接拿他问话。

现在杨一针的客房里，从台州带来的五轮沙漏，流沙已经一次次清空，而胡葱又无数次将漏壶倒转。从昆仑离开客栈，时间已经过了将近两个时辰,杨一针有一种不祥的预感,觉得静谧的空气中似乎有什么事情正要发生。

事实的确如此,杨一针就是在这时听见一阵上楼的声音。声音虽然细微,但她能够辨别出,那些蹑足而行的脚步层出不穷,同时来自左右两道通往二楼的楼梯。此时杨一针并没有移步,而是轻轻掀开后窗前的帘布。于是她发现月影疏动中,窗前的树枝底下正悄然掠过一道属于宽背刀的寒光,类似于深夜中的暗流涌动。

杨一针屏住呼吸,对凝望她的胡葱甩了甩头,示意她拿武器。

24

昆仑离开岩洞以后,并没有直接回去客栈。刚才跟骆问里的一番较量,让他基本能够确定,楼半步就是暗藏的花僮。但是昆仑疑惑,这人为何迟迟不愿意接头?所以他心中所想的,是如何尽快接近楼半步,设法得手那份意欲摧毁明朝海防线的"婆婆丁计划"。

宫廷中盛大的宴席终于结束。当一场喧闹收起,四周又回归到平静,昆仑隐身在一棵参天古木中,看见最后一个跟尚宁王告别的人,正是酒后微醺的阴阳师楼半步。楼半步回家的脚步踩得弯弯曲曲,有好几次他差点被自己绊倒。

昆仑一路跟踪,闻到楼半步打嗝以后喷出的一股细密酒气,酒气围绕着城墙,久久不散。然而昆仑后来发现,楼半步兜兜转转以后最终靠近的地点,竟然又回到了宫廷附近,而隔壁就是苏我入鹿家的素园。在一个长满鲜花的路口,楼半步飘荡的身影静悄悄拐了一个弯，等到昆仑跟上，却发现这人已经在一瞬间消失。昆仑怔住，又看见鲜花覆盖的路边，原本一块稍稍支撑起的井口那么大的盖板，此时则正好悄无声息地掩上。路面就那样很神秘地恢复到原状，昆仑于是想起，刚才骆问里曾经告诉过他，楼半步用来储存弹药的仓库，就建造在尚宁王王宫一带的地底。

昆仑跃上屋顶，决定等待楼半步的再次出现。他由此得以俯瞰，此时静躺在眼底的素园里苏我明灯的一袭背影，正在一片明灭的灯火中显现。明灯在弹琴。琴声散淡，听起来竟然有点幽怨。昆仑在那样的琴声里倚靠向一堵砖墙，有那么一刻，他忍不住又想起了遥远的丁山。他愿意将明灯的琴声当作丁山的琴声，却又似乎闻听见，惆怅的丁山正在古琴前发出一声令人不易察觉的叹息。

用不了多久了，昆仑想，或许再过几天，完成使命的自己，就会出现在回去台州的船上，就会尽快地找到丁山。

然而一场意外就是在此时发生。当坐落在素园东北角的日式熏蒸房的房门嘭的一声被撞开，昆仑看见矮小的房里猛然冲出一个赤身裸体的男人。男人大汗淋漓，全身蒸腾着汹涌的热气。他冲出一步以后又因为赤裸的身体而停住，最终在天空底下无比凶狠地嘶吼出一声：抓刺客！昆仑于是在他一次次歇斯底里的叫喊声中听出，这个有着雪白身体的男人，原来是苏我入鹿。

犹如一场酒席被掀翻，这天的首里王城，即刻充斥着惊恐和嘈杂。四处都奔跑着火把，王城内外一片昂扬的追杀。当飞奔的昆仑从房顶上落下，他最终是跟一身铠甲的首里亲军首领一起，一前一后将那个无处藏身的身影给堵住。亲军首领扭了扭脖子，发出咯咯的关节转动的声音，他举刀一步步朝那人靠近。昆仑看见这家伙的背影缩头缩脑，战战兢兢倒退几步，然后他最终将头转过来时，果然就是喘息成田鼠一样的楼半步。

楼半步全身发抖，打嗝打得不成体统，似乎又想呕吐。后来在尚宁王和苏我入鹿一起赶到时，他才收拾好心绪，若无其事着将低垂的头颅抬起。楼半步声音高低起伏，埋怨这好好的一个夜晚，自己一个人回家独自走路，走着走着竟然被人当成了刺客追杀。

尚宁王转头望向苏我入鹿，看见他在皎洁的月光下皱紧眉头，显然是有些无可奈何。后来苏我入鹿转身，迟疑着走远，楼半步于是就气势汹汹抖了抖衣裳，跟堵在他眼前的亲军首领说：我不是刺客，给我让开！

昆仑就是在这时候开口。他喊了一声：慢！

楼半步的眼睛眯成一根铁丝一样的线。他想不到昆仑竟然走到尚宁王身边，昆仑说他刚才亲眼看见，从素园方向逃窜出来的身影，就是如假包换的楼大人。他还说楼大人既然心里没鬼，一个人走路为何要左冲右突，最后又变成一路狂奔？

现场包括首里亲军在内的所有人都无法忘记，这天当昆仑振振有词说完这些时，楼半步突然变得气喘吁吁。他像是一只抓狂的野猫，无比凶狠着扑向了昆仑。楼半步目光狰狞，挥舞起总共十只透明又锋利的指甲，就像一排寒光凌厉的刀片，朝昆仑的脖子异常坚定地扎了过去。接着昆仑一个很轻易的闪身，就在楼半步扑了一个空时，大家看见他宽大的衣服袖口里，突然掉落出一片轻柔又光滑的丝绸。丝绸有着隐秘的芳香，最终在夜色中飘落，飘落向路中央的一块石板。这时候亲军首领疾步上前，面色疑惑着俯身将它捡起。

于是所有人更加不会忘记,这天当亲军首领捡起丝绸后摊开看了一眼,最终又心事重重地将它交到尚宁王手里时,尚宁王只是扫了一眼就将一双眼睛闭上,好像他认为这个夜晚已经惨烈到不忍目睹。

尚宁王说:人和物证,一起带走!

25

就连昆仑也没有想到,楼半步一直珍藏,每天都要三番五次拿出来抚摸与嗅闻的粉红色丝绸肚兜,竟然属于明灯的母亲。肚兜上精心刺绣的字眼令人过目不忘:伊织。

等待已久的刑讯终于到来,苏我入鹿也闻讯赶来,冷眼看着楼半步。楼半步被扒光,干瘦的身子像一条挂在屋檐下的风干的鱼。等到一轮皮鞭落下,他抖了抖手指,又心痛地望向刚才在挣扎中所损毁的指甲,终于承认伊织的肚兜是他从素园里偷的。而他刚才潜入素园,就是为了偷看熏蒸房里宽衣解带又赤条条的伊织。

苏我入鹿此时再也无法控制自己,突然从怀中掏出一把短手铳,若不是被站在一旁的亲军首领所架阻,他射出去的铁弹就会在第一时间命中楼半步。被夺去手铳的入鹿又抓起一把刀,像疯子一样扑向楼半步。在被刑讯人员挡住后,他愤怒地挣扎,扬言要将楼半步切开,切成一块一块扔出去喂狗。

楼半步抱住脑袋,巴不得缩成一团把自己塞进地底。他看见苏我入鹿歇斯底里,目光喷火,不将他砍死就誓不罢休的样子。于是他彷徨地起身,晃了晃脑袋,说想要灭口是吧?那咱们就干脆来个鱼死网破。

楼半步开始说话。他的话像是被刀子捅开来的麻袋，里头滚落出的豆子一泻千里。他说苏我入鹿你别再装了，你比我还脏，脏得就像一块抹布。你那些龌龊的事情，信不信我现在就公之于众？我已经忍了你很久。

苏我入鹿愣住，毫不费劲地站成一尊雕塑。他听见楼半步的声音义无反顾，说你别以为能够瞒天过海，你早就贪恋你嫂子的美色，想将她占为己有。当初你兄长坠海，是因为你安排了一匹发情的种马，并且给种马喂下了令它狂躁的药，才会让你兄长连人带马坠下悬崖。刚才在熏蒸房，我也亲眼看见你趴在伊织的身上，抖动得就像一条不停抽搐的狗。

整个讯房像是被推入了深海，昆仑能听见所有人粗细不一的呼吸，沉重而且凝滞。楼半步却越说越起劲，他抹了抹嘴角泛起的白沫，吐出一口痰，说苏我入鹿我实话告诉你，我比谁都清楚，苏我明灯以为你是他叔父，其实他是你跟伊织的野种。你厚颜无耻地霸占了嫂子，还把生下来的儿子当侄子养……

楼半步就这样滔滔不绝时，讯房里突然响起砰的一声，声音震耳欲聋。谁也没有注意到，苏我明灯早就已经赶到现场，并且迫不及待抓起了入鹿刚才被夺走的手铳。滚烫的铁弹射出，命中楼半步脑门又穿透他头颅，所以血是从他后脑喷出，洋洋洒洒喷溅在他身后那堵砖墙上。明灯看着如同泥浆一样坍塌下去的楼半步，确定这人已经死透。所以他将手铳不屑一顾地扔在地上，站在那里纹丝不动。他像是在警告已经一命归天的楼半步，说，我们家的事情，还轮不到你来管。

那是一个血光中无比阴暗的夜晚，也是暴风雨突如其来的夜晚。苏我明灯疯狂地奔跑在雨中，想起当初从台州府回琉球的船上，也是这样贯穿在天地中的暴雨，颠簸的商船似乎要被海上的风暴所吞没。但也就是在那时，明灯的视力开始恢复，他只是一眨眼，竟然就无比清晰地看见了翻滚的波涛，以及头顶一闪而过的闪电。那一刻他泪流满面，在甲板上跪下，重重地磕头。他感谢让他重见光明的昆仑和杨一针，也感谢这场犹如神灵降临一般的风暴。但是从海上回到琉球后，他又宁愿自己依旧是一个瞎子，一切都眼不见为净。因为他没过多久，就发现了母亲和叔父入鹿的奸情。他也由此想明白，为何当初自己眼瞎时，只有通往熏蒸房和他母亲卧室的方向，入鹿并没有为他铺设密布鹅卵石的盲道。

明灯不会忘记，有天入鹿邀请百草阁药铺的牛刀刀前往素园做客时，席间不知道什么缘故，却突然就对她狠下杀手。但是苏我入鹿没有想到，牛刀刀并不是那么好对付，她竟然攻势凌厉，一下子砍翻了素园的好几名家丁。明灯冷冷地看着这一切，想起自己的父亲坠崖而亡，便毫不在乎这场杀戮到底谁会胜出。那场较量的最后，苏我入鹿和牛刀刀都倒在地上，两人狠命抢夺现场剩下的唯一的一把刀。刀就在明灯的脚下，他站在那里纹丝不动，听见入鹿的祈求，说孩子，帮我，我是你爹。明灯万分惊讶，望向脚步凌乱匆忙奔跑过来的母亲时，看见她掩面而泣，目光中并没有否认。时间短暂而又漫长，就在他黯然转身的那一刻，明灯自己也没有想明白，为何他最后还是将刀子踢向了苏我入鹿。苏我入鹿握刀在手，一刀扎向牛刀刀，同时他随即卷起一团刚才被斩断的三弦丝线，将牛刀刀活活地给勒死。

昆仑追上明灯时，看见他坐在那片悬崖顶上，犹如一块长在那里无数年的石头。明灯的一双腿挂在悬崖边,说鸠占鹊巢,你是不是觉得这一切很好笑?

昆仑离他很远,不敢向他靠近。昆仑说要是知道会发生这一切,我就不会让人将楼半步拿下。明灯笑了,笑得比哭还难看。明灯说,你觉得你在安慰我?其实你这是在嘲笑我。

昆仑也在悬崖边坐下,任凭暴雨将他们一起冲刷。他特别喜欢水天一色,喜欢从天而降的水声将他笼罩,这样就可以让他觉得自己是世界的一部分,是一棵长在悬崖边的孤独的树。此刻他心中升起的,是跟雨点一样密集的疑问:楼半步刚才明明是进入一个地下通道,怎么后来又出现在了素园?关于苏我入鹿和伊织,以及他们苏我家族的一切,楼半步为何会了解得那么清楚?还有,入鹿怎么会有手铳?他从熏蒸房里赤条条着冲出时,又为何嘴里喊的是抓刺客,而不是抓盗贼?一个商人,他怎么会担心家里有刺客?……

昆仑这样连绵不绝地想着,想到没有尽头,想到所有的问号都打成了一个死结。最后他开始真正担心的,是楼半步既然已经被击毙,那自己是否还能拿到"婆婆丁计划"?

26

暴雨停歇的时候,昆仑目送着苏我明灯悄无声息地离开悬崖,他自己也悄无声息地回到了客栈。他整个人都湿透了,所以地面上留下了一摊发黑的雨水,像一张缩小了的琉球国地图。他想将这一晚发生的一切及时告诉杨一针。可是他三番五次发出信号后,杨一针的房里却始终没有动静。最后他干脆通过后窗,直接闯进了杨一针那间客房，却发现房里空空荡荡，里头一个人影也没有。

昆仑站在房中，像是站在孤立无援的梦中。

27

清晨再次悄无声息地到来，昆仑这天是在等待杨一针的出现时，猛然见到了上门来的苏我入鹿。入鹿全身像是裹着一层白茫茫的晨雾，他左眼浓墨的眉毛上甚至挂着一滴随时会掉落下来的水珠，让昆仑闻见一股深刻逼人的凉意。入鹿抬手，将眉毛上的水珠抹去，犹如抹掉一段可有可无的记忆。他在仔细凝望挂在墙上的《八仙过海图》时，声音如同涌过来的海水，有着呛人的咸味，说海掌柜能不能告诉我，八仙为什么能过海？昆仑于是在一阵怅惘中惊讶地站起，目光迎向苏我入鹿。依照之前阿海所交代的接头切口，昆仑口齿清晰地说，八仙之所以能过海，是因为他们喝酒，一个个都是海量。

苏我入鹿站在原地纹丝不动，如同房中刚刚多出来的一根柱子。后来他扯了扯嘴角，露出一抹笑容。笑容跟以往完全不同，谈不上温和，甚至都缺乏一点明亮。他像是船到码头人靠岸，眼前的一切容不得拖延，所以并没有寻找一张椅子坐下，即刻就开口道：我就是来接头的花僮，跟我走，我带你去一个地方。

昆仑在话音中沉默，看见飘扬在房里的薄而淡的水雾，跟随晨风一起摇摆。接着他听见苏我入鹿又说：还愣在那里干吗？

清晨的那霸港码头却是浓雾堆积，犹如重重包裹着一团秘密。昆仑走在路上，望见细长的街道盘根错节，像是朝各个方向蠕动出去的蛇。此时街上并没有人影,浓雾中星星点点的灯火,如同守候在路边的鬼火,以至于昆仑有一种错觉,苏我入鹿是带他走去了一块墓地,或者是他们走进的,是一团神秘的梦境。

路上昆仑什么都没问,只是紧随着入鹿。后来入鹿进入素园,带他走去一处隐秘的花园。在一处假山前,随着茂密的芦苇叶子被掀开,入鹿轻轻按动深嵌在太湖石中的机关,于是在乱石的移动声中,昆仑眼里很快就显现出一条暗藏的通道。暗道曲曲折折,通往幽深的地下,像是深入地心的喉管。

昆仑踩着向下的阶梯,跟着入鹿逐级而下。此时空气越来越阴冷,两旁高悬的铁盆中,燃烧着既是取暖又是照明的炭火。苏我入鹿边走边说,我现在要带你去看的,是我们的弹药库,这是我们地下火器局的一部分……火器局是一个深藏在地下的城池,它的另外一部分在海边,是我们造枪造炮的地方。那里跟弹药库是相通的,中间隔了几道厚重的铁门……

苏我入鹿断断续续的声音在地下库房回响。昆仑也就此明白,楼半步当初能在半夜里潜入素园,也是通过弹药库的地下暗道,而他行走的方向,差不多跟现在的路线相反。这时候苏我入鹿像是察觉出了昆仑的心思,所以他在喉咙底下咒骂出一句,说楼半步就是一条忘恩负义的狗,当初要不是我把他从日本带来琉球,他现在早就已经在荒郊野外饿死,连骨头都被人捡去烧火了。

昆仑感觉周身一股阴冷,看来正如他昨晚所想象,楼半步一直是苏我入鹿的助手,替他掌管着偌大一个火器局。然而在琉球国所有人面前,这两人却一直在很认真地演戏,演着一台视对方为眼中钉,彼此间又恨之入骨的戏。

眼前终于出现一片平坦又空旷的场地,昆仑看见如同山坡一样堆积在一起的弹药，连绵起伏又分门别类排列规整，其中包括鱼雷、风火雷、陶瓷雷以及粗细不一的雷管，浩大的场面令他吃惊。昆仑走到弹药中间，抓起一把差不多跟羊屎那么大的铁弹，说我们约定的接头日子是在小满，时间为何推迟到了今天？

苏我入鹿似乎什么也没听见。他目光紧锁一路往前，走出一段距离后最终在一座雕像前停住。那是一个用石头雕琢出来的男人，两颗滚圆的眼球有着睥睨一切的眼神。他虽然盘腿端坐在地上，却还是比苏我入鹿高出半截身子。

知道他是谁吗？苏我入鹿说。

昆仑站在雕像前，感觉入鹿正在逼视着他，目光比石头还坚硬。他看见雕像身上那件宽大的衣裳往各个方向撑开，样子十分饱满，好像是被风撑起的一个帐篷，也好像是要掩盖住隐藏在胸膛中的无限蓬勃的野心。

他叫丰臣秀吉。入鹿说完，眼里放射出一道犀利的光。可能是回忆起曾经跟随丰臣秀吉四处征战的岁月，他说我现在所有的努力，都是为了继承将军的遗志。将军叱咤南北勇猛无比，誓要跟大明决战到底。跟他相比，眼下统治日本的德川家康可谓鼠目寸光，简直就是一个无耻的懦夫。所以我要征召的是丰臣的旧部，我要瓦解和争取的是德川现在拥有的军队和武器。

昆仑目光飘了一下，视线离开冰冷的雕像，转移到胸怀激荡的苏我入鹿身上。他知道此刻的自己需要发出一声赞叹，也或者是一通感慨，所以就说：先生既然有惊人的毅力，又具备如此强大的火器局，那么一旦到了开战之时，明朝的海防线势必将被摧枯拉朽，不值一提。

然而苏我入鹿的脸上却没有显示出惊喜。入鹿可能是到了这时才想起昆仑刚才的问话,所以他沉思了一阵,目光凌厉地回头,说之所以拖到今天才接头,是因为你下榻的明灯客栈,有明朝的细作。

昆仑愣了一下,感觉一阵锐利的风在耳边越过。他还未来得及开口,就看见苏我入鹿盯向站在不远处的两名库房守卫,对他们十分果决地甩了甩头。然后两名守卫笔直走向一扇紧闭的铁门。铁门可能是有点生锈,让他们花了很大劲儿才推开一条缝。守卫最后抬腿,狠狠地踢了一脚,就在沉重的铁门被哐当一声打开时,昆仑瞬间看见的,竟然是被捆绑在铁架上的杨一针。

杨一针满身血污,头发乱糟糟地披挂在脸上,嘴角还淌着一缕挂下来的血浆。她显然是饱受摧残,身上伤痕累累,脑袋耷拉着,整个人已经气若游丝。昆仑看见眼前的一切都在摇晃,耳边响起的声音也类似于某片悬崖正在轰然倒塌。他即刻感觉头晕目眩,周身的血液也似乎在瞬间凝住。此时他暗自咬紧牙关,恍惚之间觉得,头顶有千万斤重量的石板正要朝他砸下,砸向他的头颅和肩膀,顷刻间就要将他砸成一块肉饼……然而昆仑又必须在转眼之间恢复平静,平静得像是波澜不惊,也平静得像是突然之间陷入诧异。所以昆仑说,这人是谁?

难道你不认识了?苏我入鹿笑着道:她是住你对面客房的杨姑娘,杨一针。

杨姑娘?她怎么会被捆绑在这里?昆仑难掩心中起伏,说先生的意思,难道她就是客栈中的细作?

苏我入鹿打出一个细小的喷嚏。兴许是因为库房中阴凉,他给自己披上一件武士道和服,艳红的武士道和服上绣了一丛饱满的菊花。他说你别看杨姑娘长得楚楚动人,她最近却一直在追查一桩凶杀案，死者是百草阁药铺的女郎中，名叫牛刀刀。入鹿说完，将武士道和服的丝带在他结实的腰板间扎紧，说其实我很清楚，牛刀刀也是明朝派来的卧底，当初就是我将她亲手剿灭的。

牛刀刀是死在入鹿的手上，昆仑听见这一句，目光便显得有点锋利。但他说会不会搞错了，杨姑娘看上去那么普通，你就是给她十个胆子，她也不敢过来琉球当卧底。那不是死路一条？

可是有些人就是愿意踏上不归路。苏我入鹿清了清嗓子，目光在昆仑身上不屑一顾地扫过。他的声音即刻显得狰狞，说就比如海掌柜你，好像你在每天半夜时分，都会偷偷摸摸去一趟杨姑娘的房里。

昆仑整个人一瞬间抽紧，如同听见一声电闪雷鸣。此时他刚想劈出一掌，劈向眼前的苏我入鹿，头顶却有一个巨大的铁笼如同雷霆般落下。昆仑只是听见一声轰鸣，就看见落下来的铁笼不偏不倚，正好将他罩在了笼子的中央。这时候他还没来得及出手，铁笼顶部又弹射出无数根粗大的铁管，转眼之间穿插在他前后左右四周，最终将他死死地挤压在铁管的中间。

昆仑被困住，四肢动弹不得，周遭都是挡住他的铁管。此时站在原地的苏我入鹿却面不改色，最终冷冷地笑了。苏我入鹿的目光柔情四溢，饶有兴致地望了他几眼，接着又靠近他，说现在我可以告诉你了，接头的日子为何要推迟到今天。

事实上就在小满那天，当苏我入鹿去你房中时，第一眼就发现挂在房中的《八仙过海图》是假的。

苏我入鹿围着铁笼，慢吞吞转了一圈，为的是仔细检查一番，这个首次派上用场的铁笼，在设计上是否还存在什么漏洞，以便于日后改进。然后他说好一个海掌柜，就跟那幅八仙图一样，整个人都是赝品。还说要不要我提醒你一下,正确的《八仙过海图》,铁拐李握拐的手是右手,而不是你那张图中的左手。

昆仑站在铁管中间,恨不得把自己的脑袋给撞碎。此时他无论如何腾挪,全身的力量终究还是无法施展。眼看着苏我入鹿一副得意忘形的样子,他无计可施,所以就干脆闭上双眼,被深刻的怨愤所吞噬。他同时在心里一次次咒骂张望,咒骂他当初对着八仙过海的原图临摹,为何会如此粗心大意,会在铁拐李的左手和右手上出错。苏我入鹿却好像根本不愿给他留下安静的时光,傲娇的声音再次响起,说我再告诉你一个秘密,当初让你去参加尚宁王母亲的寿宴,目的就是将你从客栈中支走。这样我才方便动手,将你跟杨一针两人分头收入囊中。

库房里只剩下苏我入鹿冷笑的声音。苏我入鹿接着说,人心就跟蛇蝎一样险恶,海掌柜你在演戏方面肯定比不过我。所以想要在我面前胜出,那你就等于踏上了一条死路。

28

骆问里像一匹脱困的野马,浑身有着无穷的力量,奋勇奔跑在通往灵鹫寺崎岖的山路上。山路湿滑,细碎的石子磕磕绊绊,让赤脚的骆问里一次次摔倒,锋利的石片也毫不留情地割破他脚皮。但骆问里全然顾不上这些,只想尽快赶到山顶的灵鹫寺,救出令他魂牵梦萦、每个夜晚都要思念无数遍的阿普。

刚才在岩洞中的火器局作坊,闻听楼半步在昨晚被苏我明灯一铳毙命,且他那些手下已经被尚宁王悉数捉拿,骆问里便举起手中那把正在试刃的倭刀,将它重重砍向头顶挂下来的一片钟乳石。钟乳石纹丝不动，甚至都懒得溅射出一点火星，但此时骆问里已经胡乱套上一件衣裳，跟疯子一样奔向了远处海水汹涌的洞口。骆问里是那样的急迫，急迫得气喘吁吁，急迫得忘记了穿鞋。

楼半步虽然是装神弄鬼的半个道士，但自从羁押了阿普，他就别有居心，将她深锁在了山顶的灵鹫寺。寺庙里日夜派人守候，生怕阿普逃脱，也担心骆问里会将她劫走。现在骆问里已经登上了半山腰，刚才的一路狂奔，让步入中年的他几乎被掏空。他双手支撑着膝盖，真想把憋闷的胸膛给撕开，让几乎窒息的自己好好透一股气。然而他只是站直身子抬手擦了一把汗，整个人便绵软无力地倒下，像一团泥浆般倒下。于是骆问里干脆摊开身子，仰躺在荆棘丛中。耳边山风呼啸，四周响起阵阵松涛。骆问里似乎听见松涛来自山顶，正传来阿普对他深情的呼唤。

头顶许多云朵棉絮一般飘过。散漫的棉絮慢慢聚集到一起，在骆问里的眼里，仿佛聚集成一个款款移步的阿普。这时候骆问里终于掉下了辛酸的眼泪，眼泪顺着干燥的脸颊，渗透进他嘴角。这让他很容易想起，曾经的台州府监狱中，铁链和镣铐在身的自己，也是无数次透过狭小的窗口，凝望属于明朝的云朵。事实上，那是对深印在脑海中的阿普的凝望。

为了越狱，骆问里决定跟同样是嗜赌成性的那位九品司狱开赌。司狱将一枚铜钱弹向了空中，他在铜板的飞舞声中笑呵呵地说，你连裤衩都千疮百孔，难道还想切下里头的小鸡鸡来跟我赌？骆问里一只手迅速抱住裤裆，剩下的一只手张开，勾了勾小拇指，说，你先说愿不愿意赌。

怎么赌？

骆问里捋了捋心爱的小拇指,将它前后左右抚摸了无数遍,然后看着幼小的拇指无比忧伤着说:只要我输了,这根手指就是你的,你可以当场把它带走。

你是觉得我的手指不够用呢,还是认为你的小拇指可以加点酱油红烧,也或者是撒一把细盐,将它中午炖了汤喝?

骆问里却始终凝望自己的小指,目光中甚至有了些许潮湿。骆问里说,司狱这辈子洪福齐天,缺的肯定不是铜板。我觉得你现在最需要的,是下次站在赌桌前,能气势磅礴地讲出一个傲人的传说。

什么样的狗屁传说?

当然是你赢过人家一根手指的传说。那样子的话,你的骰子还未开局,赌桌前的所有人,腿脚就自然开始发软了。

司狱反复摩挲着早就从空中掉落,又被他胸有成竹接住的长了一些绿锈的铜板。铜板有着圆润的手感,此刻正深陷在他肥厚的手掌里,像是躺在一床温暖的棉被中。司狱将铜板攥紧,说,你口吐莲花讲了那么多,无非是看上了我的这枚铜板。告诉你,爷爷不会那么傻。

骆问里愉快地摇头,说司狱大人果然是猜错了。实话告诉你,如果你输了,我只有一个要求,就是恳求你菩萨心肠,将伙房里那罐番椒酱送给我。在下口味有些重,实在太喜欢吃辣,再说这牢房中每天的伙食,寡淡得就跟昨晚剩下的凉开水一样。我实在是没有胃口,每次都难以下咽。

然而骆问里很惨。第一局的骰子尚未停稳,他就如坠深渊满腔忧愤。那时候他迫不及待蹲下,死死盯着冰冷的石板,祈求缓慢下来的骰子能继续转动,好歹能够再翻滚一圈。最后他陷入深深的绝望，反复盯着落定以后面无表情的骰子，像是要用目光将它穿透，也像是看见了自己穷途末路的明天。

骆问里沉沉地叹了一口气，伸出一只手在石板上摊开，声音如同寂灭的炭火，说刀子，谁去把刀子拿过来。

于是没过多久，司狱只听见咔嚓一声，似乎是有人咬断一截甘蔗，但是眼底那块石板上，却随即漫延开一团浓稠的血。那时候骆问里皱了一下眉头，看上去是悲痛欲绝。他倒抽一口冷气，喊出一声他娘的，没想到这么痛。他沉思一阵，接着就小心翼翼抽出盖在石板上的手掌，所以那枚切去以后又与手掌彻底分离开的小拇指，就被他毫无保留地遗留在了青石板的中央。四周万籁俱寂，一阵陌生的风吹过，带起陌生的沙尘。骆问里垂头，将手指根涌出来的血一点一点吸进嘴里，好像是不想让它白白浪费。此时他额头上屡屡冒出雨点般的汗珠。汗珠层出不穷，顷刻间熙熙攘攘，似乎争先恐后从他头皮中显身，前来跟他刚刚夭折的小拇指做一番诀别。然后骆问里在阵阵袭来的疼痛中咬了咬牙，即刻又将此时已经守在他手掌最左边的无名指竖起。骆问里眼里布满淡淡的血丝，盯着满脸痛楚的司狱，又盯着守土一方的无名指，最后笑眯眯地说：没事的司狱大人，愿赌服输。来，咱们再来！

那天的石板上，总共留下了一长一短两根手指。长的是血淋淋的无名指，短的是血液流光，已经开始变成一片惨白的小拇指。血在石板上寂静地流淌，朝着不同的方向，最后似乎渗透进有着鸭蛋青颜色的石板，让里头淡青色的花纹，渐渐增添了一些细密的红色。骆问里无比忧伤，他望向离他而去的两枚手指，像是望见两个登船以后就一直远航的儿子。此刻他心中有巨大的不舍，却又很果断地抓起骰子，然后跟司狱心平气和着商量：这次能不能由我来扔？司狱却在阵阵微风中颤抖，好像是在某个梦魇中无法自拔。他的喉咙里可能是被吹进了沙子，所以声音沙哑，说不用再扔了，伙房里那罐番椒酱，已经是你的。我还会让伙夫……，将罐里的番椒酱加满。

骆问里愣住，感觉一切都偏离了自己的想象。他提着业已残缺的左手，声音颤颤巍巍，说那怎么可以，司狱大人难道忘了，赌桌应该有赌桌上的规矩。

司狱却一点一点垂头，像是被烈日晒焦的树叶，视线也尽量避开那块被骆问里血液所勇猛占领的石板。在这个血光充斥的上午，司狱站在地上的一双腿脚似乎是向某人借来的，跟他受过惊吓的声音一样，瑟瑟发抖。司狱说，但是你……也别忘了，在这座牢房……本人所说的每一句，都可以是规矩……

骆问里开心不已，几乎兴奋得掉出眼泪。此时他再次蹲下，像一个慈祥的父亲，想要将那两枚孤单的手指收起。但他看见鲜血淋漓的石板上，一直沉默不响的无名指却突然没有理由地跳动了一下，样子轻盈欢快，仿佛要配合他内心所涌起的窃喜。骆问里抽了抽鼻子，情真意切，在用目光抚摸那截无家可归的无名指时，他把眼泪收起。欣喜之余，他又很及时地望向拴住他双脚的铁链。繁琐的铁链绕来绕去，环环相扣，又锈迹斑斑，似乎随随便便就能拴住他的一生。但此时的骆问里并不这么想，他在心里跟自己说：姓骆的恭喜你了，他娘的，这辈子你终于成功了一次。

29

阿普盘腿静坐在灵鹫寺的禅房，无缘见到飘浮在窗外的云朵。她眼里一片灰暗，布满飘飞的灰尘，也飘浮着此生数不尽的罪孽。首先是跟骆问里的奸情，奸情败露后招致丈夫猝死，再是骆问里来琉球国，一个明朝的子民来监造攻打明朝的火器，还带上泄露机密的大明朝海防图……所有的往事一幕一幕，每一幕都羞于回首，不忍卒读。现在阿普在忧思中忏悔，一下一下敲打着木鱼，想让声音将罪恶的自己掩埋。木鱼声中，她全然忘记自己是被深锁在灵鹫寺，也忘记了每天夜以继日的生活，一寸又一寸的光阴，都是在缭绕的香火中一成不变如出一辙。

阿普身穿一件麻布做的海青，泛白褪色的海青在胸前包裹，上面打满了补丁。但即使是如此，在这间缺乏光线和照明的禅房，四处可见的破败和陈旧，也难掩她脸上和脖颈上残存的风韵。也是在这间打坐的禅房，靠南的那堵墙壁上，灵鹫寺的住持是在前两天突然发现，墙上不知何时多出了一个血红的"问"字。那个"问"字写得执着有力，一笔一画却又尽显苍凉，赫然出现在墙体的中央。那天住持面对这触目惊心的一幕，不禁在茫然间摇头，又在风干的血腥味中将双目闭上。住持想，血字一定是阿普咬破了手指，在某个寒凉的月夜里心如磐石地写下。

阿普似乎在木鱼声中渐次枯萎，骆问里却在此时靠近了灵鹫寺的山门。那时候骆问里看见一只凶猛的秃鹫，正趾高气扬栖落在山顶一棵高大的乌桕树上，嘴里叼着一片血淋淋的肉。骆问里聚精会神地凝望，抬头望向秃鹫时想，那片滴血的肉最好是来自楼半步。他希望死去的楼半步已经被苏我入鹿切割，切割成互不相连的一块一块。因为骆问里早就有所耳闻，苏我入鹿仿造的六必居酱菜有着令人发颤的秘密，那就是酱园会收集琉球岛上某些死人的尸体，然后在深夜里切割，割出一块块分量均匀的连皮带肉，又在酱过以后晒干成风味独特的腊肉。

秃鹫的目光杀气腾腾，骆问里手拄一根业已腐烂的木棍，扶着灵鹫寺的围墙站稳。刚才从半山腰奔向山顶的路上，因为走得太急，他很不幸运地崴了一脚。所以一路上骆问里比较狼狈，他拄着木棍小心翼翼行走，像是沙场上败退下来的瘸腿的马。现在他循着木鱼声的方向，一步一步靠近阿普的禅房。面对挂在房门上的那把沉重的铁锁，骆问里似乎毫不担心。他很快从怀里摸出一枚幼小的钥匙，试着将它深插进锁孔。接着他小心翼翼转动钥匙，在感觉不得要领时，又将金黄色的钥匙进一步深入锁孔。于是在转眼之间，骆问里果然听见啪嗒一声，声音听起来干脆利落，锁体和插销也就那样十分愉快地分离了开来。

门吱呀一声敞开，此时阿普感觉一道锋利的光，正如一支飞过来的箭，直接射向她双眼。阿普不用睁眼，仅仅凭着飘进房里的气息，就能闻出来者是骆问里。她听见骆问里扔掉手中的木棍，还在飘荡着灰尘和霉味的禅房中疲倦地揉了揉眼睛，然后等他看清了房中的一切，他原本急促的呼吸就在刹那间停止，仿佛是被人击中了命门。

事实也的确如此，这天当骆问里目睹了墙上惊心动魄的血字，又赫然望见盘坐在角落中的阿普时，整个人便彻底塌陷。顷刻之间，骆问里泪水涟涟，张开的嘴巴几近于失声，只能发出一连串沙哑的嘶吼。此时他腿脚发软，无比诧异着望向阿普青光光的头皮，像是望见一场惨绝人寰的灾难。骆问里哭号：头发，阿普，你的头发呢?

阿普的眼皮依旧合上,眼角却不由自主流淌出一行热泪。很久以后她说,为什么你只关心我的头发?

骆问里泪水滂沱,跪在地上抽搐,像是跪到阿普面前想要认错的儿子。他伸出总共有八根手指的双手,颤抖着想要贴近阿普的头颅,然而那双手却始终停留在空中,一次次都不敢去触碰,仿佛近在咫尺的阿普是一块坚硬的冰,也是一个灼热的火球。骆问里只是见到自己的泪水,正一滴一滴砸下,砸向阿普的头皮。然后泪水又在阿普毫无遮盖的头皮上静悄悄滑落,滑落进她脸颊,仿佛成了阿普的眼泪。

阿普的声音像飘浮的尘埃,也像树梢落下来的树叶。阿普说:哪怕我不剪掉头发,它们也会在夜以继日的悔恨中一根一根掉落。

骆问里的脑袋于是一次次撞向墙壁,好像是要把坚硬的石墙给撞开。但也就在此时,门口涌进来的光线却突然被人挡住,于是骆问里在细碎的阴影中转头,看见的是苏我入鹿的几名家丁。家丁正手持明亮的短刀,像围堵一头漏网的野猪一样向他围拢逼近。骆问里管不了那么多,仓促间即刻就掏出了手铳,铳管毫不犹豫着举起。骆问里叫喊:一个个都给我闪开,老子今天很想杀人。

阿普在凶狠的声音中抖了一下,随即将木鱼敲得更响。她闻见空气中的杀机,所以将眉头皱紧,说骆问里我想问你一句,咱们这辈子的罪孽,难道你觉得还不够深重?

骆问里却上前一步,铳管瞄准的方向在苏我入鹿的几名家丁身上渐次游移。他说阿普我求你了,烧香拜佛等到回我们的大明王国，一切还来得及。咱们现在就冲出去，离开这阴曹地府一样的琉球。阿普此后却再也没有吭声，只是加速敲打着木鱼，直至声音越来越急，犹如一阵急骤的雨滴。

30

杨一针是在半个时辰后醒来的，醒来时她缓缓撑开眼皮，看见困顿在铁笼中的昆仑，以及死亡般沉寂的弹药库房。此时她想起被苏我入鹿杀害的姐姐牛刀刀，便悲愤交加心如刀绞。她同时想起奉命来到琉球任务尚未完成，自己却跟昆仑身陷囹圄，面对的是无法预想的明天。想到这些，杨一针狠狠地挣扎，想让自己从捆绑的铁架上挣脱。这时候她却听见一个声音响起，说世上的女人为什么总是那么傻，你这样的反抗完全是徒劳，还不如再睡一场安稳觉。杨一针于是发现，原来不知什么时候，骆问里也出现在了这里。骆问里蹲在一个角落，佝偻着身子，看上去若无其事，脚上却被捆绑了繁琐的镣铐。

昆仑也就是在这时候醒来，他刚才睡得很沉，在一个混沌的梦里再次见到了丁山。他看见丁山目光忧郁离开无人馆，一路走去大海的方向。路上丁山一次次向人打听，琉球国离台州府有多远，坐船总共要走几天。昆仑于是在梦里觉得，丁山是在等他回去，回去陪她坐着，一辈子听她弹琴。现在昆仑眨了眨眼，暂且让刚才的梦境飘远。他在逼仄的铁笼里望向骆问里，以及拴住这人双脚的铁链，说没想到你也会有今天，这就是你背叛家国的结局。

骆问里却不屑一顾地笑了。他只是很好奇，此刻困在铁笼中动弹不得的昆仑，怎么还有心思跟他费尽口舌谈起虚无缥缈的家国。骆问里抹了一把脸，抹出一团细碎的泥沙，说臭小子，你还是赶紧留点力气想想自己。我敢跟你打赌，在你被苏我入鹿处决之前，我肯定早就离开了这里。说完骆问里甩了甩头，觉得待在这里太过无聊，所以就决定跟昆仑炫耀一下，让他知道当初自己是如何从台州城牢狱成功逃脱。骆问里滔滔不绝，他的故事从跟司狱赌博说起，说到了自己当场损失的两枚手指，也说到了那天最终赢来的一罐辣味扑鼻的番椒酱。他还唾沫横飞着告诉昆仑，自己可谓聪明绝顶，凭借着之前在钱塘火器局对生铁的了解，他早就做好了打算，要用咸味聚集的番椒酱，利用其中含量丰富的盐，去将困住他的铁链一点一点腐蚀。骆问里说上天不负有心人，为此我整整花了十三个月的时间。直到有一天我亲眼看见，原本粗大的铁链就像中了邪一样，在我手里奇迹般地断开，就像一块松脆的油炸鱼排，被我轻而易举地折断。

骆问里得意洋洋说到这里，目光却突然变得忧伤。他望向自己残缺的手指，好像看见自己灾难深重又颠沛流离的一生。此时他又猛然想起为他削发为尼的阿普，所以目光变得一片潮湿。他难忍悲恸，狠狠地咬了咬牙，心想昆仑还跟他奢谈什么家国。当初要不是所谓的家国将他厚颜无耻地抛弃，他也不至于沦落到今天这地步，不仅背上叛国的罪名，还要让阿普跟他一起受苦。所以他义正辞严质问昆仑，你有什么资格跟老子谈家国？老子为那个狗屁家国血战到底的时候，估计你还是一颗种子，正躺在你爹蠢蠢欲动的裤裆里。

杨一针也是到了这时才从骆问里的嘴里得知，这人当初之所以成了辽东李成梁部队的一名逃兵，其实背后有着难以想象的凄惨。那一年大雪飞舞，骆问里带着弟兄如同一把尖刀杀入敌营，他在奔驰的马背上身负重伤，一个人坚持到最后，终因寡不敌众而成了把兔儿的俘虏。在战俘营，骆问里遭受严刑拷打，身上没有一块肌肉是完好的，但他始终没有屈服，反而在一个月黑风高之夜，瞅准时机杀出一条血路，又历尽千辛万苦一路爬回到了李成梁部队的营房。然而此时的部队却对回营的骆问里失去了起码的信任，甚至疑神疑鬼，将他当作把兔儿派来刺探军情的奸细。于是在一次突围中，副将命令尚未康复的骆问里一个人骑马冲在队伍的最前面，目的是踩响敌军在雪地上随处埋设下的风火雷。那次骆问里咬牙切齿，周身的血液冲到了脑门。最后他忍无可忍，终于愤怒到极点。他骂了一句狗娘养的，随即挥刀砍翻了逼迫他上马的副将，又掉头冲进了白茫茫尸骨遍地的原野，也从此与他眼里已然狼心狗肺的明军决裂。

骆问里说完，目光挑衅着望向昆仑，眼里似乎依旧飘飞着那年辽东战场的皑皑白雪。雪覆盖他身上每一处伤口，跟伤口中汩汩流淌的血掺杂在一起，于是他屡屡中刀的身子，像是开出无数丛娇艳的花朵。他瞪着昆仑，说别以为你父亲牺牲在沙场就有什么了不起，老子比他惨了无数倍，惨到你无法想象，惨到一次次问自己，为什么还要活着？

昆仑却目光凛然，他说哪怕有再多的借口，也不是你卖国的理由。昆仑说骆问里你好好看看，看看堆积在这里成千上万的弹药。难道你想见到明朝的海防线被入侵的倭寇摧毁，家园被炸成粉碎，百姓生灵涂炭，国土变成一片焦土？

骆问里无言以对，他在茫然中垂头，盯着地上一根蠕动的蚯蚓。他看见蚯蚓攒足了力气，细小的身躯在潮湿的泥石间攀爬，好像要使劲攀爬向外一番天地。这时候他闻听昆仑的声音再次响起。昆仑说骆问里你到底有没有想过，一旦这些火药在明朝引爆，被炸碎的可能是你父母，还有你兄弟，以及你的妻子和儿女。

昆仑的质问连绵不绝，让骆问里陷入长久的沉默。此时的骆问里不得不想起，想起北京城一条狭长的胡同，以及胡同深处不同的季节里，一个总是会开满桂花及石榴花的院子。自从逃离李成梁的部队，骆问里就再也没有回去过北京城的那条胡同，也无从了解院子中家人的生死。他只是记得，当年自己从军前，妻子已经有孕在身，至于后来生下来的是男是女，他则一次次提醒自己，永远不要去打听。因为骆问里很清楚，作为一个屠杀了上峰的叛贼，自己靠近家园的每一步，都将给家人带来无尽的麻烦，也甚至是灭顶之灾。

31

杨一针记得很清楚，这天当地下库房中巡守的卫兵向他们走来时，倚靠着石墙的骆问里当即闭上眼睛，像是昏睡中的缩头乌龟。然后卫兵列队离去，骆问里的眼睛又缓缓睁开。他扭头望向那些远去的背影，看着十几人队伍的影子渐渐被压扁，直至成为一条移动的黑线，线条又在拐弯后越来越短，最后彻底消失。骆问里觉得这样的凝望似乎还不够，于是又侧身趴到地上，耳朵贴近岩层，久久地聆听。可能是感觉地底传来的脚步声已经降低至轻微，所以他起身，像是完全抛却了刚才的忧伤，笑着说谢天谢地，这帮鸟人已经走出去很远，那我现在可以金蝉脱壳离你们远点，省得听你们啰里啰唆讲那些雄壮的道理。

杨一针就是在这时候看见，神神叨叨的骆问里竟然稀奇古怪着张大嘴巴，像是张嘴漂浮在水面，等待虫子漂移过来的一只以逸待劳的青蛙。随后骆问里将拇指和食指塞进洞开的嘴巴，似乎是要当场变出一道戏法。他两根手指使劲一掐，即刻就从舌头底下掏出一枚金光闪闪的钥匙。骆问里将挂满口水的钥匙举起，说有没有吓到你们？这就是传说中的嘴里含着金钥匙。

昆仑看见一个喜悦的骆问里，也看见金色的钥匙在第一时间插进一把铁锁的锁孔，铁锁锁住了缠绕他双脚的铁链。骆问里看上去信心饱满，前后左右来回转动钥匙，转动时他嘴中念念有词，说佛祖保佑，保佑我的万能钥匙所向披靡。

果然，骆问里又一次成功了。成功的骆问里一脚踢开镣铐，面容威严，像是功成名就的将军。然后他站起身子，功德圆满地伸了伸懒腰，让昆仑听见他紧邦邦的骨头得以舒展的声音。他很骄傲地望向昆仑，说成功只属于有准备的人，现在有准备的人要先走了。说完骆问里拍拍屁股，一瘸一拐地走远，留给昆仑一个八面威风的背影。昆仑看着他左右起伏的身影，说慢点。骆问里回头，很认真地问：海掌柜还有什么指教？

昆仑说海防图，你得把海防图留下。

骆问里扑哧一声笑了，说傻小子，你真是一根筋，到了现在还惦记着海防图。海防图又不是钥匙，它无法帮你打开眼前的这个铁笼。

然而，就连杨一针也没有想到，那天瘸腿走出一段距离的骆问里竟然停下，站在原地沉思，接着又转身。骆问里目光深沉，望向昆仑时像是无可奈何，说看在你从小是在京城长大的分上，你爹说不定以前还是我在辽东战场的战友，那我还是为难一下自己，索性救你一次吧。回头的骆问里一边摇头一边叹气，说谁让我是高风亮节的人呢？

事实上，罩住昆仑的天降号铁笼，当初就是由骆问里为苏我入鹿亲手设计的。可是骆问里现在走到铁笼前，又不急着将它打开。他反而抱着一双手，隔着粗大的铁管问昆仑：作为一个从北京城来人，你知不知道京城有条铁匠胡同？

昆仑说知道。

果真知道？

铁匠胡同在城西。在我被收养去吉祥孤儿院之前，家就住在那里。

你就知道跟我胡扯。骆问里眉开眼笑，说家住铁匠胡同的是我，我从小跟着我爹打铁，所以我一辈子都跟铁打交道。

昆仑说信不信由你，铁匠胡同挤了几百号人，那里穷得叮当响，又不是什么金窝银窝，值得我跟你夸耀。再说胡同里既然还住了你这样一个混蛋，我都认为我当初投胎投错了地方。

骆问里愣了一下，像是脑袋被撬开，顿时迫不及待打开铁笼暗藏的机关。只听见轰的一声巨响，一根根铁管开始挣扎着移动，之间渐渐撑出距离，将挤压在中间的昆仑松开。骆问里急忙张开粗大的手掌，好像要揪出昆仑跟他拥抱一场，然而也就在这时，他听见一排杂乱又凶猛的脚步，轰轰隆隆正在冲过来的路上。骆问里紧张地回头，发现那帮巡守的卫兵果然已经再次出现，卫兵一路上迅猛奔跑，奔跑时纷纷拔出刀子，切开气流发出坚硬的回响，刀身闪耀着锋利的寒光。骆问里说这回糟了，他娘的我真是多管闲事，其实我最应该救的人是阿普。

32

万历三十五年,就在小满过后的第四天,琉球地下弹药库房,脱困的昆仑犹如一只松绑的海雕。那时候昆仑腾空而起,瞅准一个朝他冲来的卫兵,就在一脚踏上他头颅时,只是咔嚓一声,当场就将他的脖子扭断。接着昆仑夺过卫兵手上的长柄倭刀,攥在手上抖了抖,好像是要试试刀子的手感。等到他将倭刀猛然挥舞成一阵狂风,就有两名卫兵的脑袋先后离开支撑它的脖颈。脑袋飞了出去,最终在远处掉落,掉落在高低不平的岩层上,热烈地打滚。而脖颈上喷薄的热血,飞溅在库房的屋顶。

骆问里被这眼前的一幕所惊呆。等到在地上打滚的脑袋晃晃悠悠停住,他才被昆仑继续挥砍的刀光猛然惊醒。他匆忙奔去杨一针身边,非常利索地将她从铁架子上解开。然后他用商量的口吻跟杨一针说,我已经好多年没有上过战场,杀敌的本领肯定已经退化了很多,所以接下去轮到你们搭救我。这样我们之间就算扯平了。杨一针瞪了他一眼,他又说,搭救我就是搭救咱们的海防图。说完骆问里又看见其中一名卫兵被斩断的手臂,从空中笔直朝他飞了过来。他身子一斜,呼啸的断臂便从他耳根直接飞了过去,与此同时,一股新鲜的血也不作任何商量,十分慷慨地喷溅在他脸上。骆问里伸出舌头舔了舔,发觉血还是异常的滚烫,于是他瞠目结舌,望向人群中挥刀砍杀的昆仑,不禁发出由衷的感叹:这小子狠是真狠,怎么跟我以前在战场上一模一样?这时候杨一针已经捡起地上一把倭刀,直接塞到他手里。杨一针说你要是不自己冲出去,没人愿意救你。

在兵器和兵器的碰撞声中,骆问里听见杀声震天,仿佛响彻记忆中的原野和山谷。这让他恍惚看见二十年前的辽东沙场，一场遮天盖地的雪，以及奔腾在他胯下的矫健的马。此时骆问里深吸一口气，觉得跟下雪天一样冰凉。他攥紧倭刀，似乎感觉到手腕上正在滋生出一股熟悉的力量。于是他冲到昆仑身边，跟他并肩站在一起，像是跟战场上的兄弟站在了一起。骆问里一刀劈了出去，手法有点僵硬。等到身子站稳时，他晃了晃那条受伤的腿，跟昆仑说臭小子，没想到咱们都来自同一条胡同。那么你是谁家的儿子？

昆仑替他挡住斜刺里插过来的一刀，随即将偷袭的卫兵踢出去一丈多远，飞出去的身子最终又深陷进两片岩层的中间。昆仑说，闭上你的嘴。

33

明灯闯进苏我入鹿位于六必居酱园的一处密室时，入鹿正端坐在看上去有半亩池塘那么大的书桌前，专心致志着抄写《金刚经》。他身边站了两个妖娆的女人，女人几乎赤身裸体，身上只盖了透明的轻纱。她们一起站在新鲜墨汁潮湿的气息里，在轮番给入鹿研墨，研墨时轻纱摆动，周身散发狐狸一般的光泽。

明灯是在半个时辰前得知，入鹿已经囚禁了昆仑和杨一针，并且准备将他们屠戮切割，腌制成风干的腊肉，那样就可以像风铃一样挂在屋檐下。现在明灯冷冷地看着周遭的一切，闻到密室中奢靡的暗香，那些游荡的香味像摸不着的灵魂，催人迷幻，又令人晕眩。他盯着提笔书写旁若无人的苏我入鹿，用压抑的声音说，看在我是你儿子的分上，请你释放了昆仑。

苏我入鹿不响。他的笔锋缓缓收住，又将粗大的笔管从纸上提起，目光却依然停留在《金刚经》湿漉漉的文字上。这时候一名女人裸露的左脚提起，踩在一张凳子上。苏我入鹿于是顺手将毛笔搁上她平整而光滑的大腿，好像他觉得那是一只构思精巧的笔架。苏我入鹿叹了一口气，《金刚经》的抄写似乎让他耗费了不少精力，所以他开始宽衣解带，可能是为了让自己透透气。当他露出白皙的胸膛时，另外一名女人已经柔情款款着给他递来一截六必居酱瓜。香脆的酱瓜被他一口咬断，他在嚼碎以后对明灯说，我杀的每一个人都是对的。以后你终将明白，我现在干的每一件事，都是为了你日后的王图霸业。然而明灯却冷笑一声，嘴里吐出一句道：一个被人唾弃的私生子，还有什么脸面谈王图霸业？

入鹿愣了一下，像是被人扇了一巴掌。他双肩猛地一抖，身上唯一的衣裳就完全滑落，彻底呈现他毫无遮盖又雄姿勃发的身体。他气势磅礴着抱起身边一个女人，就像抱起一床潦草的棉被那样，将她随手扔到了硕大的书桌中央。此时女人的身子在光滑的桌面上扭动，嘴里发出模糊不清的喘息，入鹿却扭头望向明灯，说既然你是一个男人，有本事现在就当着我的面，将她彻底征服。

明灯说你真是无耻，无耻到不可理喻。入鹿却扭了扭脖子，骨头发出奇怪的声响。他说想要征服世界，首先要征服的就是人。要征服人，就要学会无耻。这些你以后都会懂的。

明灯的目光渐渐变得寒凉。他从来没有想到过征服，哪怕是占有世间的一棵青草，更别说用刀砍剑杀换来的王图霸业。他在愤然中拂袖而去，让入鹿听见门被哐的一声踢开。入鹿望向儿子消失的方向，顿时觉得心里空旷，空旷得像一片没有边际的海洋。往事在他眼里浮沉，他一下子想起了很多。事实上很少有人知道，入鹿那些悠远得像一缕烟一样的过往，基本跟一个名叫灯盏的女人有关。

入鹿是在一年前登上从琉球那霸港出发的商船，以采购丝绸的名义首先抵达了大明台州府，此行的目的是暗中观察明朝各地的海防，并且伺机发展各路暗桩。在台州城紫阳街的回头无岸当铺，他一眼就认出了姿色不凡的灯盏。灯盏的父亲跟入鹿一样，曾经也是丰臣秀吉手下的部将。在了解到灯盏依旧保有一份攻城略地的雄心时，入鹿道出了自己的全盘计划。那次两人在明灭的油灯下一拍即合，决定在台州成立入侵明朝的指挥中心，以灯盏为首领，一是为入鹿建在琉球国的据点提供各式情报，二是等待入鹿回去琉球后慢慢制订出"婆婆丁"计划，日后寻机取回后择时在台州步入实施。

入鹿不会忘记台州城令人惊叹的夕阳，夕阳下的紫阳街像黄金一样碎了一地。他同时记得那次他跟灯盏经过长达几天的促膝长谈后，最终竟然心心相印，在攻打计划的许多细节处不谋而合。然而当灯盏的丈夫郑翘八得知此事时，他却在忽明忽暗的厅堂里犹豫不决，喃喃自语地说此生最需要的，是油盐酱醋的安稳日子。入鹿于是望向窗外的夕阳喷了喷鼻子，说翘八兄弟，怎么你更像是这间屋子里的女人？于是也就是在这天晚上，在一顿丰盛的晚餐过后，当郑翘八在灶屋里埋头洗碗时，一直站他身后的灯盏先是将他柔情四溢地抱住，一张脸紧紧贴在他背上。然后灯盏又很没有道理地敲碎一只青花瓷碗，接着就举起锋利的碗片，在郑翘八的脖子前使劲一拉，当场就将他的喉管给割断。郑翘八在灯盏的怀里一寸一寸坍塌，灯盏就在这时凑到他耳朵边，吹气如兰地细语，说相信我，我终有一天会来陪你的，我永远是你的女人……那天郑翘八僵硬的尸体还躺在屋里，灯盏就把自己清洗干净，并且仔细梳妆了一番。然后她小心翼翼踩过那些流淌在地上的黏糊糊的血，在一轮月色的衬托下，像一道白光，也像一片柔软的晚潮，风情万种地漫上了苏我入鹿的凉床。她一双眼睛迷离，迷离得像是刚刚醉醒的样子，说有本事就来征服我，就像不久之后，你就要征服大明朝连绵不绝的海防线那样。

柔软的晚潮仿佛还在入鹿的耳畔回荡，灯盏的故事也还远没有结束。入鹿不会告诉被他霸占的嫂子伊织，那次他让明灯过去台州，名义上是学琴，幕后的实情是为了从灯盏手上取回一系列的情报。情报就被灯盏装订在明灯带回琉球的《花关索》剧本里，一页毫不起眼的空白纸，却会在遇火以后显现出密写的内容。其中一条情报比较简短，说的是有个女郎中名叫牛刀刀，这人虽然过来琉球行医，但她实际上是明朝锦衣卫派去执行侦察任务的细作。

入鹿那天是在明灯外出时，从他房里拿到了《花关索》的剧本。他撕下那页空白纸，将密写的情报看完，借助眼前的烛火将它烧成灰烬。四周一片寂静，他在一番思索后坐下，独自弹奏起心爱的三味线。按压着三味线紧绷的丝弦，在悠然晃荡的烛火中，入鹿突然就有一个想法，觉得如果用这种看似柔软实则锋利的丝弦将牛刀刀给勒死，或许也是一个不错的选择。他希望看见牛刀刀的身体战栗并且挣扎，然后在气绝人亡时在他眼前柔软着躺下，像一个妩媚又臣服于他的女子般，心甘情愿着躺下。

34

地下库房中横七竖八躺着十多具尸体，尸体缺胳膊短腿，也或者是脑袋搬家。此时昆仑手上的长刀，也已经换到第三把。第一把刀子被他砍成刀口四处卷刃，像是一排牙齿掉落了几颗以后显得高低不平的牙床。第二把刀子他一刀扎过去，一下子扎穿两名卫兵的身体。刀子留在前面一名卫兵胸口，只能看见一截羊皮裹扎的刀柄。骆问里发现两个中刀后的男人一前一后站在一起，暂时还没有完全断气，而露出在他们身体中间的，是一段闪亮的刀背。刀背在冒烟，冒烟时有两股缓慢的血，分别从左右两端出发，朝着中间地带汇集。

两具尸体始终站立，仿佛两个牵引在一起的木偶，十分恩爱的样子，步履摇晃却始终不愿意倒下。在那昂扬又四处乱窜的血腥味中，骆问里简直看蒙了。他在恍惚间晃了晃沉重的脑袋，以为是在那霸港阳光充沛的舞台下看一场武生戏。然而当昆仑又抡起第三把刀时，他才觉得眼前的这一幕真实又具体，这并不是在戏台上演戏，而是昆仑在游刃有余地杀敌。所以骆问里再次举刀，狠狠地杀进人群。血液就跟雨水一样飘扬起来，又一阵阵落在他身上。骆问里挤到昆仑身边。在挡架住砍过来的倭刀，又哗啦一声划开一名卫兵的肚皮时，骆问里背对着昆仑笑呵呵地说：我是真的很想知道，你小子到底是谁家的儿子。也或者，你们家是在铁匠胡同的几号？

昆仑是在挥舞刀子时忙里偷闲说了一句：铁匠胡同丙陆号，旁边一条臭水沟，里面有数不尽的老鼠。

骆问里砍出去的刀子突然很没有道理地收住。他也是在此时中刀,肩膀上被拉开一道口子。血非常兴奋,吱溜一声从他皮肉的豁口中钻出。但骆问里跟中邪似的待在原地,好像丝毫没有察觉到肩膀上的皮开肉绽,也感觉不到半点痛楚。他只是站在那里自言自语,说不可能,铁匠胡同丙陆号是我家,我家世世代代住在那里。

这时候昆仑已经将眼前卫兵的喉管刺穿。他看见骆问里目光痴呆,像是停留在无法醒来的梦里。接着骆问里稀奇古怪着笑了一声,说臭小子你肯定记错了,你怎么可能住在丙陆号?搞得我们两个是一家人一样。昆仑真想过去扇他一个耳光,他说骆问里你这个老东西我警告你,你再这样神神叨叨,我就把你两片嘴皮给割开。

远处又冲来一队黑压压的卫兵,如同一场翻滚的洪水。杨一针知道,再这样下去,昆仑就是有三头六臂,也砍不完源源不断的倭敌。她看着身边那些娴静得如同处女一般的弹药,心想冲出去的办法只有一个,就是将整个库房引爆,在将卫兵炸得支离破碎的同时,也将所有的弹药全部摧毁,从此深埋在琉球岛的地底。杨一针说骆问里你听好了,这些弹药都是你亲手打造的孽债,为了大明朝的海防固若金汤,你理应将它们炸毁。

骆问里望向自己亲手打造的弹药,觉得上天是在跟他开了一个玩笑。他脑子里响起巨大的轰鸣,也似乎看见火光冲天。在那样的火光中,他见到自己先是从京城赶到辽东战场,接着又逃亡到杭州和台州,直到现在的琉球,也就是这所有的一切,构成他悲凉又荒诞的一生。事实上,如果不是刚才昆仑的提醒,骆问里都已经在漫长的岁月中忘记,二十年前自己家门口的确有一条臭水沟,里头一年四季也确实穿梭着肥胖健硕且灵动无比的老鼠。

所以他现在目光灰暗,垂头时声音一片沙哑,说你们先走,所有的事情留给我。说完骆问里弓下腰身,牵扯出长长的导火绳。他将导火绳一点一点捋直,又迅速开始在地上布线。布线时他忍不住抬头,看见昆仑已经将受伤的杨一针背起,就要杀向那群卫兵抓紧时间冲出去。此时他呆呆地凝望昆仑远去的背影,像是凝望一艘离他而去,就要在大海中漂远的船。所以他最终还是没有忍住,喊出一声道:等一下。

昆仑回头,看见骆问里目光潮湿,一张脸紧紧地绷着。骆问里努力让自己站直,然后很认真地说:你今年是不是二十?你出生在万历十五年的夏天。说完骆问里移动那条伤瘸的腿,像是摇了一条破败的船。他最终抹了一把眼,犹犹豫豫着说,你娘是不是姓沈?在她嫁到铁匠胡同之前,老家是在离京城不远的通州府。

杨一针趴在昆仑背上,看见骆问里傻傻地站在那里,似乎要用人生中最后的时间,等待昆仑给他一句回答。而也就在此时,她无比清晰地感觉到,身下的昆仑正不由自主抖了一下,好像是腿脚发软,也似乎是波涛翻滚中,一艘就要被掀翻的小船。

昆仑感觉头皮发麻,骆问里没完没了的声音令他憎恶。骆问里还说如果我刚才说的一切没错,那你娘嫁的人,就是我。此时犹如听见五雷轰顶,昆仑再也无法控制自己。他猛地冲了过去,抬腿一脚就将骆问里踢飞。他几乎是歇斯底里,叫喊着骆问里你无耻,你给我闭嘴!我娘虽然是姓沈,但她跟你没有任何关系。

骆问里重重地摔落在地上,整个人却已经泪水滂沱。此时他牵了牵嘴角,像一个不可理喻的疯子,笑一阵又哭一阵,声音哽咽地说:你听我把话说完,万历十五年,就在我离家从军的那天，咱家的石榴花掉落了一地。那时候你娘挺着个肚子，站在门前那棵桂花树下，那是她从通州府带过来的丹桂，上面有一个鸟窝，我说的这些有没有错？

杨一针永远记得，那天昆仑挥舞起刀子，像个疯子那样砍向了骆问里。若不是捉襟见肘的刀子被岩层挡住施展不开，那时候缩成一团的骆问里，即刻就要变成一具血流满地的尸体。后来昆仑气喘吁吁，迎向冲过来的卫兵时脚步有点踉跄。可是令杨一针胆战心惊的是，当黑压压的卫兵冲到眼前时，恼羞成怒的昆仑却迟迟没有举刀。刀子劈了过来，杨一针喊了一声小心，昆仑怔了一下，送出去的刀子却根本没有方向。杨一针说左边，昆仑提着刀子晃了一晃，整个人差点跌倒。杨一针又急忙说右边，昆仑似乎到了这时才猛地惊醒，刀子准确扎向了咿呀呼喊的卫兵。鲜血热气腾腾地溅在昆仑脸上，他没有时间抹去，却在再次挥刀时咒骂了一声无耻，又恶狠狠地说：我爹叱咤沙场，杀！我爹已经死了，杀！我爹不是骆问里这样的混蛋，杀！

……

杨一针听见震天的厮杀，也看见那些卫兵像一排等待收割的芦苇，整齐地倒下，像是倒在诗意盎然的秋天。

35

骆问里是在昆仑的厮杀声中点燃长长的导火绳。导火绳开始忘乎所以地燃烧，冲在路上的昆仑一声声咒骂。此时骆问里真希望他能快点冲出去，又希望他能永远跟自己站在一起。但是骆问里知道，此时自己浑身乏力，就像一只瘟鸡。加上那条不争气的伤瘸的腿，他可能会永远留在这里。果然，骆问里只是攒足力气迈出了几步，就在刺刺作响的火星中跌倒，而此时冲过来的一名卫兵，又一刀将点燃的导火绳砍断。这让骆问里十分恼火，他整个人趴在地上，抓起刀子劈了过去，瞬间将那人的左脚砍断。卫兵十分惊讶，他目睹那只孤独的脚掌，这天上午刚穿上一只新鞋的脚掌，竟然跟自己抬起来的小腿分离开，分离以后又一直留在了地上。很久以后他才撕心裂肺地大叫一声，声音痛苦而且空洞，好像失去的那只脚掌，以及套在脚上的新鞋，是他这辈子最为珍贵的财产。

此时骆问里冷笑一声，又在那只血淋淋的脚掌上补了一刀，即刻将它分成了两半。他努力攀爬过去再次点燃导火绳，火星于是又啪的一声冒出。这次他支撑着地面，终于顽强着起身，朝着昆仑的方向跌跌撞撞奔去。然而他没跑出几步，回头时又看见，受潮的导火绳似乎已经熄灭，奄奄一息像一条死于冬眠的蛇。于是他站在那里等了一下，觉得很不放心，又急匆匆折了回去，但此时的导火绳竟然又刺的一声响起，瞬间就燃烧得无比欢快而且迅速。骆问里觉得这回彻底糟了，他目光痴呆，望向飞速移动的火星，犹如看见一道就要劈向他的闪电。

36

万历三十五年，小满过后第四天，当昆仑背着杨一针像一只雄健的海雕般凌空从洞口跃出时，听见身后响起一声山崩地裂的爆炸。爆炸声连绵不绝，如同惊蛰过后的一阵阵滚雷，天地间都在剧烈地摇晃，随后愤怒的火光冲天而起，顿时遮蔽了琉球岛的整片天空。

昆仑飞在空中,听见气流升腾,声音排山倒海。他忍不住回头,在熊熊的火光中看见,苏我入鹿火器库房所在的整片山坡,就像一匹不堪重负的老马,由南至北,苍老的马背就那样疲倦着塌陷了下去。爆炸气浪中飞翔的昆仑最终在远处稳稳地落下,抬头时看见尘土飞扬,许多细碎的沙石纷纷掉落,如同一场连绵的春雨,在他萧瑟的身边沙沙作响。

炙热的气流即刻抵达,好像是海风送过来的热浪,让四周连绵起伏,弥漫开硫黄和硝烟的味道。此时杨一针无比安静地站在昆仑身旁,她望向火光灿烂的方向时,声音有点虚幻,被水波一样的气流收走。杨一针说,骆问里还在里面,他是否真的是你父亲?

昆仑似乎什么也没听见,他只是看见自己的眼里,正飘荡着千万颗滚烫的尘埃。尘埃一直飞舞,飞舞到十五年前,京城的秋天,那时候他刚好年满五岁。有一天他离开吉祥孤儿院,在孤儿院嬷嬷马候炮和孤儿院哥哥田小七的带领下,腿脚蹒跚地走到了铁匠胡同丙陆号。在一条臭气熏天的水沟前,马候炮用长长的烟杆敲了敲他幼小的脑袋,又对着烟杆嗞的一声抽了一口,随后喷出一股呛人的浓烟。举着那根油腻又乌黑的烟杆,马候炮指向院子里行将枯萎的石榴树,以及门前一棵没心没肺又忘乎所以盛开着的丹桂,说臭小子你要记牢了,我这辈子只说一遍。这就是你破碎了五年的家。你爹战死在辽东,他在沙场上杀敌无数,反正就是很勇猛,是英雄。说完马候炮又十分贪婪地抽了一口烟,好像她一辈子所有的时光都是用来抽烟。抽完烟马候炮剧烈地咳嗽,咳嗽的时候声音雄壮,等到开口讲话时又嗓音震颤,偶尔说出一句需要停留片刻：你娘在生你的时候，大出血，这时候好巧不巧，兵部又让里正官……传来你爹阵亡的消息，所以你娘她脑袋一歪，闭上眼睛，死了……你娘姓沈，不是大婶的婶，是沈万三的沈。沈万三你不知道，他是吴兴南浔人，很有钱的，他娘的三百年也用不完。

37

苏我入鹿是在响彻天际的爆炸声中着急忙慌地冲出密室。他衣衫不整，像从围猎场中侥幸挣脱出来的野兽，拼命奔突到六必居酱园门口时，看见的是一场形同末日般的大火。火光如同洪水猛兽，顷刻间烧灼他的眼球，也将他的一张脸映照得猪肝一样通红。

没有人会想到，刚刚还在密室中寻欢作乐的入鹿，此时竟然泣不成声，眼泪夹杂着鼻涕，很像被人痛打欺负过的孩子。入鹿很清楚，爆炸明显是来自他地下军火库房的方向，那么倾注他毕生心血的火器和弹药，此刻已经在光天化日下毁于一旦。这时候酱园里所有的屠夫和家丁在他身边集结，刀铳在手，浑然是一支强大的军队。入鹿抹去浑浊的眼泪，声音像烈日下晒干成皱巴巴的熏肉，说找到他，那个名叫昆仑的杂种，即刻给我碎尸万段！

家丁和屠夫齐刷刷冲出六必居酱园的时候，昆仑已经抵达了尚宁王的王宫。他看见尚宁王孤独地坐在王座上，僵硬的目光如同抛出鱼线后架在船舷边的鱼竿。为了掩盖窗外的火光，以及源源不断飘飞过来的烟尘，王宫中所有的窗户全部紧闭，就连帘布也严丝合缝地拉上。

昆仑站在尚宁王昏暗的视野中，如同站在一个无计可施的黄昏。他看见尚宁王的两片嘴唇动了一下，声音软绵绵地飘了过来，说原来闯祸的人是你，那么我应该感谢你，还是即刻将你捆绑，送到苏我入鹿的屠刀前？

　　昆仑十分安静地站在那里，缓缓接过托在横店手中的飞鱼服，抖了一下即刻就哗啦一声披上，又迅速将腰间的绑带扎紧。此时风雷又给他递来锦衣卫小北斗门的令牌，他于是阔步走到尚宁王脚下的台阶前，将那块烫金的令牌尽量举到王的眼前：大明王朝锦衣卫小北斗门掌门昆仑，官阶从四品，与镇抚使同级，特奉礼部郎中、国舅爷郑国仲之命，前来叩见尚宁王。

　　尚宁王愣了一下，疲倦又倾斜的身子差点在王座上掉落。他急忙走下波斯地毯覆盖的台阶，无比郑重而且好奇地检阅了一番小北斗的令牌。面对眼底闪闪的金光，他的眼神中有迟来的惊喜，却也有隐隐的忧伤。最后他十分无奈地叹了一口气，伸出干瘦的右手摆了摆，说你们还是回去吧，我赶紧给你安排船只，现在回去明朝还来得及。

　　昆仑惊讶，没想到竟然是这样一个结局，接着他听见尚宁王绵软的声音再次响起。尚宁王说别怪我多嘴，但是就凭我首里王城区区两千多号人的亲军，绝对不是苏我入鹿的对手。所以镇抚使大人，你虽然过来我王宫，但我实在难以保护你。

　　昆仑笑了：我们要的不是保护，而是要跟尚宁王一起，将苏我入鹿跟他在琉球国的党羽，通通剿灭。

　　不可能！尚宁王正色道：镇抚使毕竟太年轻，要知道蚍蜉撼树，谈何容易？实话告诉你，该死的入鹿就是一块巍峨又坚硬的石头，而我这个偏安一隅的王，只是一枚脆弱的鸡蛋。他苏我入鹿哪怕只要动用一片石头的棱角，也随时就能将我这枚鸡蛋给敲碎。

没有人会知道，为了琉球岛的安宁，尚宁王已经忍了苏我入鹿很久。他是在十八年前从岳父尚永王的手里，继承了琉球国的王座。那时候他也雄心勃勃，想为琉球的繁荣及百姓的福祉干下一番丰功伟业。然而事与愿违，当苏我入鹿的产业在岛内枝繁叶茂，各种势力越来越庞大时，尚宁王渐渐觉得，这个国家仿佛不是他的，自己只是被象征性地安排到了空旷的王座上。而王座下的所有基石，苏我入鹿则随时可以抽走。

早在许多年前，躺在王室寝宫里的尚宁王就在夜里隐隐听见，床榻下的地底，似乎总会响起遥远而茂密的凿洞声，声音沉闷，每晚都不绝于耳。尚宁王经常为此失眠焦躁，以为是人到中年，听见了自己紊乱的心跳。后来他让阴阳师楼半步算了一卦，楼半步却指头掐来掐去，目光飘忽地说，那是海水冲击那霸港的声音，千百年来都是如此。尚宁王当然不会相信楼半步的这一套，但他又在夜里思前想后时突然记起，白天有模有样掐着各枚指头的楼半步，每个透明的指甲深处，好像都有一缕没有来得及洗干净的细沙，而那些细沙所特有的斑斓的颜色，他好像以前从来没有见到过。于是几天后的夜里，尚宁王派人跟踪楼半步，发现他走着走着竟然在一处阴暗的角落蹲下，犹如一只探头探脑的田鼠，转眼之间钻入地底不见了踪影。几个月后尚宁王才打探出实情，原来楼半步是在琉球岛建造了一南一北两座地下库房，里头堆满了各式各样的火器和弹药。那时候尚宁王就想拘捕楼半步，并且查清军火的来源，但他很快又吓出一身冷汗，他担心万一楼半步将位于王宫附近的北库房引爆，那么摧毁的不仅是弹药，很可能还有他们尚姓家族世世代代所居住的王宫。所幸的是，刚才昆仑引爆的弹药库房，属于两座库房中的南库房。

尚宁王是在小满那天，楼半步被羁押审讯并且抖搂出实情后，才将更为广阔的幕后原委梳理清楚的。原来阴狠的楼半步，跟一直暗中控制琉球的苏我入鹿是一伙的。苏我入鹿不仅在打造弹药火器，还早就在琉球的地上地下布置了数量惊人的隐形部队，人员包括他们家的家丁，六必居酱园各色面孔的员工以及地下弹药库房和地下火器作坊里数不清的工匠和值守。

尚宁王背对着昆仑，在缺乏光线的殿堂里，他的身影在收缩，显得十分渺小。他说你知道吗？苏我入鹿的那些手下，全都是当初跟随在日本国丰臣秀吉周围的骁勇的武士。他们身经百战，残忍到极点，杀死一个人就像杀死一只小鸡。

昆仑在尚宁王的声音中听出了刻骨铭心的恐惧。他还了解到，最近一段时间，首里王城的亲军经常会在三五成群外出时，莫名其妙地消失。虽然失踪亲军的尸体始终无法找到，但往往是在子夜时分，亲军营房里会被人扔进一截砍下来的手掌，也或者是一片粘连着毛发的头皮。这让尚宁王不得不相信，负责王城安危的首里亲军队伍，正在被苏我入鹿的手下一茬一茬地剿灭。

昆仑上前一步，说难道你还想让这一切延续？你不杀他，自然是他一步步过来杀你。

尚宁王摇头，他不停地搓着手说，我想跟他摊牌和解。至于怎么和解，总归是有办法的。总之我的想法只有一个，琉球国这艘船，不能经历惊涛骇浪，我需要它在风平浪静中平平安安，那样我才对得起作古的岳父。

风平浪静？昆仑不禁笑了。他想再这样下去，琉球岛将不再姓尚，终有那么一天，会成了他们倭人的天下。那么作为大明王朝的锦衣卫，昆仑是绝对不会答应的。在阔步离开之前，他站到尚宁王眼前，说既然你瞻前顾后谨小慎微，那就让我独自面对这一切吧。总之你要记牢，当初是我大明王朝万历皇帝册封你为琉球王，但是皇帝想要看到的琉球，绝对不是现在这样一个窝囊的琉球，一个令人耻笑的琉球。

昆仑踏出殿堂，看见整个王宫的头顶乱云飞渡，许多王宫的宫仆也垂头站在通道两旁，一个个噤若寒蝉。此时他甩了甩飞鱼服，愤然跟横店和千八、风雷说，走。但他又听见身后尚宁王沉重又滞缓的脚步，尚宁王追到他身边，委屈地说，你到底想让我怎样？

你不需要怎样，只用平平安安继续做你的国王。昆仑说但对我来讲，接下去所要面对的，就是一场血战。

千八记得那天尚宁王仔细地看了昆仑一眼，然后他转头望向横店，说，把你的绣春刀借我一下。横店不明所以，举着绣春刀不知该如何应答时，尚宁王已经飞快出手，猛地抽出刀鞘中的宝刀，接着又刀尖一转，直接扎向了自己的脚背。

只听见噗的一声，血即刻喷了出来。在殿堂门口落满爆炸带来的灰尘及泥沙的地板上方，喷射的血像盛开的一朵朵幼小的梅花。这时候尚宁王笑了，他咬紧牙关，猛地将刀子拔出，又将刀尖上的血在自己王服的袖口上迅速擦了擦。在将绣春刀还给横店的时候，他说谢谢。

差不多过了一炷香的工夫，昆仑带着横店和千八、风雷离开了尚宁王的王宫。那时候他手里举着另外一枚令牌——首里王城亲军的出战牌。尚宁王是在鲜血梅花落满脚跟前的时候跟昆仑说，我能做的只有这些，你带着这枚出战牌去号令首里的亲军，去跟苏我入鹿展开决战。愿佛祖保佑，保佑你能大胜而归。但是万一咱们输了，我也好有个托辞，说令牌是你闯进王宫，将我脚背扎伤以后从我手上抢夺走的。说完尚宁王又勒令身边的宫仆，赶紧去找一根绳子，去将他团团捆绑在王座中央。

昆仑接过令牌，说不用那么麻烦，没有你说的万一，我会将苏我入鹿制服，让他成为被打趴在地上的断了腿的狗。

38

早在遥远的洪武二十五年，为方便海洋两岸的贡使往来，明太祖派出福建沿海的慎、梁、郑、金、蔡、毛等总共三十六个姓氏的船工及学者前往琉球，帮助其发展造船及航海业，并负责来往官方文书的编写和翻译。这些人此后便世代居住在琉球岛上的唐营，成为当地的名门望族，史称闽人三十六姓。

在闽人三十六姓的记忆里，他们曾经听闻过的最为惨烈的事件，是在三年前的万历三十二年十月初九，发生在福建泉州的一场耸人听闻的大地震。据说地震让城楼崩塌民房倒毁，百姓死伤无数，尸首绵延堆积，全城一片哀号。但是后来能够让闽人三十六姓刻骨铭心深记的，还是三年后的今天，他们在琉球国亲眼所见的一场无比惨烈的流血厮杀。那的确是一场令人惊悚又叹为观止的血战，现场杀声震天，尸体铺满海滩，四处流淌的鲜血染红了海洋，以至于当许多海鸥飞临那霸港码头时，都被浓烈的血腥味熏呛得纷纷回头。后来，闽人三十六姓干脆将这场史无前例的恶战称为昆仑之战。

第叁波 琉球国长夜

那天以远处南库房始终燃烧的火焰为背景,苏我入鹿端坐在一驾由四匹骏马牵引的马车上。他望向远处的昆仑,只是粗略估算了一下,就觉得自己的兵力起码是对方的十倍。刚才昆仑去过一趟首里亲军的营房,可是当他亮出尚宁王亲自转交的出战牌时,即刻在营房里引发一场骚乱。许多官兵瑟瑟发抖,有的甚至扔下兵器甩了军服,当场就在仓皇间逃脱。昆仑并没有阻挡,他只是在最终发现,愿意跟他一起加入决战的,总共才不到五十人。但他还是笑了笑,说够了,剩下的人员等下过去打扫战场。

现在苏我入鹿在马车上站起,像隆起的山峰一样站起。他身披铠甲,铠甲将眼前的阳光一一反射,让阳光溃不成军,于是在广袤的天地间,苏我入鹿看上去已经主宰着琉球岛的一切。

马车的边上停留着一驾牛车,牛车给苏我入鹿拖来了一台威力无比的佛郎机大炮。当第一枚子炮装填入炮架上的大将军母炮炮膛,入鹿似乎在一场瞌睡中醒来。他目光悠悠然,非常认真地拔出腰间镌刻了菊花的长剑。随后他眼睛眯了一下,当即就将伸出去的剑尖直接指向了昆仑的方向。长剑同样反射阳光,入鹿此时只说了一个字:放!

昆仑很快听见轰的一声,便看见烟雾升腾。一枚硕大的炮弹已经穿透气流,呼啸着向他飞来。在此之前,昆仑早已经让身边的亲军散开,所以当炮弹出膛时,他毫无顾虑地腾空而起,整个人飞得比升空的炮弹还高。炮弹在他脚下飞过,又在他身下的沙滩上炸开,炸出一个井口那么大的窟窿。随后昆仑跟随飞扬的细沙一起落下,落下时他看见,苏我入鹿的众多手下长刀在手,已经乌泱泱一片朝他冲了过来。

杀声鼎沸,天地间一场混乱。当刀子跟刀子碰撞在一起,落地的昆仑找准一个方向，横举绣春刀在原地飞速转了一圈，于是刀锋所到之处，滚圆的人头当场落了一地。

苏我入鹿坐在宽敞的马车里，嘴里咯吱咯吱，不停地咬着六必居酱园的酱瓜。香脆的酱瓜连同汁水，被他一口一口吞进肚里。此时他望向杀成一片的战场，简直就是一个血光四溢的屠宰场。他两只眼睛一下子望向这边，一下子又望向那边。当他看见被砍倒的首里亲军时，就会止不住皱一皱眉头，然后开始在心里一二三四数数。他想这么多新鲜又倒霉的尸体，再过几天就会被处理，变成他酱园里美味的酱肉，又在不久的将来自己带队攻打台州府时，成为那些勇猛的日本岛武士在战场上补充体力的配餐。想到这里，苏我入鹿又觉得自己会不会太过残忍？但他很快就打消了这样的顾虑，只是假装心生慈悲，并且开始虔诚地默念起《金刚经》："所有一切众生之类。若卵生。若胎生。若湿生。若化生……我皆令入无余涅槃而灭度之。如是灭度无量无数无边众生。实无众生而得灭度者。何以故。须菩提。若菩萨有我相。人相。众生相。寿者相……"

苏我入鹿嘴里念念有词，可是《金刚经》才念到一半，他就听见身边的四匹骏马陡然抬起前腿，在一阵莫名的惊恐中仰起脖颈嘶鸣了几声。入鹿闭垂的眼皮啪的一声撑开。他即刻看见远处飞来一道锐利的光，那道光黑白相间，穿插进气流，仔细一看黑的是飞鱼服，白的是绣春刀。但是入鹿并不惊慌，他将展开在脑海中的《金刚经》卷册合上，然后就唰的一声抽出菊花剑，就在整个人腾空而起时，瞬间迎战向了空中朝他飞来的昆仑。

在闽人三十六姓的另外一场记忆里，这天决斗在一起的昆仑和入鹿，像是两只凶猛的嗜血如命的大雕。他们一次次扑向对方、在空中、在落下来的沙滩上、在海水翻滚的海面上、也在远处陡峭的悬崖上。他们似乎要将对方撕开，撕出血肉飘飞，更要撕成支离破碎。

39

没有人会想到，这天战场上正杀得天昏地暗又血肉横飞时，现场竟然又会出现骆问里。南库房的弹药爆炸，并没有将骆问里炸碎，他反而是在一块巨石的托举下被猛烈的气流推向空中，最终又安稳地落在火焰场的外围。现在骆问里黑不溜秋，整个人像一截焦黑的木炭。他拼命奔跑，穿过沙滩上厮杀的人群如入无人之境，在来来往往的刀剑中毫不在乎自己的生死。他也全然不顾那条受伤的瘸腿，只想尽快赶到，赶到远处海水奔涌的方向。

只有骆问里自己知道，此刻他摇摇晃晃的视线，始终盯着波涛翻滚中的一块礁石。而站立在那块礁石上的，是在海风中瑟瑟发抖的阿普。奔跑的骆问里目光焦灼，两颗眼珠都要掉出来。他望向背影灰暗的阿普，像是望见从今往后，自己潦倒落魄的后半辈子。就在刚才，侥幸捡回一条命的骆问里再次冲去山顶的灵鹫寺，想要带上阿普离开琉球。然而阿普目光寒凉，整个人没有温度，阿普说不用逼我，我的后半辈子，将注定跟青灯与木鱼为伍。说完阿普用柔弱的双手将骆问里推开，一个人冲向了惊涛拍岸的海边。

大海开始涨潮，将阿普围困在原本属于浅水区的礁石中间。现在骆问里无限慌张着冲到海边，看见硕大的礁石正被上升的海水慢慢吞没，而阿普却执着地站在怪石嶙峋中，像是刚刚长出来的另外一块石头，始终没有移动半步。骆问里觉得不能再等了，当他就要翻身入海迅速游向阿普时，却看见阿普扭头，破碎的声音被凌乱的风迎面吹来。阿普说，别过来，你我之间永远隔着一片海。

骆问里的腿脚和膝盖很快被海水淹没。他试着往前几步，眼角落下热泪，边走边说阿普，我错了。但那声音被风吹走，吹向远处刀剑厮杀的战场，很快被一片一片砍碎。阿普觉得他就要试图游过来，就面不改色迎向他目光，然后在礁石中往下踩踏一步，接着又是另外一步，她看上去是那样的义无反顾。

骆问里全身的力量都被抽走，他是在心惊肉跳中像只软绵绵的八爪鱼般瘫软着跪下，弯腰垂头时，差不多有半个脑袋都被海水淹没。骆问里泪水纵横，一声声祈求阿普，跟我回去。

海风肆无忌惮地吹着，吹过阿普一览无余的头皮，也吹动她身上那件缀满补丁的海青。海风最终吹到骆问里的眼里，让他闻见来自削发为尼的阿普身上熟悉又陌生的气息，那是属于木鱼声声和油灯将枯的气息。骆问里实在无法将眼泪收住，他说只要你跟我回去，我愿意一辈子做牛做马，从此以后做尽世间善事。不赌博，不欺骗，不喝酒，不争吵，我甚至可以重新回去台州的监狱坐牢，为的只是让你心安，替我自己赎罪。骆问里哭成一个泪人，说阿普我求你了，快跟我回去。

远处是又一场翻滚的海浪，像绵延的山坡般推移过来。阿普说骆问里我什么都可以原谅你，但有一件事永不能原谅，那就是你为何要背叛明朝？背叛国家者，就是我永世的敌人。说完，阿普看见席卷的海浪浩浩荡荡，已经向礁石逼近。这时候她抚平身上被风吹乱的海青，抬头望天时，面对无穷的蓝色深吸一口气。

然后她看着跟空中众多云朵一样涌过来的浪花，就那样气定神闲，如履平地般踩踏了过去。

海浪先是将慈祥的阿普托起，像托起一丛素洁又高挑的花。接着那丛花颤颤悠悠摇摆了一下，又在海面上突然矮了下去。骆问里哭天抢地一般嘶吼，声音穿透剧烈的海风。他整个人被汹涌的海浪卷起，卷起时看见阿普青光光的头颅在海水中沉浮，最后就像一团褴褛的海草，就那样静悄悄地沉了下去，如同是被胸怀仁慈的海水给彻底收了回去。

40

杨一针加入这场战斗时，溃败的首里亲军已经有人丢盔弃甲，在尸首遍地的沙滩上落荒而逃。那时候苏我入鹿的手下依旧密密麻麻，如同空中降临的一堆蝗虫。他们排列出整齐的队形，将在战场中厮杀的昆仑和横店他们围在中间。队伍向前推进，队形也开始收缩，那样子好像是仅仅通过排山倒海的步伐，就能将勉力支撑的昆仑和横店他们给踩死。天地间都是昂扬的厮杀，杨一针目光所到之处，每一个方向都被飘洒的血光所染红。

这样的时候谁也没有注意到，悲恸欲绝的骆问里已经从退潮的海水中软绵绵着站起。他像一只肢体柔软的八爪鱼，悄无声息地支撑起垮塌的身体。站直的骆问里全身都在淌水。他目光潮红，茫然望向远处挥刀砍杀的昆仑，奇怪那样一道迅捷的背影，跟他二十年前在辽东战场上豁出一条命的样子，怎么相像到如出一辙？骆问里想来想去最终如梦方醒。他突然意识到，原来那是自己的儿子，丝毫不用怀疑的儿子。于是他甩了甩身子，甩出身上的海水。然后他离开脚下的沙滩，留下一串深浅不一的脚印时，迅速掰开两具尸体的手，又仔细捡起摊开在死者手掌中的长刀。骆问里双手握刀，两把刀碰到一起，彼此的刀刃相互磨了磨，发出清晨的阳光推开窗户的声响。这时候骆问里彻底清醒。他像一头从暴雨中踩出来的猛兽，全身湿漉，朝着围攻昆仑的武士不紧不慢地迎了上去。

　　清醒的骆问里几乎是闭着眼睛砍杀，此时他好像全身上下长满了手臂，到处都是他挥舞出的刀光。他一路杀到昆仑身边，说了一声你先走，把这些兔崽子留给我。但是昆仑似乎什么都没听见，也将他当作一团并不存在的空气。骆问里在砍杀的时候说，你可以不认我这个父亲，因为我是一名彻头彻尾的叛徒。但我这辈子只有你这么一个儿子，你要给咱家留种。昆仑脑子里嘤嘤嗡嗡，听见骆问里又说，离开之前你必须告诉我，你娘她现在在哪里？昆仑的视野一片模糊，如同看见遥远的铁匠胡同里，正愤怒生长出一大片的石榴花以及桂花。他不会告诉骆问里，事实上自己这辈子从来就没见到过亲娘。他只是从孤儿院嬷嬷马候炮的嘴里得知，娘姓沈，来自京城附近的通州。在他爹出征辽东之前，娘已经发胖，身子怀胎五个月。至于他爹的姓名，嬷嬷却从来不愿意提起。嬷嬷说我抽了一口烟就被我吞进去了肚里，那些东西我全都忘了，你不用知道那么多。

　　远处再次传来佛郎机大炮的炸响，那是苏我入鹿在催促手下一鼓作气，抓紧时间赶尽杀绝，在中午到来之前尽快结束这场已经没有悬念的战斗。此时骆问里在轰鸣的炮声中愣了一下，当即判断出炮弹落下来的位置，肯定就在自己的身边。所以他趔趄着推了昆仑一把，将他狠狠地推开。

果然不出骆问里所料，当落地的炮弹在不远处炸开，昆仑在巨大的回响中看见，空中到处都是飞扬的细沙。细沙漫天飞舞，其中冲撞着血淋淋的耳朵，血淋淋的手脚，眼眶中迸裂出来的眼珠，以及一颗被炸成两半的头颅。昆仑听见哀号遍野，也看见骆问里趴在血流成河的沙滩上，身上被细沙盖满。骆问里被埋在沙尘中，好像在轻微地蠕动。他抬头无比绝望地看了昆仑一眼，声音沙哑，哭喊着说我的腿，我的腿是不是不见了？

昆仑是跟杨一针一起，即刻冲到奄奄一息的骆问里身边。他看见骆问里之前受伤的那条瘸腿，现在只剩下了一半。腿上赫然被炸出一截断层，像是被人捣烂的马蜂窝，鲜血汩涌时，四周垂挂满破棉絮一样的皮肉，在渐次落下的细沙中簌簌发抖。而他手上的两把刀子，已然不见，整个人像被抽去骨头一样成了一堆烂泥。

苏我入鹿已经等不及了。他回到马车上再次挥舞长剑，挥向昆仑头顶的方向，喷射出来的反光像是穿透一切的闪电。此时杨一针听见，身后已然响起群魔乱舞般的呐喊，声音遮天蔽日，那是苏我入鹿的手下，正在发起又一场冲杀。数名倭敌挥舞刀光向骆问里奔去。

昆仑不顾一切抱起骆问里，听见骆问里说不用管我，你要是不快点走，我就会断子绝孙。说完骆问里用最后的力气将昆仑推开。他滚落在地上，望向狂奔过来的一群倭敌时，说赶紧把我的头颅砍下带走，上面有明朝的海防图，别让它落到苏我入鹿的手上……

杨一针一辈子也无法忘记，那天昆仑愣在原地，只有风带起血腥的气息在四处飘散。骆问里对着昆仑如释重负般地笑了一下，用尽全力摸到了身边不远处的一把刀子，随即便握紧刀子嗞的一声，无比迅速地割向了自己的脖子。喉管瞬間被割断，喷出来的血一片灿烂，洋洋洒洒喷在了昆仑的脸上。昆仑整个人愣住，像是被一种巨大的力量推开，直挺挺地跌倒在地上。

杨一针看见整个世界都是血，人间几乎就是血的海洋。她随即看见倭敌的刀光犹如乌云一样覆盖过来，即刻就要将眼前的沙滩压扁。她对着昆仑喊了一声，别磨蹭了，割下头颅快走。

昆仑支撑着身子，像是一块冰冻的岩层。他不知道究竟是发生了什么，只是感觉头晕目眩，头顶的阳光像是下了一场雪。这时候杨一针又喊了一声，你到底砍不砍？你不砍我砍！

昆仑起身，恍如四肢僵硬的木偶。他昏昏沉沉抓起绣春刀，摇摇晃晃凑到骆问里脖子跟前。四周是难以想象的寂静，仿佛所有的心跳停止……他跪在骆问里身边，听见铁匠胡同远去的风，风让石榴花落了一地。于是他沉沉地闭上眼睛，只是听见咔嚓一声，原来手中锋利的刀子已经不明所以地向骆问里的脖子切了下去。

41

时间如射出去的箭，顷刻之间仿佛过完一辈子。昆仑迅速割开一名死尸的衣服，扯下一大块布，包裹起骆问里被割下来的头颅，一把甩上肩膀就要带上横店他们撤离。这时候他看见琉球岛的空中，竟然的确正落下白茫茫的一片。那轻飘飘的白色纷纷扬扬，无论如何也不是幻觉。这时候他张开嘴巴，像是停留在一场梦境的中途。他战战兢兢询问杨一针，怎么了？是不是真的在下雪？

在尚宁王的记忆里，那天他确实也是看见了一场人间无比奇异的天象。尚宁王想，那一团一团落下来的白色，带着一股逼人的寒气，莫非就是传说中的雪？但他看见那场雪花飘扬时，又觉得令人百思不得其解。因为雪始终局限于昆仑的头顶，像是一个将他笼罩的寒凉的光环。当昆仑背着骆问里的头颅迈开一步，那些雪也缓缓地向前飘动一步，始终跟牢他，裹住他疲倦的身子。那时候尚宁王觉得很冷。他掐了一下大腿，告诉自己不对，因为在琉球岛千百年的历史上，从来就没有下过雪。因为雪不属于琉球。

尚宁王同样坐在一驾马车上。就在刚刚过去的上午，他借用横店的绣春刀扎伤了自己的右脚，并让人把自己绑在王位上，以示自己给昆仑的亲军出战牌是被昆仑武力夺取的。接着没过多久，他就在寂静的王宫里，听见远处一片此起彼伏的厮杀，如同翻滚的春雷。尚宁王目光浑浊，跷着受伤的脚，站在原地痛定思痛。他一次次叩问自己，难道就要如此这般，在琉球度过漫长又屈辱的余生？难道就为了怕昆仑出征失利，怕苏我入鹿秋后找他算账，就把自己捆在王位上，给自己寻求一个万全之策。终于他在这种痛苦的纠结中，猛然喊了一声：备驾！声音在广袤的王宫中飘荡，几乎吓到自己。

现在杨一针的眼里，看见的是尚宁王倾其所有，亲自动员了首里亲军中那些当初不愿随昆仑出战的援军，现在正在风雷、横店和千八的率领下，朝着苏我入鹿的手下浩浩荡荡反扑了过去。沙尘踊跃飞舞，刀子再次遇见刀子，天地间又是一场猛烈的厮杀。

昆仑一路上背着父亲的头颅，像是背着一座山。他的脚步十分虚软，歪歪斜斜走到尚宁王那驾马车跟前时，遇见的是两匹骏马无比忧伤的目光。这时候昆仑终于倒下。他身子晃了一晃，像是站了千百年的山坡，跟疲倦的河流一样倒下。

杨一针是在后来解开被布匹捆扎起的包裹，看见骆问里的一双眼睛依旧睁着，好像是望向远处的海水，以及海水上方翩翩飞翔，又纷纷在惊吓中回头的海鸥。这时候杨一针试着扒开骆问里的头发，发现那片落满细沙的头皮上，的确是隐藏了一幅大明王朝的海防图。海防图若隐若现，当初显然是骆问里剃光了头发，再用蘸了青墨的针头在头皮上刺扎，才得以按照情报中的海防图，扎出绵延的海岸线，以及遍布各地的大大小小的海防卫所。

杨一针的呼吸几乎停顿。她不得不折服，心想用如此绝妙的方式避开所有人的目光，用自己的头皮带上海防图来到琉球，世间也唯有骆问里才能想到。也难怪时间过了这么久，苏我入鹿和楼半步无论怎么耗费心思，也始终无法搜到这份深藏在发丛中的海防图。

42

首里亲军开始打扫战场时，谁也没有见到苏我入鹿的尸体。入鹿被找到时正端坐在六必居酱园的密室，手里捧着一本半新不旧的《金刚经》。他脚下躺着两具温热的尸体，那是一直伺候他的两名女人，刚才被他从雕花大床上赤条条拖起，接着就毫不犹豫捅死，像是捅死两只兔子。现在昆仑给苏我入鹿扔去一把刀子，说起来，你我之间再战一回。

入鹿心事重重地将《金刚经》放下，又缓缓看了一眼昆仑身边的横店、千八和风雷，以及纷纷涌进来的首里亲军，这些人几乎将整间暗香飘动的密室给塞满。入鹿说，我觉得这样的决战，不够公平。

昆仑于是甩头，让风雷、横店和千八他们退了出去。

琉球的气象风云变幻，阳光在转眼间消失，顷刻间空中乌云翻滚，却是始终没有掉下一滴雨。当密室的门最终打开，入鹿已经完全被制服。他奄奄一息趴在一片波斯国出产的地毯上，被昆仑踩在脚下，像是踩着一片丑陋的腊肉。这时候苏我明灯赶到，人群即刻为他让出一条通道。苏我明灯冲进狼藉的现场，站在昆仑的不远处。他看着昆仑手中的绣春刀，隔着那段凝滞的距离，说，念在你我兄弟一场的分上，能不能刀下留人？

昆仑说为什么？

因为他是我父亲。明灯说完，茫然闭上眼睛，忍不住把头扭了过去说，能不杀吗？

昆仑说不能！

也就在这时，他突然听见噗的一声，显然是昆仑的刀子已经痛快淋漓地扎进了苏我入鹿的身体。明灯是在诧异中回头，眼眶中随即盈满了泪水，随即泪水突眶而出，泪雨滂沱。明灯在泪眼迷蒙中看见，门外那片翻滚的乌云，积蓄很久的雨终于落下。他根本没有想到，眼前的昆仑竟然如此残忍，残忍到无比陌生，残忍到令他后背发凉。接着他亲眼看见昆仑将刀子拔出，同时带出一团属于他们苏我家族的血。于是明灯咬紧牙关，直到牙床发酸。他愤慨着瞪向昆仑，说你能不能告诉我，这一切到底是为了什么？

昆仑沉默了一下，说，我不管他是谁的父亲，我只知道他是大明王朝除之而后快的敌人。我要是留他在世上，必将后患无穷。

明灯看见外面的雨下得更大了，像是下着一场瀑布。他迎向昆仑的目光，声音变成前所未有的坚硬，说疯子，你们都是一群疯子。

说完明灯突然亮出了一把短刀，他割断了一截衣袖，缓缓地对着昆仑将衣袖举起，然后手一松，衣袖随即掉在地上。昆仑一言不发，盯着明灯，他知道明灯的意思是割袍断义。他还看到明灯像一场白色的旋风冲进琉球岛磅礴的大雨，犹如冲进一场流离失所的人生。

43

位于王宫附近的地下军火库房被打开。因为扎伤了自己的右脚，尚宁王是坐在一台简易的轿子上，被人抬着绕来绕去，整整有八十一级台阶的地宫。面对那些数也数不尽的甚至叫不出名字的火器和弹药，尚宁王着实被惊吓到了。他想起过去的许多个夜晚，自己无数次在床榻上听见的来自地底的挖凿声，身上就再次冒出密集的冷汗。而当昆仑告诉他，眼前所有这些火器和弹药，包括海边岩洞中的火器作坊，都将成为琉球国的资产时，尚宁王再一次被吓到。他瞠目结舌，两只眼睛睁得跟灯笼一样，实在没有想到，自己竟然有这么一天，让岛上的防卫实力顷刻之间变得如此强大，简直就是武装到了牙齿。

回去王宫的路上，尚宁王觉得风和日丽心情舒畅。他让昆仑靠自己近一点，然后凑到耳根前悄悄问他，你要不要留在琉球？

我有一个女儿今年十四了，他们都说长得跟出水芙蓉一样。昆仑笑了一下，望向他受伤的右脚，脚背上已经被杨一针敷上了治疗创伤的云南白药。此时尚宁王又让自己的面容显得很神秘，他压低了嗓音说，你知道的，我的王座就是我岳父留给我的，那么这个惯例，我觉得完全可以保留。

昆仑再次笑了一下。他不会告诉尚宁王，其实他现在就想回去台州，去一个名叫无人馆的地方。因为那里有个姑娘名叫丁山，他十分想念丁山的古琴声。

44

胡葱的尸体是在苏我入鹿的密室中找到的，她被脱光了衣裳，泡在一个巨大的酒缸里。那天在明灯客栈，胡葱是跟杨一针一起，被苏我入鹿的手下暗中抓捕，但杨一针此后就不见了她的踪影。事实上，苏我入鹿在当晚就将她奸污，奸污以后又跟当初的牛刀刀一样，割去了双乳。

三天后的那霸港码头，尚宁王为昆仑特意准备的商船即将起航。商船四周及高大的桅杆上，扎满了彩带，此时码头上送行的人群，都在翘首企盼着昆仑的到来。他们想目睹昆仑离开琉球的背影，因为关于昆仑的故事，将是琉球人此后许多年里津津乐道的传说。

此刻只有尚宁王知道，昆仑和杨一针正在灵鹫寺附近的半山腰。当寺庙中沉浑的钟声响起，在几棵苍劲的松树旁边，昆仑和杨一针为两座新坟添上了最后一把土。两座新坟分别属于牛刀刀和胡葱，面朝西北方明朝的方向。杨一针先后洒了两杯酒，转身就要离去的时候，看见横店依旧端坐在胡葱的坟前。横店说，我可不可以不走？我想留在这里一直陪着胡葱，我怕她在这里孤单。

昆仑听见松涛阵阵。他在一阵寒凉中想起，曾经战死在桃渚营的胡葱的孪生哥哥韭菜。也想起在桃渚营，胡葱飞身跃上了载有李不易的囚车，二话不说，射出去的箭羽当场将李不易的头颅给射穿。而自从离开京城，总共七个人的锦衣卫小北斗，如今却只剩下了四人。

天空中下起一场绵绵的细雨。昆仑望向细雨飘飞中的横店，说，小北斗的任务还远没有结束，我们这些活着的，需要为死去的弟兄继续战斗。

船帆升起，商船就要起航。那天雨过天晴时，空中出现了一道绚烂的彩虹。昆仑头顶着彩虹，踩过撒满鲜花的步道，他是抱着装有骆问里人头的木盒，在尚宁王始终注视的目光中，缓缓登上了宽阔的甲板。此时海风吹拂，头顶的海鸥不知疲倦地飞翔，鸣叫的声音似乎是欢快的，也似乎是忧伤的。

昆仑站在甲板上，一次次凝望送行的人群，却始终没有见到苏我明灯的身影。而当商船乘风起航，耳边传来波涛被切开的回响时，他凝望抱在胸前的木盒，在那一抹黝黑发亮的反光中，却依稀听见了明灯轻唱起的童谣声，声音像海水一般苦涩：

　　阿父，请带我观海啊
　　阿父，我要坐在你的肩膀上，你要驮着我，
　　我就能看到海尽头

阿父,请带我饮风啊
阿父,我要到你的梦里头,你要捧着我,
我就能飞到云口端……

第肆波

台州府明月

1

张望站在桃渚营的宿房门口伸了个懒腰，听见浑身的骨头咯咯咯地欢叫。他眯着一双眼睛，看见清晨的阳光像剥开来的春笋，一点一点露出。晨雾并没有在这天出现，所以他大致能看见远处那片渐渐清晰起来的农田，也闻见泥土的腥味此起彼伏。农田由千户所官兵集体戍垦，并且参与耕种。过去的几年，在张望的带领下，官兵们开垦出的农田已经越来越广阔，土壤也因为深耕而显得更加肥沃。眼下正是水稻拔节抽穗的季节，远远看过去一片青黄。张望很多时候都会去田边走走，听听稻子喝水以后骨节舒展开的声音，那样他心里就会觉得十分饱满。

自从送昆仑离开台州远赴琉球国，张望就不再一天到晚打瞌睡，他成了桃渚营里一个兢兢业业的千户官。除了带队操练以及种养庄稼，每天的清晨跟黄昏，他都会骑上战马去一趟附近的海边，亲自巡视一下片区内的海防。所以在副千户官码头熊的眼里，桃渚营所负责巡防的那片逶迤的海岸线，差不多就是张望日思夜想的老婆。张望要是每天不过去看上几眼，夜里就会像海水涌起那样让他心头发痒，以至于辗转反侧难以入眠。但是张望认为虎背熊腰头脑简单的码头熊只看懂了一半。事实上，他去巡视海防，为的也是顺便看一眼，远处有没有漂过来的商船。或者更加准确地说，他是想看看靠岸的商船上，会不会出现从琉球国归来的昆仑。很多时候张望都在冥思苦想，前往琉球执行秘密任务的昆仑，难道真的就能够平安返航？

倭谍李不易被胡葱一箭射死后，码头熊就在两个月前，接替上了空缺出来的副千户官的位子。他到任以后的第一件事，就是要给张望物色一个真实耐用的老婆。在此之前，在那个名叫九斤的媒婆的撮合下，已经有十九个女人先后嫁到了桃渚营。那些有着不同姿色的女人有一个共同点，就是特别爱笑，不管跟谁见面，都是盈盈一笑。她们是在不同的日子里，在锣鼓和唢呐响起时，被大红的花轿抬到桃渚，然后就被各自的男人，也就是在桃渚营任职的其中九个百户官以及十个总旗，情意绵绵地牵入了红烛摇曳的洞房。为此张望连着喝了十九次喜酒。他变得日理万机，付出去的喜银也是不少，所以他总是装出忧心忡忡的样子，搓着手说我真担心不是战死，而是被没完没了的喜酒给喝死。每次喝酒，他都在码头熊的安排下，坐在媒婆九斤的对面。九斤是个苍老的女人。她挽在一起的头发虽然梳理得油光发亮，让落上去的苍蝇都站不稳脚跟，但褶皱密集的脸皮却跟稻草一样晦暗。张望陪九斤喝酒。九斤一边喝酒一边抽烟，这让她看上去有一种腾云驾雾即刻就要成仙的感觉。她常常眯着一双烟雾迷蒙的细眼，将张望从头到脚打量，最后做出的判断，是这人肯定每天夜里睡不好觉，躺在床上心头发痒，因为他需要一个女人。九斤这么想的时候，眼里闪烁着这个年纪的女人难得一见的波光。她总是能让张望喝得十分开心，面色红润而且看上去心旌摇荡。以至于许多人误以为，张千户才是当晚即将奔赴洞房的新郎。

在经历十九次的喝酒对饮以及上下打量后，九斤并没有辜负副千户官码头熊寄予的一腔厚望。在她的不懈努力下，一个即将年满十九的姑娘终于进入她老鹰一样四处搜寻的视野。于是到了芒种这天的午后，当整个桃渚营千户所都在慵懒的阳光中显得昏昏欲睡时，气宇轩昂的九斤再次出现在旗幡招展的营城里。那天迎接她的是街边一只凶悍威猛的白鹅。肥胖的白鹅将屁股一撅，脖子如同凶猛的棍子一样伸出，它甚至都省略了粗鲁的鸣叫声，直接就将九斤追逐出去很远。九斤一路惊慌，她像一只受惊的小鸡一样四下乱窜，最终奔跑到人高马大的码头熊跟前，急忙抽了一口利于压惊的水烟。烟雾仙气飘飘地从她空洞的嘴里吐出，九斤说张千户的老婆敲定了，家住离桃渚不远的健跳，人家有个好听得不得了的名字，叫海螺姑娘。说完她在码头熊身边一块圆润的石头上坐下，垂头丧气捏了捏刚才差点崴到的脚踝，说海螺姑娘已经同意嫁过来，嫁给妻子死了很多年的光棍千户张望，成亲的日子就选在夏至那一天。码头熊听完这些，打出一个气势磅礴的哈欠，似乎觉得消息来得有点突然。他嘴里反复念叨着海螺姑娘海螺姑娘，认为这名字的确有点吸引到了他，容易让他联想起海螺洁白细嫩又味道鲜美的肉身。但他又有一点担心，担心这姑娘的样子，会不会长得像绝大部分海螺那样，有着扁圆又坚硬的外壳。这时候九斤就被抽进去的第三口烟呛到了。她怒气冲冲地对着码头熊呸了一声，把一口翻滚的浓痰吐向那匹视她为不明之客，依旧想瞅准机会攻击她的白鹅。九斤把烟杆在石头上从容地敲响，严厉地说，码头熊我实话告诉你，人家海螺姑娘貌若天仙。但是她嫁过来的那天，你必须把这只不知天高地厚的白鹅炖了。我想喝鹅汤想得发疯。

夏至日的清晨很快就来临了。这个有着微凉天气的清晨，和往常一模一样，不一样的是张望这天起床，码头熊就不允许他披挂上陈旧的胄甲，而是让他换上一套簇新的常服。然后等他上马就要过去海边巡查时，先前嫁过来的一个百户官的女人又风情万种地走来，在他胸前挂上一朵鲜红绸布扎成的大红花。女人接着盈盈一笑，又给他端来一碗海参，柔声说张千户需要补补身子，晚上去了洞房，别把自己累垮。张望很不以为然，他冷笑一声，跳上马背时豪情万丈地说，就你们这些女人瞎操心，老子又不是没进过洞房。

张望开始在清凉的晨风中策马驰骋，田野和秧苗纷纷在他的视野中后退。那时候他觉得小腿肚一热，心想原来自己也是一匹脱缰的野马。

2

六月的海边风云变幻，各种来路不明的云层在巨大的天幕上翻滚。天幕在一声巨响中从中间裂开，白晃晃的光线于是很快倒下来一场雷雨。沙滩被淋得浑身湿透，许多地方冒出趾高气扬的独脚海蟹。很久以后，当粗大如手指的雨点突然被天空收住，张望就看见更加蓝色的海水，越发洁白的天空，简直空旷得令人心痛。他还看见那些走累了的海蟹气定神闲，吐出一些透明的气泡。

张望从马背上唰的一声跳下，站在湿漉漉的沙滩上，感觉水天一线的海面上，似乎正有一艘大船优哉游哉漂来。此时他伸出一只手，码头熊就很快解下挂在腰间的铜制千里眼，递到他手里说：不会有错，那还真的是一艘船。好像还是一艘巨大的船。

紫铜色的千里眼在张望的手里旋转并且拉伸。张望很快看见圆形而且摇晃的视域里，那艘越来越逼近而且跟高楼一样雄伟的船上，船沿和桅杆处都很骄傲地扎满了彩带。彩带在海风中猎猎飞舞，衬托出一个硬朗的男人。男人正笔直站在船头甲板上，他的目光悠远，一张脸被直射的阳光晒出生铁般的颜色。张望似乎不够确定刚才的一幕。他晃了晃脑袋，又眨了眨眼睛。此时他的耳朵皮又很不应景地跳了一下，所以当他再次举起千里眼时，开始对荷兰生产的这种跟烧火棍一样的玩意儿，失去了原有的信任。但是烧火棍镜头里照出的那张脸，现在已经变得更加清晰，清晰到哪怕是磨成灰他都认识，因为那分明就是死不掉的昆仑。那么长时间里，自己一直牵挂在心里的昆仑。

张望的声音饱含惊讶。他望着浩瀚的海面，像是望见一个深邃的洞穴，感叹说这小子竟然能活着回来，怎么也像是一个天大的笑话。说着他把千里眼沉默地递了出去，想要递给身边的副千户官码头熊，可是码头熊却一直没有接。这时候张望诧异地回头，看见的却是已经奔驰在马背上的码头熊的背影。此时那匹马的四条长腿，正将许多潮湿的细沙踢踏到四处飞舞。张望喊了一声你他娘的这是要赶去哪里？码头熊却头也不回，只是在马背上吼了一声：我他娘的去营房备酒！

张望愣住，随即又忍不住笑了。他在沙滩上一屁股坐下，仔细望着商船漂来的方向，说是应该备酒，接风洗尘，好好喝一场。海风哗啦哗啦，放肆而胡乱地吹着，将他胸前无比娇艳的绸布红花吹起，犹如吹拂一朵真正的牡丹。此时屁股下面一片冰凉，张望冷不丁又笑了一下，心想这是个什么日子，很多事情都凑到一起了。海潮声灌满了耳朵，他看上去喜形于色，又轻声嘟哝了一句：真他娘的是双喜临门。

3

万历三十五年的夏至日，桃渚营里原本要到黄昏时分才铺展开的迎娶新娘的酒席，因为昆仑的突然到来，所以早在中午时光，就提前张罗开了一场盛大的接风宴席。千户所的营房里欢声雷动，犹如刚打了一场振奋人心的胜仗。咋咋呼呼的码头熊手臂一挥，迅速就有人抬来满满的一缸酒。酒是桑葚酒，血红的酒液倒进粗瓷大碗，兴奋的张望当即笑成一朵怒放的花。他站在八仙桌前毫不客气地一脚踩上凳子，望向昆仑时又豪情满怀着卷起袖管，说今天我先喝，每次喝三碗。

昆仑站立在八仙桌对面，听见张望的喉管不断发出咕咚咕咚的声响，很像一口正在漏水的井。他想要是这么喝酒，等不到夜里新娘到来，张望肯定早已经趴在地上，成了一头谁也抬不动的猪。但他也顾不了那么多，这一路从琉球国回到台州府，几乎被漫长的旅途给憋死。刚才上岸以后，看见桃渚营的城门，城门前流水潺潺的河沟，蹲在黄衙井边洗菜捣衣的妇人，池塘里盛开的荷花，柳树上鸣叫的知了，以及用崇拜的眼光望向他的白鹅，还有早被冲洗干净的石板街道，他就觉得眼前这一切跟记忆中挥散不去的琉球相比，实在是换了一个世界。

官兵们排成一排，呼喊着要轮流过来敬酒，大概是想把昆仑直接醉死。昆仑来者不拒，跟收割稻子一样，一个接着一个，非常有次序地喝下去。直到后来他觉得腿脚有点发软，才过去搂住张望的肩膀，扯了扯他耳朵，感觉有点凉。昆仑说好你个张千户，看来我没在琉球战死，却要在这里被你这帮兄弟给喝死。张望的耳朵不由自主跳了一下，随即将那些呼来喊去的手下给推开。他将昆仑拉到一边，面色高深莫测，说实话跟你讲，我还真没想到你能活着回来，我以为你会被人埋葬在琉球。这么看来，"婆婆丁"计划你拿到了？

昆仑很神秘地笑了一下，说你猜。

张望懒得去猜，他觉得这些事情猜来猜去容易让人头痛。他最不喜欢的就是头痛。

昆仑就很认真地说，丁山呢？丁山现在在哪里？你以前可是答应过我，会把她给找回来。

张望的耳朵皮又跳了一下。他两只眼睛一闪，觉得刚才酒喝得太多，现在肚子很胀。在去茅房撒尿之前，他说你先喝酒，丁山的事情我晚上再跟你说。

下午的阳光简直可以说是像毒蛇一样毒辣。张望冲到茅房时，撒出一泡不是很急的尿。这时候码头熊已经在这里等他。码头熊说什么情况？张望却反问他，酒里下了多少药？码头熊眼睛一眨，仔细回忆了一下，说，反正可以毒死桃渚营里所有耕田的牛。张望说知道了，说完心狠手辣着将裤带扎好，又把胸前被压瘪的绸布红花一片一片捋直。张望说，火枪手可以准备了，他娘的一场喜酒，竟然喝成了丧酒。

张望笑眯眯着回到酒席，看见几个百户官的女人正围成一圈。女人们盈盈一笑，纷纷给昆仑劝酒，又接连不断地倒酒。此时他是亲眼看见，昆仑一连喝了九碗桑葚酒，随后就敲了敲可能是晕乎乎的额头，开始莫名其妙地掉眼泪。昆仑擦了擦潮湿的眼眶，抬头喊了一声，张望你过来，我有件事情要问你。

昆仑把张望推去一个角落，过了一阵才说，我不会隐瞒你，其实"婆婆丁"计划拿到了，就在我手里。那个代号叫"花僮"的是个日本人，名叫苏我入鹿。

张望说那是个什么样的计划？昆仑说你知道婆婆丁吗？婆婆丁其实就是蒲公英。蒲公英的飞絮飘到哪里，种子就埋到哪里，一夜之间生根发芽。张望说你真是啰唆，能不能讲重点。昆仑说重点就是，苏我入鹿在咱们绵延千里的海防线上策反了一些大明将士成为他的倭谍，这些倭谍就像撒下的婆婆丁种子，总有一天会一声令下，揭竿而起。

张望非常仔细地点头，说我想起来了，李不易就是婆婆丁的种子，好在这颗种子咱们已经把他给灭了。昆仑摇头，说你只讲对了一半。张望说讲对了一半是讲对了哪些？昆仑就擦了擦越来越潮湿的眼眶，说，实话告诉你，桃渚营里还有另外的倭谍。所以我现在就是要问你，你觉得剩下的倭谍会是谁？现在这么多喝酒的人，你觉得他会不会就在这间房里？张望一时之间无语，垂头看了一眼胸前的大红花，觉得刚才去了一趟臭烘烘的茅房，绸布扎成的红花好像在开始慢慢枯萎。这时候昆仑也发现，刚才被自己抹到手上的眼泪，竟然有着紫红的颜色，也就是成熟桑葚果的颜色。昆仑说张望你搞什么名堂，快去给我换酒。张望于是觉得没有必要继续演戏了，所以他阴冷地笑了笑，说等到这时候换酒，难道你不觉得已经迟了？

昆仑说张望你究竟什么意思？张望说没什么意思，我的意思就是，接下去你会不停地掉眼泪，就像一个人死了亲爹一样。

张望说完慢条斯理走出几步,又慢吞吞地回头,像是一只笃悠悠散步的猫。他看见昆仑此时掉出来的眼泪,已经从原先的紫红渐渐变成了血红。他张嘴,说酒里下的药是叫泪如泉涌,接下去你的眼泪会争先恐后,就跟令人烦恼的春雨一样没完没了。继而流出来的,就是遍布你周身的血液。然后……张望叹了一口气,声音中充满无尽的惋惜,又说,然后你就没有然后了。

昆仑开始迷迷糊糊时,张望一手策划的桃渚兵变彻底拉开了序幕。除了码头熊,还有众多百户官和总旗在听从他的召唤。包括刚才一起敬酒的胡搅蛮缠的兵勇。

房顶的瓦片即刻被掀开,瓦橡条和瓦橡条的中间,随即探出许多根火铳,铳管黝黑,一起对准了脚下的昆仑。昆仑身子软绵绵的,看见自己层出不穷的眼泪掉落,落在脚尖处,看上去的确就像鲜红的血。所以他说张望你他妈的真狠,你是不是想把我射成一面漏洞百出的筛子。张望说我实在没有时间了,我不能这么陪你耗着,我晚上还要进洞房的。昆仑于是迷迷糊糊看见,被抽去瓦片的屋顶,漏下来的阳光确实已经夹杂了一些类似黄昏的气息。不过他说张望你太急了,我又不想耽误你做新郎官。但你也有可能是做贼心虚,你要是一个下午不是耳朵皮跳来跳去,耳朵摸上去还特别的凉,我也不至于早就判断出,其实剩下来的倭谍就是你。

昆仑话音刚落,空中就坠落下来五个浑圆的球。球砸落在地上滚来滚去,溅出许多新鲜的血。张望就在一瞬间发现,那是五个刚刚被割下来的头颅,属于之前埋伏在房顶手持火铳的五个兵勇。张望大惊失色,急忙喊了一声护驾,身边虎背熊腰的码头熊他们就如临大敌般将他团团围住,死死地围在了中间。此时张望的两只耳朵皮跟上岸的鱼一样跳动。他在慌乱间镇定，透过码头熊宽阔的肩膀，看见原本软绵绵的昆仑已经突然站直身子。昆仑说张望啊张望，一辈子东张西望的张望，我在琉球时就有点怀疑，那张跟苏我入鹿接头用的《八仙过海图》，会不会是你故意给我画错的，将铁拐李持拐的右手画成了左手。你就这样给入鹿通风报信，差点就让我丢掉性命。

此时暮色就要升起，所以席卷桃渚营的厮杀，也在第一时间拉开了序幕。

张望不会想到，早在回来台州的路上，昆仑跟杨一针就安排好了上岸以后的具体计划。苏我入鹿的"婆婆丁"计划，是被他藏在《金刚经》的卷本里。昆仑找到时，发现里头是入鹿这么多年在明朝各个海防卫所策反的可资利用的倭谍名单。计划中的确提到了隐藏在桃渚营，代号为"穿云箭"的暗桩。但是杨一针后来发现，之前的李不易，他的代号仅仅是"穿云"。那么是否说明，"穿云箭"其实是两个人，桃渚营里还有另外一个暗桩，他的代号是"箭"。想到这里，杨一针就觉得此番回归桃渚之行，势必将会杀机四伏。她并不担心昆仑的实力，却认为唯一需要提防的，是代号为"箭"的奸细可能会在第一时间下毒。所以在上岸之前，杨一针就给昆仑服下了百毒不侵的化毒散。在杨一针的化毒散面前，世间所有的毒物，都会很自觉地为它让路。

抵达桃渚这天，除了商船上的船工，昆仑是一个人首先上岸。在张望貌似十分热情的迎接下，他笑呵呵地跟着张望步入了桃渚。而杨一针和横店他们，则是暂时躲藏在了船舱中。等到酒席铺开，昆仑虽然忘乎所以地喝酒，但他十分清楚，杨一针跟他的锦衣卫小北斗，此时已经在一番乔装打扮后，顺利混入了暗流涌动的营所。他知道有备而来的杨一针目光尖锐，随时都能洞察出桃渚营存在的凶险。就在刚才，当那些手持火铳的火铳手奔上房顶时，杨一针即刻就跟横店使了一个眼色，横店和千八、风雷也就十分安静地点了点头。那时候这三个年轻人不约而同地认为，这些上房揭瓦的火枪手，最终会把自己的天灵盖给揭开。

4

暮色升起时，由九斤率领的花轿队伍，也恰好穿过桃渚营低矮的瓮城口。在锣鼓和唢呐的喧嚣声中，坐在花轿里的海螺姑娘好像有点等不住了。海螺姑娘即将年满十九，丰富的好奇心仿佛夜里涨潮的海水一样。她偷偷将大红花轿前挡住视线的布帘掀开，面对无比新鲜的暮色，两只丹凤眼十分明媚地眨了眨，于是望见远处的灯笼五颜六色，正将整个城池照耀成一片绚丽的辉煌。但是海螺姑娘又在绚丽的辉煌中隐隐听见，此时城池的深处，好像正传来一阵刀剑碰撞的响声，也或者是人仰马翻的厮杀声。海螺姑娘有点紧张，说九斤你听，这声音好可怕，咱们要不要暂且停下？九斤刚好抽完最后一口烟，她见到对面一头无人照看的水牛，正一路疾行，心事慌张着朝她走过来。九斤说要停你一个人停，我今晚急着要喝一碗鲜美的鹅汤。说完她一把牵过目光恍惚的水牛，将烟杆前的小铜锅在它坚硬的牛角上敲了敲，敲出许多细碎又乌黑的粉末。她把烟杆塞到臃肿的腰间，即刻想起码头熊答应过她，那只令她讨厌了半个月的白鹅，今晚会一块一块切开，切开以后再用上好的当归来炖汤。

想到这里，九斤就摘下身边野地里一朵叫作紫娇的野花，抬手将它插在了海螺姑娘的头上。然后她右手猛地一挥,说唢呐声在哪里?麻烦吹得更加响亮一点。

5

厮杀在继续。昆仑和张望在一路拼杀,唢呐声再次响起时,昆仑非常准确地从桃渚营的一座望楼上飞下。当他的绣春刀劈出,杨一针目睹飞身上马的张望是从后脑根的脖颈开始,整块完整的脊背,瞬间就被切割成了两半。于是杨一针得以看见,张望那条崎岖不平的脊梁骨,跟她学扎针灸时观摩过的人体骨骼图相比,的确是长得如出一辙。

坐在马背上的张望,一下子觉得后背通透,又十分的凉爽。那感觉像是有人很无耻地剥去了他的衣裳,所以海风就畅通无阻,笔直从他后背灌进,一直灌到他瘪塌的胸膛。这让他止不住想起,许多年前,自己曾经有个外号是叫四眼。在杭州城的赌桌上,四眼一次次将嗜赌的骆问里斗败,又一次次逼着他还债。然后四眼又帮助行凶杀人的骆问里一路逃亡到台州,跟他说你去琉球,那里才有你的用武之地。结果倒霉的骆问里又被抓捕,等到十三个月后才从台州府的牢房里逃脱,而逃脱后将他隐藏起来的人,又是四眼,也或者是张望。那次张望交给骆问里一张海防图,说带上它,去琉球的地下火器局当总领,阿普在海的那边等你,还有一大堆的银子,也在那里等你……

张望想到这里,听见胸前又突然响起一阵无比细密的割肉声。此时他十分惊讶地看见,昆仑的刀子正左右挥舞,刀尖闪亮,像是来回跳动的蚂蚱,顷刻间将他剩下的皮肉削出,削成一堆飞舞在空中的密集的肉丝。

最后张望被昆仑削得所剩无几。他被那匹懵里懵懂的马驮着，在桃渚营的街道上没有方向地瞎逛。除了脖颈上一张完好无缺的脸，现在他的上身只剩一具四处走风的骨架，如同台风经过后，留下一座褴褛又空荡的城堡。不过那朵绸布扎成的红花，不知什么缘故，却依旧完好无损地戴在他的胸骨前。这时候九斤的队伍终于姗姗来迟，在那排喜悦的灯笼下面，当迎亲的炮仗声愤怒地响起，马背上的张望刚刚走向一株长相怪异的歪脖子梅树。在梅树底下，花轿里的海螺姑娘万分惊奇。她顾不上那么多，掀开帘布以后一双绣花鞋直接踩上石板。望着眼前那具马背上诡异的骨架，她跟九斤说，这人是谁？

九斤抽了抽鼻子，看见张望仅剩的那张脸，还在东张西望的两只眼睛，以及挂在胸前的似乎在怒放中的大红花，说如果没有看走眼，他应该就是你今夜的新郎。

说完九斤也顾不上抽烟，而是跟海螺姑娘说：节哀吧，准备战斗！差不多也就是在这时，张望两只没有一丁点皮肉的爪子缓缓举起，像是举起一对四肢僵硬的提线木偶。此时他试图开口，却在两片嘴皮张开时，还没说出一个字，整副透风的身子骨就突然塌下，如同一座彻底坍塌的城堡，顷刻间支离破碎，土崩瓦解。

九斤听见骨头咔嚓咔嚓裂开的声音，也闻见骨头碎裂时，散发出犹如石灰粉飘洒空中的气息。此时她看见先前嫁到桃渚营安营扎寨的十九个女人，正齐刷刷向她走来。路上的十九个女人不再盈盈一笑，而是各执一把长刀，其中一个为首的站到九斤面前道：我们已经集合完毕，需要怎么战斗，就等头领一声令下。

已经抽了很多烟的九斤这回并没有咳嗽。她从头到脚，一点一点剥去身上老态龙钟又花里胡哨的伪装，最终露出一张娇媚又凶狠的脸。那张脸说：为了已经阵亡的苏我入鹿，我命令你们杀出一条血路，杀他一个片甲不留。

6

九斤就是灯盏，曾经在紫阳街开着回头无岸当铺，又豢养着一批阴兵的姿色非凡的灯盏。她当初跟苏我入鹿一拍即合，随时准备带着倭寇攻进大明海防线。她也从入鹿的嘴里得知，桃渚营有着属于"婆婆丁"计划所培植的两股势力，所以当她在紫阳街遭受昆仑的彻底打击后，就伪装成媒婆九斤，前来桃渚跟代号为"箭"的张望接头。就此她不仅让张望在官兵中继续发展下线，还将不同的女人安插进了这座千户所，目的就是此后的一呼百应。

夜里的风吹过寂静的海水，让桃渚营上空的云朵纷纷后退。现在灯盏揭下丑陋的人皮面具，也扯掉捆在后背上，将她伪装成腰背微驼的那团乱糟糟的稻草。她全身鲜红又妩媚的装扮，看上去更像是一个新娘。随着她叫喊出一声杀，包括海螺姑娘在内的二十个女子，就以十分凌厉的攻势，朝着昆仑和杨一针他们冲了过去。

昆仑看着这些如花的女人，觉得都不忍心下手。他跟杨一针说，除了灯盏，剩下的就交给你了。杨一针说没有问题，我替我姐出刀，还有死去的胡葱。要让这些蛇蝎一样的婆娘们知道，什么才叫穷途末路。

杨一针说到做到，她跟横店和千八、风雷他们一起，轻轻松松地迎战二十个女人。到了最后她竟然发现,那个名叫海螺姑娘的女子,眼看着自己的队伍一败涂地,断然没有胜利的希望,居然将束紧的头发解开,以前所未有的力量,一头撞向了身边的拴马桩。海螺姑娘脑浆迸裂,乱糟糟的沾了脑浆的头发将那张美丽的面孔十分虚无地遮盖。她在临死的时候想,今夜星光灿烂的桃渚,灯笼与烛光摇曳的桃渚,就是她不幸葬身于此的,血光十分猛烈的洞房与婚床。

那天桃渚营还有一只剽悍的白鹅,在血光四溅的夜色中十分焦躁。它眼看着昆仑的绣春刀一次次劈向灯盏,不留空隙,所以就始终没有留给它冲上去进攻一次的机会。白鹅只是看见,一身鲜红装扮的灯盏,最终气喘吁吁着跨上一匹战马,在几乎将她笼罩的刀光中丢下同伴落荒而逃。这时候白鹅的两片脚掌拍打着地面,又焦急万分着嘎嘎叫了两声,声音高亢,仿佛是催促昆仑立刻追赶,别让灯盏就此跑远。而当昆仑牵过一匹战马飞身跃上马背,白鹅也凶狠地抖了抖翅膀,整个身子飞起时,稳稳地落在了那匹马的脖子上。

战马开始奔腾。白鹅的两只翅膀张开,宽阔的脚掌踩在一路剧烈抖动的马背上。它的脖子尽量往前伸出,像是伸出一支就要朝着灯盏开火的鸟枪。

灯盏跑到了海边,仓促间登上了一艘小船。小船摇摇晃晃,似乎要载着灯盏漂向大海的中央。昆仑赶到时,看见海上升起一轮明月,瞬间将漆黑的海面照耀成白昼一样的虚幻。这时候灯盏站在船头,望向步子焦躁,依旧想要朝她飞过来的白鹅,不禁在惊恐万分中脚下打滑,直挺挺地摔了一跤。灯盏十分无奈地趴在狭窄的船沿,看见明月像天上掉下来的一条河,将她的落魄和潦倒照耀得异常清晰。灯盏就是在这时目光凄惶，眼角掉落出两行热泪。月光静悄悄地移动，灯盏独自在船上坐直，坐成一盏孤独的油灯的模样。然后她看了一眼目送她远离的昆仑，就在盈盈一笑间点燃一把火，又在海风的帮助下，瞬间将自己埋在了大火的中央。

昆仑看见火势冲天，也看见着火的船十分安静，在寂寞的月光下漂来荡去。当杨一针握着刀赶到时，熊熊燃烧的火焰已经融入幽蓝的海水，水与火交相辉映，在那排月光的衬托下，它们仿佛不分彼此，最终融为了一体。

7

郑国仲一直留在杭州，在无数个日日夜夜中等待昆仑的归来。桃渚营兵变的第二天，当出乎意料的消息和西湖边的一缕风一起传来时，他即刻带着自己的队伍快马加鞭，三个时辰后就从杭州赶到了台州，又马不停蹄地冲向桃渚。

天妃宫前，台州府当地的文武官员尽数到齐，排成整齐的阵仗。现场鸦雀无声，郑国仲站在人群的尽头，手上托着一枚全金打造的功勋牌。阳光温和，海风吹动宽阔的树叶，也推动沉默的昆仑，向着满脸严肃又志得意满的郑国仲缓缓走去。昆仑抱着一个木盒，走到郑国仲跟前时，垂头将木盒打开，让他看见盒子里的骆问里的人头，以及压在人头下的由苏我入鹿亲手制订的"婆婆丁"计划。郑国仲闻见一股皮肉腐烂以及血液凝结成块的气息，也看见一群肥硕的苍蝇，顷刻间以轰轰烈烈的阵势，踊跃着飞舞过来。于是郑国仲使劲皱了皱眉头，又在屏住呼吸时挥了挥手,示意昆仑赶紧将盒子盖上。昆仑却将这一幕省略,他让自己的一只手伸进骆问里早就已经失去光泽的头发,然后将干燥又杂乱的发丛掀开,为的是让郑国仲无比清晰地见到,刺在骆问里头皮上的那片大明王朝的海防图。

此时郑国仲已经显示出一定程度的不耐烦。他把视线移开,望向手中金光闪闪狮虎牌,以及镌刻在狮虎牌中央的两头健硕的狮子和老虎。那是他建议万历皇帝特意打造的特殊军功牌,赏给有着特别功劳的军人。然后他指了指站在队伍前排的台州知府刘梦松,让他抓紧跟大伙通报一下,刚刚起草好的对昆仑的嘉奖令。刘梦松胸有成竹,上前以后转身,掏出一页宣纸,干咳一声后声音洪亮地照本宣科。然而他刚摇头晃脑念了一段开头,就要念到昆仑的名字时却突然焦急地停住。因为他猛然想起,自己刚才都忘了打听一下,眼前这个立下赫赫战功的年轻人到底是姓什么,那么这样子的公文,显然是不够严肃。所以他跟昆仑挤了挤眼,轻声问他,昆仑兄您贵姓?

昆仑跪在地上,听见海风穿过文武官员之间的官袍缝隙,声音逶迤地流淌过来,曲折而且迷茫。昆仑说,在下姓骆。刘梦松满脸迷惑,问他是哪个骆。昆仑沉默了一下,望着眼前的木盒道:骆问里的骆。这时候郑国仲突然喷了喷鼻子,喷出一股强大的气流。他将托着狮虎牌的手掌猛地合上,说胡扯,你虽然姓骆,但那是骆驼的骆,而非骆问里的骆。你别跟自己和骆问里扯来扯去,他跟你有屁个关系。

有关系,昆仑垂头说,在下是骆问里的儿子。

郑国仲几乎当场就要晕死过去。他将手上纯金打造的狮虎牌牢牢地攥紧,有一种恨铁不成钢的怨怒。所以他的声音无比压抑,几乎是从牙齿缝中蹦出来的。他说有些事情拜托你闭嘴,你自己不讲,天下永远没有任何人知道。

但我自己知道。昆仑跪在地上,抬头时声音坚定,在下的确就是骆问里的儿子,这一点杨一针清楚,剩下的小北斗也全都清楚。

清楚个屁!郑国仲终于没有忍住。他将纯金打造的狮虎牌一把摔在地上,说不识好歹的东西,你就不能脑子正常一点?既然你是一个杀人犯的儿子,一个叛国贼的儿子,那我接下去要如何在皇上面前给你报功?

风一直吹着,吹乱昆仑的头发,也吹起昆仑血光四溅的记忆。他仿佛看见铁匠胡同丙陆号的院子里,那些落了一地的石榴花,也听见琉球血流成河的海滩上,骆问里在自戕之前说,把我的头颅砍下带走……此时他终于说出一句:昆仑没有脸面领受功勋,只想在台州府做个平头百姓,一辈子做个普通人。

好大的口气,竟然想做一个普通人。在甩袖而去之前,郑国仲喷了喷鼻子说,如此恢弘的念头,连我都不敢奢望,你就更加没有资格。

人群在一瞬间离开,像被突然而来的一阵风吹走,只剩下杨一针一个人,陪昆仑停留在依然辽阔而且肆无忌惮的风中。杨一针上前,将那枚躺在地上的狮虎牌捡起,神情黯淡地擦了擦尘土,然后随手挂在了身边一丛稀疏的灌木上。杨一针说,有些人走了就没了,连骨头也没能带回,那么这块代表军功的狮虎牌,应该属于埋葬在琉球的牛刀刀和胡葱。

昆仑跪在地上,像是一匹负重累累的骆驼。他好几次想站起,却苦于没有足够的力量。这时候杨一针悄无声息地坐下,坐得离他很近，就坐在他身边。杨一针说，你想在台州府做个平头百姓，是不是想跟丁山在一起。你一直想着她的无人馆？

昆仑并没有回答，而是干脆让自己躺下，整个人四仰八叉，如释重负般躺在了青草覆盖的地上。他望向头顶飘扬的云朵，心中连绵起伏的，的确是一直想念的丁山。可是这天就在郑国仲赶到桃渚营之前，他已经听台州知府刘梦松很不屑地提起，说丁山被陈五六劫走后就头脑发昏，跟随陈五六死心塌地待在了大海另一边的东矶岛，成了陈五六的压寨夫人。

云朵一片一片飘过，在昆仑的眼里，好像渐渐飘过去的属于丁山的琴声。这时候杨一针似乎听见昆仑一声叹息，充满无尽的惆怅和忧伤。于是她抬头，同时望向那些飘飞的云朵，好像望见的是自己乱成一团的心绪。杨一针想了想，似乎是在问自己，也似乎在问昆仑。她说想把一个人从心里搬走，是不是一件很难的事情？可是她等了很久，始终躺在地上的昆仑却一直沉默，依旧不愿意给她一句回答，像是把她当成了一团空气。所以杨一针说，姓骆的，你到底是个聋子还是个哑巴？你既然这样，我就陪你去把东矶岛荡平。你不把丁山给找回来，你的魂也会丢失在那里。

8

陈五六这天差点从睡梦中笑醒。醒来时他小心翼翼睁开眼睛，好像担心撑开眼皮的声音，会将睡他身边的丁山给吵醒。此时窗外的东矶岛，正迎来这个冬至日的第一缕曙光。纤细的曙光像远处荡漾过来的波纹，有一抹恰到好处的金色，这让陈五六怀疑，曙光会不会是自己刚才那个梦境的延续？刚才那片梦境可谓美轮美奂，一开始有着佛光普照般的背景，随后就有一只麒麟从天而降。矫健的麒麟样子庄严，周身散发灿烂的金光，奔到他身边时四只脚又丁的一声停住，声音像是金子，掉落进空旷的玉盘。

对梦境的细致回想，让陈五六止不住陷入感动。他不会忘记，当梦中金色的光芒将他笼罩，那只麒麟竟然对他眨了眨眼，然后背上非常神奇地呈现出一对胖乎乎的童男童女。接着麒麟十分善解人意，将威猛的身躯伏下，犹如一段流水在河床中伏下，为的是让那对面色粉扑扑的童男童女，能从它宽阔的脊背上兴奋着滑下，滑到他身边时又笑呵呵着叫了他一声父亲。

巨大的喜悦就这样在陈五六的胸中暗自起伏，但他还是谨小慎微地起床，几乎是将整个身子静悄悄地从被窝中移出，为的是尽量不打扰丁山的睡眠，也不让被窝中的温度流失。现在他光溜溜的身子遇见了冬至日寒冷的气流，所以他打了一个冷战时，迅速将棉袍套上，但整个脑子却即刻变得十分清醒。他想一旦等到丁山醒来，自己怎么也要告诉她，她怀胎了八个多月，怀上的居然是一对令人无比羡慕的龙凤胎。至于孩子的名字，陈五六在刚才打着冷战的时候，脑子中就有一个奇妙的念头有如神助般跳出。没错，他的儿子应该叫陈桃花，女儿呢就叫丁春风。因为古时候有位著名的诗人写过：桃花依旧笑春风。

冬至日这天接下去的时光，陈五六忙得不可开交。但他非常享受这样的忙碌，因为忙碌让他圆满，忙碌让他觉得无比幸福。他先是叫来了跟他一起过来岛上的斜眼伙计拿酒来，给了拿酒来一张单子，让他去岛上的药铺和商铺采购一些急需置办的物品。比如说燕窝和冰糖，再比如说双份的婴儿帽和双份的虎头鞋。可是拿酒来没过多久又气喘吁吁奔了回来,像奔过来一匹慌乱的马。拿酒来的视线歪歪斜斜,非常倔强地散落在那张单子上。他指着一行文字道:大,大哥,药铺掌柜让……我问你,这个根,它到……底是什么根?陈五六就十分伤心地摇了摇头,咒骂他真是一个白痴,并且告诉他所谓的桃根,当然指的就是桃树的根呀。他还做了耐心细致的解释,说昨晚自己熬夜花了一番工夫,翻了宋人陈文秀写的《养子十法》。书上说给新生孩童用的洗澡水,要用晒干的桃根、李根,再加上梅根,这些树根放在一起一锅煮,煮出来的汤水给孩子洗澡,孩子以后就不会长疥疮。

拿酒来十分使劲地点头,如同大梦初醒。他奇怪眼前的陈五六,自从离开台州紫阳街,如今怎么就变得这么博学,就连小屁孩洗澡的事情他都知道得一清二楚。但拿酒来还是抓了一把头皮,鼓起勇气说:大哥有句话你……别放在心上,刚才药铺掌柜跟我讲,你这里写的桃不是桃树的桃,而是逃命的逃。陈五六就没有控制住自己的左脚,第一时间踹向了拿酒来右边那片瘦小的屁股。陈五六说反正都是一个桃,你管它是黄桃毛桃还是水蜜桃。

拿酒来于是在又一阵慌乱中,开始了他在冬至日的奔逃。路上他回头,看见陈五六笑眯眯地牵起丁山细嫩的手,说夫人,趁着阳光正好,我想带你去看一下咱们新建起来的琴馆。拿酒来哼哧哼哧,一路上一边奔跑一边思考,觉得眼下的陈五六真是变了,变得跟读书人那样儒雅,就连趁着阳光正好这样的句子,他也能跟背诗一样,张口就来。

这一年的开春,昆仑在紫阳街上与灯盏的开战,对陈五六来说是一场驱之不散的噩梦。他后来十分后悔,后悔这么多年,自己一直跟在灯盏的屁股后面。听她使唤,受她驱使。陈五六这辈子什么都可以不管，唯一放不下的就是丁山。所以那次当昆仑大显身手，剿灭灯盏溇养的阴兵时，他却一门心思跑去无人馆，二话不说就将躲避他的丁山背起，逃去海边上了船，又一路逃到了几乎是荒凉的东矶岛。

在东矶岛，陈五六并没有难为丁山，给她吃好的喝好的，什么事情都是听她的。丁山在岛上到处乱跑，想要寻找回去台州的船只，陈五六也不阻拦，只是远远地跟着，担心她会被蛇咬，也或者被凶猛的海风刮走。丁山走到哪里，陈五六就像影子一样跟到哪里。丁山嘴巴渴了，他递上竹筒里的凉水。丁山肚子饿了，他就即刻找个地方生火，给她煮饭，给她烤肉。丁山走累了，累得睡着了，他又屁颠屁颠，心甘情愿着把她一路背回家。山路陡峭，路面崎岖不平，丁山在他背上被他粗重的呼吸吵醒，陈五六就说，我真想这么一辈子背着你。你还记不记得，我们以前一起在紫阳街长大，一起玩泥巴，一起捉蟋蟀。我爷爷叫陈大成，你爷爷叫丁邦彦。他们一个是戚家军的前锋右哨，一个是前锋左哨。两个人情同兄弟，生死共依，一起参加了花街的那场战斗。陈五六这么说着，感觉一声不吭的丁山什么也没听进去，软绵绵的身子自甘坠落，就要从他背上滑下。这时候他就找一块石头扶着，蹲下以后努力撑了撑身子，好让趴他背上的丁山换个姿势趴得更稳。陈五六说，哪怕是为了你爷爷，我这辈子也要一直照顾你。我这么说的意思，你能明白吗？丁山说不明白。陈五六就笑了，说你终于愿意开口了。但是你不明白也没关系，只要能听见你开口说话，我就能开心上一整天。

丁山后来终于安定下来，不在岛上乱跑，只在家里发呆。陈五六就趁着这样的时光，开始在岛上不停地建房子，他所有的房子都是为了丁山而建。在陈五六的计划里,他要在东矶岛东南西北四个不同的方位,为丁山建造琴馆、棋馆、书馆以及画馆。琴棋书画四馆都要种满奇花异草,还要养鹦鹉,养画眉,养孔雀,养仙鹤,以及能够学人说话的八哥。丁山说我不需要那么多的七馆八馆,我只要我在紫阳街的无人馆。陈五六皱了皱眉头,渐渐想起发生在无人馆的一些事情,那是他想起来就会隐隐伤心的事情。所以他笑了笑说,我觉得无人馆这名字听起来比较荒凉。我希望你身边人丁兴旺,你每天开开心心的,万事无忧,直到开心到身子发胖,胖得跟绵羊一样。丁山望着池塘里清澈见底的水,水里有两只结伴而行的鲤鱼,就那样优哉游哉着游来游去,好像能一路游回到紫阳街上的无人馆。那次她几乎是脱口而出,说跟你在一起,我实在做不到开心。陈五六就笑着说你真会撒谎。难道你忘记了,我们小时候在一起,你每次都笑得前仰后合,笑得露出了虎牙。陈五六仔细想了想,说可是等你长大了,你的虎牙却不见了。你的虎牙是被你吞进肚里了吗?你还能让它再长出来吗?

丁山看见两只鲤鱼躲进了太湖石的石头缝里,一下子不见了踪影。她背对着陈五六说,我一直没有虎牙。陈五六就再一次笑了,说真的没有吗?难道是我记错了?

9

在陈五六到来之前,曾经的东矶岛几乎是人烟稀少,但是如今的岛上,完全是一派海中城池的模样,街上人来人往,吆喝声此起彼伏。陈五六现在俨然成了这座城池的主人,他不仅斥资在岛上大兴土木，开辟出许多尽可能宽阔的街道，还从台州雇用过来许多青壮年，日夜持刀操练，说是为了岛上日后的城防。与此同时，部分台州商户也慕名而来，在街道两旁开出模样小可的店铺，生意也日渐兴隆了起来。

丁山这天在陈五六的陪同下，穿过街道穿过商铺，来到刚刚建起的琴馆前。面对油漆成闪亮的宽阔木门，门前一对威武的石狮，石狮身上披挂的大红绸带，她不禁暗自惊讶，惊讶陈五六竟然说到做到，将岛上看似多余的琴馆建造得如此恢弘气派，简直可以说是奢侈。阳光打在丁山慵懒的脸上，因为怀胎八个多月，周身洋溢的胎气已经让她的手脚略微显示出浮肿。丁山闻见木材和砖瓦的香味，她托着隆起的肚子，腰背适当后仰，说陈五六，你还有什么事情是让我想不到的？陈五六就憨态可掬地笑了一下，从怀里掏出一卷折叠细致的字幅，摊开以后呈现在丁山眼前说，我写的，你看看我的字有没有进步？丁山感觉肚里的孩子一左一右踢了她一下，她想，莫非果真是一对双胞胎？此时她在温和的阳光下看得很清楚，陈五六略有长进的字体已经有那么一种笔走龙蛇的样子，而非以前犹如螃蟹爬行般的歪歪斜斜。而那张字幅的从右到左，分明写着她无比熟悉的三个字：无，人，馆。

丁山一下子觉得阳光有点不够真实。她看见阳光仿佛如同寂静的月光，在门前那对石狮子身上静悄悄地漂移了过去。这样的一幕不禁又让她想起曾经的紫阳街，也想起春天的无人馆里四处飘荡的琴声。丁山不会忘记，春天里当陈五六劫持上她奔逃到眼前的东矶岛时，陈五六却在当天夜里突然想起，自己忘了抱上无人馆里属于丁山的那台古琴。陈五六就此懊恼不已，连续几天焦躁不安。直到一天凌晨，丁山在睡梦中被惊醒时，看见陈五六全身湿答答的，正坐在一个火盆前烤火。陈五六显然是刚出海回来，初春的寒凉加上身上的水珠，让他在凌晨时分瑟瑟发抖。那时候斜眼伙计拿酒来正在忙前忙后，忙着给陈五六包扎伤口。陈五六的一只胳膊中了刀伤，刀口很深，可以见到里头苍白的骨头。面对走到眼前来的丁山，陈五六笑了笑，说没事，只是少了一点皮又掉了一点肉。然后他甩了甩头，示意丁山看一眼被他连夜抱回来的那台名叫天涯的古琴。陈五六说奶奶个黄花鱼，我深夜回去紫阳街，竟然在街上撞见了巡守的城防军，但那些虾兵蟹将根本不是我对手，一个个跪地求饶，所以我轻而易举地闯进了无人馆，就在他们眼皮底下，替你把这台琴完好无损地抱出……陈五六这么说的时候，突然咬紧牙关倒抽一口冷气，额头上暴出雨点大的汗珠。他忍不住踢了一脚正给他包扎伤口的拿酒来，说你就不能轻点？奶奶个黄花鱼，我这地方被他们一连砍了三刀。

10

新建的无人馆位于东矶岛的海边，只要大门敞开，就能看见蓝色的波涛，以及海面上偶尔飞过来的海鸥。现在丁山的琴声再次响起，声音丝丝缕缕，在冬至日广袤的东矶岛上飘扬。

陈五六头顶阳光，在琴声中十分满意地坐下，像个久经沙场的男人般坐下，也像一个慈祥的父亲般坐下。后来他觉得琴声有点陌生，所以就问丁山：夫人在弹的是什么曲子？我以前好像没听过。丁山于是让琴声停住，说，谈不上什么曲子，只是随便弹出几串音符。难道你听出了什么？陈五六就想了想，不是很确定地说，夫人的曲子里好像有一些叹息，感觉是在等待着什么。丁山浅浅地一笑，让手指在古琴上漫不经心地飘了过去，因为肚里的孩子，她让琴声变得很轻微，几乎是断断续续。等到最后一个音符消失，她说，如果时间可以倒回去，你愿意回去紫阳街吗？陈五六于是也笑了一下，心想可能是被自己说对了，丁山一直忘不了紫阳街，估计她始终在等那个狗娘养的破锦衣卫，等他从琉球回来。而那个锦衣卫的名字，据说叫昆仑。陈五六又想，世上的事情哪有那么简单。如果时间能倒回到从前，自己肯定不会在紫阳街上把日子过得那么荒唐。所以他说，如果时间可以倒回去，我肯定不会那么傻，一把火烧了紫阳街上的丽春豆腐坊。

丁山把目光抬起，似乎看见紫阳街上那场熊熊的大火，以及丽春豆腐坊的火光熄灭后，骑着一匹快马赶到台州城的昆仑。昆仑站在废墟前，在一场倒春寒中瑟瑟发抖。丁山说，你是不是在担心什么？不然你不会雇用那么多的人手，每天日夜操练。你是担心朝廷最终还是会过来东矶岛，找到你清算那笔旧账。

陈五六在丁山的声音中陷入沉默，像是一个沉默的父亲。但也就是在这时，他看见拿酒来慌慌张张着跑了过来，路上好几次差点摔倒。拿酒来跑到陈五六身边，说大哥，快，快逃。陈五六很恼火，说你一个上午就知道逃逃逃，逃来逃去逃你个鬼，你以后能不能镇定一点，别吓着了我的两个孩子。拿酒来就焦急万分地用手一指，指向了远处幽蓝的海面。陈五六于是看见远处翻滚的海浪，海浪上是一排疾速行驶过来的战船。他感觉战船是开足了马力，此时已经隐约可见架在船头的好几门佛郎机炮。这时候陈五六就看了一眼丁山。他在卷起袖管的时候说，夫人不用担心，哪怕真的是朝廷过来找我算账，东矶岛也是固若金汤。

11

万历三十五年的冬至日,在郑国仲的亲自率领下,从桃渚营出发的六艘战船,满载着兵勇和火铳,以及战炮和弹药,浩浩荡荡向着东矶岛驶去。

郑国仲之所以亲自登上战船,是因为他从昆仑带回来的"婆婆丁"计划上看出,陈五六当初也是苏我入鹿在台州所发展的倭谍,他是所谓的"婆婆丁"计划中埋下来的众多种子的一颗。在此之前,郑国仲去了一趟福建,将潜藏在沿途各个海防卫所的"婆婆丁"种子尽数捉拿归案,一个个斩立决。然后在这天清晨,当所向披靡的战船即将起航,郑国仲走到昆仑身边,不容置疑地说:荡平东矶岛,斩草除根。

海风被搅乱,现在昆仑站在领航船的船头,听见阻挡的海水溃不成军,一次次被船头切开,又不可收拾地往后撤退。他还看见战船周身的铁甲,以及架在船沿的一共五门佛郎机炮,因为冬至日阳光的照射,已经在海面上投射下一片广阔的阴影。所以他发现深不见底的海水,此时已经不再是幽蓝的颜色,而是类似于团团聚拢过来的乌云。昆仑还未来得及细想,就看见一名传令兵嗖的一声攀爬上高高的桅杆。传令兵像兴奋的松鼠,迅速攀爬到一定高度,他双腿将身下的桅杆夹紧,然后就拔出插在胸前的两面小旗。小旗色彩鲜艳,传令兵目光炯炯有神,他盯着紧随领航船之后的另外五艘战船,开始将两面小旗像破烂的衣裳一样使劲挥舞。昆仑知道那是水军的旗语,意思可能是命令战船装填炮弹。

郑国仲已经站在昆仑身边,他肩上栖息着一只不明所以的海鸥。海鸥见状惊叫了一声，慌乱飞走时掉落一片陈旧的羽毛。这时候郑国仲缓缓抬头，看了一眼等待他指令的传令兵。他只是点了点头，就说不用等了，放！传令兵手中的小旗于是在这天上午最后一次挥舞，动作极其简单，却又是前所未有的坚决。昆仑也就是在这时听见，几乎在同一时间，身边的几座佛郎机炮轰的一声炸响，升空的炮弹携带着滚烫的海风，朝着远处东矶岛的方向，前呼后拥地飞了过去。

刹那间，海天为之震颤，战船也在海水中吃力地摇摆。爆炸声在昆仑的耳边回响，等到密集的声音走远，昆仑看见郑国仲抹了一把眼，似乎抹出一些黏稠的碎屑。郑国仲望向被炮弹击中的方向，在火焰迅速燃起的时候说，接下去的事情，就交给你了。我先去船舱里眯一下，因为这场备战，我昨晚都没怎么睡好。

12

呼啸声如同癫狂的蜂群，顷刻间扑向了裸露的东矶岛。第一颗炮弹十分准确地落在丁山的无人馆，砸穿门顶的挑梁和屋檐，落在其中一只石狮子身边，爆炸开来的气浪瞬间将石狮子掀翻，把石狮子吓得大惊失色。丁山坐在天涯古琴跟前，一只手护佑着隆起的肚子，另外一只手挡住古琴的琴弦，生怕空中落下来的沙石和泥尘，会将她心爱的琴弦给砸断。这时候她看见，原先披挂在石狮子身上的一条红色的绸带，正在空中一个劲地飞舞。丁山望向飘飞的绸带，看它晃晃悠悠怡然自得，最后竟然有如神助，落下时不慌不忙，正好将她的天涯古琴给情意绵绵地盖住。

陈五六这时跨过一片废墟，从支离破碎的门框底下冲进来。

他的额头上落着一片破碎的焦土,手上提着一把锋利的长刀。冲到丁山跟前时,陈五六已经不能做到镇定,而是声音很急,说夫人你快走,为了咱们的孩子。丁山却依旧坐在古琴前,用一种十分平淡的声音说,你准备怎么面对?

陈五六想都没想,说当然跟他们决一死战。此时一同跟进来的拿酒来却啪的一声跪下,脑袋重重地磕在了地砖上。拿酒来说大哥你有没有想清楚,那样的结果,是这辈子就什么都没有了。拿酒来跪在地上,抬头时目光飘忽,战战兢兢望向一直不吭声的丁山。他看见丁山仰起后背托着肚子站起,走到身边时说,拿酒来你是不是怕了?你这样急着退缩,让我怀疑你是朝廷的奸细。拿酒来顿时愣住,心情无比的急躁,等到开口辩白时,声音却出乎意料地不再结巴。拿酒来说嫂子我到底哪里做错了?让你这样小看我。你有没有想过,大哥要是不顾一切决战,东矶岛就是我们的葬身之处。丁山却在这时一个巴掌扇了过去,厉声说拿酒来你好糊涂,此时不战,就真的什么都没有了。说完丁山扭头,望向陈五六,说我以前一直劝你归顺朝廷,但是现在不一样了。现在你若不战,就真的只有死路一条,朝廷绝对不可能对你仁慈。但你若奋起决战,起码还有一线可能,争取到讲和与归顺的机会。

陈五六呆呆地望着丁山,看见她气定神闲着转身,一步步走去古琴跟前。丁山将那面覆盖古琴的大红绸带掀起,抬头说陈五六你听着,我们可以什么都没有,但我肚里的孩子,不能没有父亲。

13

在杨一针的记忆里,那天当战船靠岸东矶岛,上千名披挂铠甲的兵勇,便如一群出笼的猛兽,乌泱泱一片踩踏上沙滩,朝着东矶岛砍杀了过去。厮杀声连绵起伏,鲜血很快染红了海水。这时候杨一针看见,一名身怀六甲的女子,正在拿酒来的搀扶下,登上远处的一艘小船。拿酒来一刀砍断缆绳,操起桨板就要护送女子离去时,这样的一幕落进了郑国仲的眼里。郑国仲刚从船舱中走出。他刚才略微睡了一下,离开船舱时揉了揉眼睛,第一时间就见到了那个女子略显笨拙的背影。郑国仲的手指稍微指了指,对留在船上的兵勇说,截住她,这岛上的所有人,一个也不能离开。

昆仑一直站在甲板上,像是站在纷乱的梦里。刚才看见丁山的背影,他在一瞬间感觉头脑晕眩。急着离开的丁山,在沙滩上留下一串散乱的脚印。昆仑实在无法相信,这个身材胖了一圈又肚子隆起的女人,一路上行动不便的女人,竟然是曾经的紫阳街上,犹如古琴声一样一尘不染的丁山,也是他在过去的漫长日子里,始终惊心动魄想念起的丁山。昆仑觉得自己是掉进了海水里,有许多东西要将他在顷刻间掩埋。但是当郑国仲威严的声音响起,那些持刀的兵勇又在得令以后齐刷刷地向远处的小船奔去时,昆仑却在窒息的海水中猛地惊醒。那一刻他像是被往事弹起,整个人毫不犹豫着飞了出去,瞬间落在了那排恶狠狠的兵勇面前,也落在了丁山的眼前。他将冲过来的兵勇挡住,绣春刀笔直横在空中,厉声道:谁敢上前?

阳光一闪一闪,海风吹得毫无头绪,但是海风又将昆仑的声音，十分清晰地吹进了郑国仲的耳里。郑国仲眉头紧皱，一路向昆仑走去时，始终在很认真地掏耳朵，好像是不识相的海风已经将他的耳朵给塞住。他走到昆仑跟前，好几次拍了拍耳朵，似乎是拍出许多零乱的东西。接着他目光细瘦，从昆仑手中的绣春刀上掠过。他想就是这把刀子，还是许多年前在遥远的京城，当锦衣卫小北斗成立时，自己亲手将它赐给了昆仑。想到这里郑国仲便莫名其妙地笑了，说怎么？难道为了这个女人，你还胆敢违抗军令？

昆仑依旧站在那里，感觉郑国仲的声音不紧不慢，若无其事地飘来，又像海水一样将他包围。郑国仲说让开！昆仑在沉默中抬头，手中的绣春刀却攥得更紧。他说，请国舅爷开恩，给她一条生路。

郑国仲十分无奈地摇了摇头，心想这么轻易地给出一条生路，那显然不是自己的风格。郑国仲说生路哪是这么好给的？要是这样的话，当初的李不易，张望，还有我之前在福建海防卫所里割下的所有那些倭谍的头颅，他们全都问我要生路，那我该怎么办？

昆仑扭头，望向站在船沿的丁山。两个人四目相对时，他看见丁山的目光依旧跟过往的琴声一样清凉，可是眼前一闪而过的时光，刹那间又似乎走完了一生。昆仑说，跟国舅爷认个错，我带你回紫阳街。丁山的目光一下子变得潮湿。她把视线移开，又把身子转了过去，直到望向那片涌动的海水时，她才说你认错人了，我不是你以前认识的丁山。我现在是陈五六的女人。

杨一针就是在这时候赶到。她看见丁山萧瑟的背影，也看见昆仑站在风中，整个人似乎陷进了脚下的沙滩。杨一针面对郑国仲，说咱们要捉拿的人是陈五六，而不是这个弱不禁风的女人。

妇人之见！郑国仲的声音像是扇向杨一针的巴掌。他说难道要留下她肚里的野种，将来继续跟朝廷作对？但是他话还没说完，远处突然响起一声剧烈的轰鸣，随即就有一枚炮弹落下，在海水中炸开，升腾起冲天的巨浪。

昆仑看见，此时在海面中出现的，竟然是一艘远航过来的商船，飘扬着琉球国的旗号。而更远的远处，一艘庞大的战船，正朝商船的方向追赶过来。这时候他听见郑国仲说，什么事情都凑到一起了，看来冬至日是个十分热闹的日子。

14

没有人会想到，此刻那艘来自琉球岛的商船，竟然是属于苏我明灯。苏我明灯木然站立在船头，看见眼里飘飞起的，是东矶岛升腾的火光，以及火光中的滚滚烟尘。他想难道如今这个世界，已经不再有安宁的去处，也没有了他的容身之所？

就在半个月前，来自大明王朝的一队锦衣卫在首里亲军的陪同下，怒气冲冲地赶到琉球，直接杀进了苏我家的素园。那些锦衣卫见人就砍，见到房子就烧。只是短短一个上午的工夫，包括六必居酱园以及明灯客栈在内，所有属于苏我家族的房产，都被夷为平地，也被付之一炬。明灯虽然逃过了那场劫难，但他亲眼看见自己的母亲葬身火海，临死之时身子缩成一团，却始终不愿意将眼睛闭上。最后明灯带上剩余的家丁，仓皇登上自己家的商船，开始在海上漫无方向地漂泊。商船最终望见了远处若隐若现的东矶岛，可是当他们向岛礁靠近时，听见的是隆隆的炮声，而后面追寻他们的大明战船，也在此时发现了目标，并且第一时间朝他们发射出了炮弹。

郑国仲的判断并没有错，那艘战船上的锦衣卫，当初就是由他派去琉球，目的只有一个，就是将岛内剩余下来的苏我家族势力予以全部剿灭，一个也不留。现在郑国仲回到原先的领航船，哪怕不用千里眼他也能清楚地看见，那艘商船上乱成一团的苏我家族的家丁，事实上都是一些不堪一击的乌合之众，那些人拖儿带女，绝非善战之徒。所以他傲然站在甲板上，觉得一切已经毫无悬念。他不慌不忙地让炮手调转佛郎机炮的方向，炮筒朝向苏我明灯的商船，吐出一句道：击沉它！

但是郑国仲没有想到的是，此时的昆仑已经一下子飞跃上了他头顶的桅杆，并且一刀斩断船帆的缆绳。宽大的船帆于是稀里哗啦落下，瞬间盖住了好几门佛郎机炮的炮筒口。郑国仲站在船帆前怒火攻心，还未来得及发火，就看见昆仑已经从桅杆上飘落，在他跟前跪下。昆仑说苍天在上，请国舅爷不要滥杀无辜。

海鸥在头顶惊慌失措地飞翔，冬至日的阳光呈现出前所未有的暗淡。郑国仲此时已经没有耐心跟昆仑啰唆，他喊了一声火枪手准备，杨一针于是看见，聚集在甲板上的数十名兵勇瞬间将火铳举起，铳管朝向依旧站立在对面船头的苏我明灯。此时昆仑已经忍无可忍。他猛地从甲板上飞起，提着手中的绣春刀，一路上如履平地，踩踏着一个个兵勇的头颅，将举在他们手中的火铳一支一支砍落。随即昆仑又再次飞回，落在郑国仲跟前时单膝跪地，却是一个字也没有说。

郑国仲说反了，意欲挡我者，杀！兵勇们即刻呼啦啦一片拥上，将跪在地上的昆仑团团围在了中间。这时候杨一针迅速提起身子，唰的一声飞进包围圈，稳稳地落在了昆仑的身边。

杨一针亮出手中的刀子：谁敢杀他，我先杀谁。

郑国仲看着眼前的一幕，使劲喷了喷鼻子，说也不掂量掂量自己，只是去了一趟琉球，一个个脑子里都长满了反骨。那就给我一起杀！

苏我明灯听见隐隐的雷声，似乎从深邃又遥远的海底传出。他恍惚看见海面上冲过来一匹通体发光的白马，而骑在马背上的，则是他许多年前坠海而亡的父亲，也或者是慈祥仁爱的叔父。他是无比清晰地想起，叔父曾经在海边抚摸他头发，问他孩儿长大了想干什么。那时候明灯的回答是骑马挥刀，征战四方。然而叔父在那样的声音中沉默，说世间最好的人生，就是远离刀光……

现在苏我明灯望向对面战船上的昆仑。他同样无法忘记紫阳街上丽春豆腐坊大火焚烧后的废墟，琉球岛上被昆仑踩在脚下又一刀扎死的苏我入鹿，以及在又一场大火中，母亲被活活地烧死。想到这些他就无法给出一个答案，不知道人世间的残杀，究竟要到什么时候才能看到尽头。

两颗炮弹就是在这时候相继落下，来自郑国仲率领的另外一艘战船，一左一右，命中了商船脆弱的甲板。那一刻明灯被强大的气浪推向空中，许多飞舞的弹片又纷纷将他击中，最后他重重地跌落，鲜血染红了洁白的衣袍。明灯就那样直挺挺地躺在甲板上，四肢无法动弹。他闻到自己流出来的血，也听见身边家丁的哀号，以及无数孩童落水时，不停地挣扎，声音凄厉地哭喊，又很快被无情的海水所吞没。那一刻他昏昏沉沉，望向头顶旋转的天空，似乎再次看见叔父的那张脸，就浮现在蓝天和白云之间。

这时候明灯渐渐露出笑容，耳边也再次响起记忆中的童谣，那样的歌声欢快而且嘹亮，仿佛是来自遥远的天边：

  阿父，请带我饮风啊
  阿父，我要到你的梦里头，你要捧着我，
  我就能飞到云口端

  阿父，请带我去摘鸡冠花
  阿父，请带我去剖海珍珠
  阿父，请带我寻找晨露呀
  阿父，我要游玩，我要回家，我要长大

  昆仑被刚才的爆炸声彻底震蒙，整个人无法站起，失去了所有的力量。他恍恍惚惚，看见商船正在渐渐下沉，明灯一次次想要支撑起身子，摇晃的甲板却一再让他跌倒。最后明灯转头，嘴角淌出鲜血，望向遥远的昆仑时十分疲倦地笑了笑。他像是记起了什么，十分艰难地从怀里掏出两枚烟花，那是昆仑送给他的昆仑双灯。烟花凑向身边燃烧的火苗。他躺在甲板上，颤颤巍巍着将分别抓在两只手中的昆仑双灯高高地举起。这时候明灯泪流满面。他还看见烟花弹升空，同时他也见到又一颗炮弹落下，瞬间将他炸上了天空。

  昆仑在甲板上摇晃了一下，整个世界在他耳中失去了声音。他看到了升到空中的昆仑双灯，像是明灯在用烟花向他做此生的告别。然后他的目光落向海面，等到鲜血染红的海面渐渐平静，他看见血水的中央，漂浮着明灯身上炸碎开来的一片洁白的袍衣。

15

陈五六同样目睹了被炸沉的商船，以及甲板上被炸得四分五裂的苏我明灯，就像一盏突然被掐灭的油灯。此时他怅惘着转头，看见不远处的海边，在一连串兵勇的重重看守下，载着丁山的小船依旧寸步难行，根本没有机会离去。然后兵勇的刀子举起，刀尖落在了丁山隆起的肚子上。这时候陈五六彻底惊慌，惊慌到失去了主张。他毫不犹豫地将手中的刀子扔下，整个人又扑通一声跪在了沙滩上。接着陈五六身子趴下，趴在地上像是一只流离失所的绵羊。他手脚并用，一路攀爬，路上战战兢兢，过了很长时间才爬到了郑国仲的跟前。

陈五六说：一切跟丁山无关，陈五六罪该万死。要杀要剐，请国舅爷将我碎尸万段。丁山她是将门之后，她爷爷是戚家军……郑国仲根本没有心情听这些，陈五六话还没说完，他就举起刀子，直接朝跪在地上的陈五六劈了过去。

刀子切开陈五六的脖子，杨一针看见一颗头颅飞了出去，落在凌乱的沙滩上时滚了好几滚，一直滚到了海水的边缘。这时候昆仑从甲板上站起，像是一个醉酒的男人，跌跌撞撞，步履蹒跚着向远处的丁山走去。郑国仲说你给我站住，不许你靠近她一步。昆仑声音飘忽，边走边说，我要带丁山回去，回去紫阳街，回去无人馆。然而此时的丁山十分平静。丁山模糊的视线从昆仑身上移开，眼睛闭上又睁开，最后望向漂浮在海水中的陈五六的脑袋，像是望着一个永远也无法看懂的世界。丁山很平静地说，昆仑你不用过来，天下再也没有无人馆，无人馆里也不会再有丁山。说完丁山一双手抱着自己浑圆的肚子，像是抱着一块并不存在的石头。她目光祥和,就那样如履平地一般,一脚踩踏出船沿,踩进了同样是十分平静的海面。

昆仑看见丁山沉了下去,而海面上迅速浮起的,是一排升腾起的水泡。水泡干净而且透明,在海水中慢慢漂浮,很快又渐次破灭。这样的一幕让他觉得十分熟悉。他在倒下以后似乎想起,葬身在琉球海,如今远离人间的阿普,当初也是以这样的方式在骆问里的眼里消失。骆问里是他父亲,他是骆问里的儿子。他是京城吉祥孤儿院的孤儿,曾经家住铁匠胡同,他们家的院子中,正掉落下一排脆弱的石榴花。

昆仑这样想起的时候,就看见杨一针模糊的身影。杨一针正不顾一切向他奔来,看上去好像是向他飘来。她飘到自己身边的时候,目光焦灼如同飞扬起的细沙一样撒下……

16

昆仑昏迷了三个多月,醒来的时候已经是万历三十六年。那时候他并不知道,窗外那场纷纷扬扬的雪,是属于杭州城的春雪,而自己所躺身的地方,就是已经在杭州开办了许多年的钱塘火器局。

当不远处叮叮当当的锻铁声传来,昆仑闻见烧熟的生铁,也闻见炙热的铁管被反复锤打,密集的火星正四处溅开来的味道。此时他胡乱摸了一把自己的脸,感觉干涩而且粗糙,嘴边也有很多密密麻麻的东西,戳痛了他的手掌。他要过一阵子才能通过铜镜看到,那些戳痛自己的,竟然是他这辈子里初次长出来的一排坚硬的胡子。

过来看他的人，是他在京城孤儿院的哥哥田小七。田小七这几年一直住在杭州，陪伴他的妻子——钱塘火器局的新一任总领赵刻心。赵刻心给他端来一盆清水，田小七给他递来一把刮胡刀。昆仑望着晃荡在水盆中的自己的倒影，有那么一刻，觉得那张脸竟然十分陌生，陌生到让自己心里发慌。他听到哥哥田小七说，男人的一生就像打铁，火里锤炼一下，水里清洗一下，再次提出来时，那块铁已经换了一张脸。

昆仑望向飘飞的雪，一点也没有感觉到冷。此时他想起了跟随自己出生入死的锦衣卫小北斗，也想起了昏迷过去之前，自己最后一眼看到的人间，是在东矶岛沙滩上朝他奔跑过来的杨一针。昆仑说，他们在哪里？

田小七说，他们在几天前离开了杭州，现在估计已经抵达了云南。

为什么要去云南？

因为云南会有一场叛乱。田小七伸出手掌，接住飘进窗里的一片软绵绵的雪。雪在手掌上渐渐化开的时候，他说此次出征，依旧是国舅爷郑国仲下达的任务。你一直昏睡不醒，所以杨一针就代替你去了。昆仑愣住，脑子里出现了通往云南的千山万水，但他听见田小七又说，我可以告诉你一件事情，在你昏迷不醒的三个月里，杨一针一直在床前照料着你。她每天都在等你醒来。

当天下午未初时分，一匹快马冲出了城门，将杭州城的大雪远远地甩在了身后。时间过了四天，也可能是五天，骑在快马上的昆仑大汗淋漓，冲进了位于云南边陲的一个热得令人发昏的小镇。那是一个热闹的黄昏，昆仑并不知道将要引发叛乱的是谁，他只是知道，在漫长的万历年间，包括一个名叫杨应龙的人在内，广阔的云南边境上一直有着大大小小的叛乱。那些领头作乱的土司，始终想要跟朝廷决裂。

后来昆仑看见一堆熊熊燃烧的篝火，也听见跟雨点一样密集的手鼓声。他牵着马走过去，发现人群密密麻麻，在篝火前围成一团。那些人像是在欢庆节日，叫喊声直冲云霄。他们一个个喝酒泼水载歌载舞，那种永不停息的舞蹈动作很夸张，看上去简直令人眼花缭乱。这时候昆仑在跳舞的人群中见到了杨一针，杨一针身着当地人鲜艳的服装，围着篝火跳动的时候，像一只斑斓的蝴蝶。昆仑即刻加入了欢跳的队伍，牵起杨一针的手说，这里有什么好吃的？

杨一针笑了，说你有没有听说过石锅鱼？就是那种在石锅里炖得很烂的鱼。

昆仑跟随着杨一针跳动的步伐，说哪里有石锅鱼？你现在就带我去。但他发现这么热的天气里，杨一针的手竟然有点凉。杨一针将他的手攥紧，说我也很想陪你吃鱼，我更喜欢跟你这样跳舞。但你现在必须打起十二分精神，因为很快就会有一场恶战。

昆仑在杨一针的声音中蓦然抬头，看见空中突然升起一只蛇形的风筝，风筝通体发光，飞得歪歪扭扭，蛇头吐出一条暗红色的蛇信子。他说云南人的风筝都长得这么难看吗？要是这样，我对他们的石锅鱼都没有兴趣了。话音未落，又一只蛇形的风筝飞来，两只风筝像两条缠绕在一起的毒蛇，在昆仑和杨一针的头顶晃晃悠悠。杨一针说可以出刀了，注意风筝有毒。昆仑于是看见一帮蒙面人哗的一声围了上来，而之前在身边陪他跳舞的那些人，此时也都亮出了暗藏在袖子中的各式各样的短刀。

昆仑将杨一针搂住，说，他们是不是想杀你？杨一针紧紧地贴在他怀里，感觉幸福来得有点突然。杨一针说，你觉得呢？昆仑的绣春刀于是缓缓出鞘。在这个云南边陲的黄昏，他说谁想杀你，我先杀谁……

后 记

1

这一年的春分日，带领队伍平定小规模叛乱的昆仑和杨一针从云南边陲凯旋。那天昆仑特意去了一趟位于台州城东湖边的重刑犯牢房，找到了曾经监禁死刑犯骆问里的那间小屋。小屋里依旧保存着一罐番椒酱。番椒酱早就发霉，里头触目惊心的是一团厚厚的白毛。而白毛的中间，竟然匪夷所思地长出了一根番椒苗。番椒苗是通体红色的，遇见了春分日的寒风，它整个小身躯就摇摇晃晃，似乎急着想要成长。

杨一针说只是一罐番椒酱，你怎么盯着它不放？昆仑就牵起她的手，他说有些事情我以后会慢慢告诉你。你可能永远想不到，就是这么一罐番椒酱，能让一根铁链变得腐烂，就像当初云南小镇的石锅，能将一锅鱼煮得很烂。昆仑说完看见一群排列整齐的蚂蚁，正专心致志着爬上了石墙。他看见石墙上挂着两截风干的手指头，指头被风一吹，在他眼里晃了一晃。这让他想起骆问里那片残缺的手掌。

2

　　时间又过了一年，也就是万历三十七年，在日本国德川幕府的许可下，九州岛的萨摩藩大名岛津家久率领三千人的队伍，乘坐八十余只海船，以六百门铁炮的攻势，大举入侵琉球。因北方战事绵乱，当时的大明王朝无暇顾及。此战后，岛津家久掳走了琉球国王，逼迫琉球承认萨摩藩的控制，还将奄美五岛割让给了萨摩藩。

　　1897年，琉球岛被日本完全占领，又在若干年后更名为冲绳。

完稿　2022,06,05　22:58
第一次修改　2022,07,31　00:00
定稿　2022,08,18　16:15

图书在版编目（CIP）数据

昆仑海 / 海飞著. -- 北京：作家出版社，2023.9
ISBN 978-7-5212-2195-4

Ⅰ.①昆… Ⅱ.①海… Ⅲ.①长篇小说 – 中国 – 当代 Ⅳ.①I247.5

中国国家版本馆 CIP 数据核字（2023）第 029105 号

昆仑海

作　　者：海　飞
责任编辑：田小爽
封面设计：unlook·广岛
出版发行：作家出版社有限公司
社　　址：北京农展馆南里 10 号　　邮　　编：100125
电话传真：86 – 10 – 65067186（发行中心及邮购部）
　　　　　86 – 10 – 65004079（总编室）
E – mail: zuojia@zuojia.net.cn
http: // www.zuojiachubanshe.com
印　　刷：河北鹏润印刷有限公司
成品尺寸：145 × 210
字　　数：177 千
印　　张：8
版　　次：2023 年 9 月第 1 版
印　　次：2023 年 9 月第 1 次印刷
ISBN 978 – 7 – 5212 – 2195 – 4
定　　价：68.00 元

作家版图书，版权所有，侵权必究。
作家版图书，印装错误可随时退换。